——谨以此书献给热爱生活的人

像少年一样

呼啦飞

李心培 著

花山文艺出版社

序

70岁的你依然是个孩子,
80岁的你才是青年;
如果你到了90岁,
或许生命的神该来召唤你了,
但你说:"等等,我还没到一百岁呢。
不过即使到了,我也再考虑考虑要不要跟你走——
说不定我还能活得更长。"

目录

序

Part 1

在一个陌生的地方,发现久违的感动

梦之所起,一往而深　2
不给糖就捣蛋,来呗　7
远在他乡,感恩为路　21
"黑色星期五"与圣"蛋"大餐　29
把盏新年,一偿夙愿　42
良心与两万块　49
北京遇上西雅图　57
让人疼痛的天文台　67

Part 2

我们不只是相遇和路过

北京欧巴桑与多伦多金牌中介　72
青岛老乡的花、鱼、狗和便利店　94
旅馆老板太精明　99
一个中西结合家庭的苦与乐　103
通晓六国语言的清洁工　110
北约克大学的酒鬼教授　118
玩着玩着就赚了回外快　134
"侬似上海宁，阿拉似北京宁"　138

Part 3

玫瑰王国的哀叹

车窗外的那片荒寂　146
美丽海滨上的一抹灰色　151
中国老人不是你能忽悠的　154
金色沙滩的卫生间　158
中餐馆里的小夫妻　164
中国老太太和德国小伙子的 PK　168

Part 4

买卖成不成,仁义都在

巴黎小试牛刀:"5 欧——for two" 180

戛纳遭遇俄罗斯大妈 185

在尼采写作的村庄邂逅真情 189

地中海的手工毛衣 196

布加勒斯特做"托"记 199

托普卡匹王宫免票记 203

安塔利亚的聘礼 208

阿拉丁神灯显灵 214

佩特拉古城的回响 218

沙迦遇乡音:不贵不贵,便宜便宜 224

Part 5

出去了,早晚会回来

不让吃别卖给我呀 232
别瞪,我们是中国老头老太太 243
就算被炮弹打了,也不能回家 249
H 先生,谢谢你的丝帕 256
送你 5 毛硬币,咱俩交个朋友 261

后　记

Part 1

在一个陌生的地方，

发现久违的感动

我决定去国外过节，去"脚踏实地"地领略当地的风土人情。我将带着这个新的梦想踏上征途，给已经走过的39个国家200多座城市及地区再增加一个亮点。我内心所拥有的版图，也将随着我前进的脚步而继续扩大。

梦之所起，一往而深

> 也许我们从此天各一方，也许我们再难相见，但我依然会在心里惦记着老人，怀念着他，衷心祝愿他好人一生平安。

2008年奥运会期间，我被分配到北京宣武门城南教堂做志愿者，负责给外国旅行团做讲解。当时我刚拿到英语口语证书，还参加了老年志愿者的英语培训班，英语口语进步很快，和外国人交流起来很顺畅。

因为语言过关，志愿者这份工作，我做得得心应手，而且异常开心。工作之余一有空闲我就会和来访的外宾聊天，一来锻炼口语，二来也增长见识。当时我想，英语是语言，当然要张口说，有这么多外宾，这么好的练习机会，白白浪费了可惜。再说了，我一个中国老太太，就算说不好，也没什么可丢人的。

抱着这种心态，我的口语说得越来越溜，而且我还听到了很多颠覆我固有认知的回答。比如那段时期我对国外的节日很感兴趣，经常会问外宾：除了圣诞节，你们国家最热闹的节日是哪个？你们自己最喜欢的节日是哪个？令我惊讶的是，对于这些问题，外宾们的回答无一例外都是万圣节。

真是不问不知道，一问吓一跳。也许是我孤陋寡闻，我一直以为西方的万圣节就像我们国家的六一儿童节一样，是个孩子过的节日。尤其是在学英文时，那句著名的口号"trick or treat（不给糖就捣乱）"，我还特意关注了一下。没想到的是，人家的万圣节居然是一个全民参与、举国同庆的节日，是个热热闹闹的鬼节。闹了这么一个笑话出来，我也没好意思再深问，不过这让我对万圣节更好奇了。

没过几天，正当我值班时，教堂门口来了一位又瘦又高的老人。我的同伴一看到他，就对我小声嘀咕了一句："外国人怎么还有要饭的？"我听了之后，转身一看，还真是。那老人衣衫破旧，一手拄着拐杖，一手提着个实在破得不能再破的手提箱，赤脚穿一双塑料凉鞋，正步履蹒跚地朝教堂走来。那双凉鞋让我印象非常深刻，因为在北京这种凉鞋早已绝迹几十年了。

尽管心里有些纳闷，但我还是凭着职业习惯赶忙迎了上去。我一边请他进去，一边问他有什么需要帮忙的。他告诉我他是从美国来的，要见这里的主教，于是我把他领到教堂的办公室，介绍给了工作人员。

第二天值班时，我在院子里又碰见了他。他已经住下了，正在参观教堂。作为教堂志愿者，又是本地人，我觉得自己应该有个招待客人的样子，于是理所当然地当了他的导游。他告诉我，他是美国纽约一个穷人区的牧师，专门为没有钱的穷人做临终祷告，已经做了20年了。为了嘉奖他，教会让他出来转一转，他的首选地就是中国北京。看来北京奥运会真的是影响了全世界，连这样一位老人都对我们中国，我们北京心生向往。

我所在的教堂每天要招待好几拨外国旅行团，作为讲解，我经常讲得口干舌燥。因为没有那么多时间上厕所，所以我不敢多喝水，为了润喉我就在口袋里装了一盒薄荷口香糖，没有人时，就趁机嚼上一颗。

跟老人边走边聊时，我习惯性地拿出口香糖盒倒出一颗放进嘴里，也顺手倒了几颗放在他手里。

他看了看那几颗薄荷糖，竟然一脸不解地问我："这是什么呀？"

我说："这是口香糖呀。"

"就是这个样子啊，从来没有见过。"

我很诧异，这人可是从美国来的哟，怎么连口香糖都没吃过？于是我调侃道："你不会连巧克力也没吃过吧？"

我只是随口一问，没想真就被我说中了。他说，他只在商店橱窗里见过那种装在精美大礼盒里的巧克力，但从来没有吃过。他还认真地告诉我，纽约贫民区的穷人生活很艰苦，他经常为他们提供无偿帮助。

而他自己呢，也很清贫，所以没有多余的钱来买这些东西。但他说这没什么，他说是上帝派他来给穷人服务的。

面对这样一位老人，我都不知道该说什么了。我说不出那感情是赞美、景仰，还是什么别的，总之任何语言都让我觉得很苍白。我笨拙地掏出那盒口香糖，双手捧给他，并许诺说，过两天我一定要送给他一大盒那种摆在橱窗里的巧克力，一定要让他尝到那份甜美。他笑着说，有口香糖就可以了，巧克力不能收。他用谚语说了一句话，我不太能准确地翻译出来，但大意就像中文说的无功不受禄。

我满心都是对老人的敬意，真心实意地想让他吃上一盒最好的巧克力，于是灵机一动，想到一个主意。我让他给我讲故事，讲纽约的风土人情，讲贫民区的人们是怎么样过节的，尤其是万圣节。这样一来我不但满足了自己对万圣节由来已久的好奇心，而且也有了送老人巧克力的理由，让老人从"无功不受禄"，变成了"功以受禄"。

老人当然不知道我的小算盘，欣然地落进了我的"小圈套"，打开了话匣子。他似乎有一肚子的故事要讲，特别是关于鬼节的故事，什么吸血鬼、骷髅、午夜幽灵……一涌而出，滔滔不绝。幸亏是在大白天，不然能把我吓死，即使这样，听得我也是毛骨悚然。当然，我也收获了不少知识，比如万圣节的缘起，为什么萝卜灯换成了现在的南瓜灯。尽管有些故事或风俗可以从书本上查阅到，但这远远不如听一位久经世事又初心未泯的老人讲有趣味，因为那是他故乡的故事，在他身上扎着根。

他讲得绘声绘色，我听得津津有味，仿佛身临其境。那一个个喜庆欢闹的节日，一幕幕奇趣横生的场景，让我越发心生向往了。老人成功地在我心中埋下了一颗种子，我决定在我谋划已久的周游世界的计划中，再增加一个过节的内容。那些不同于我们中国节日的西方节日，特别是万圣节、圣诞节、感恩节等这样重要的节日，我都想亲身经历一番，一个也不落下。

可是这样一来，就要在国外停留3个多月，对于一个从没跨出过国门的中国老太太来说，这可是一个巨大的挑战。所以，在2009年，我和老伴儿安排了一次欧洲自由行，那是我们的第一次出征，我们称其为"练手"。后来又有了第二次、第三次，直到2012年的第四次出征——9个月的北美行，我才把在国外过节的心愿完成了。当然，这是后话。

不久，这位可敬又可亲的老人离开了北京，我们断了联系。转眼8年过去了，我对他依然记忆犹新。送他离开的时候，他对我说："不要担心我的工作是否辛苦，那其实是一种快乐，能工作的人是幸福的。"他使我对生命的最大价值有了顿悟，那就是对于名利和欲望的淡然，对于生命本体的尊重。

我与万圣节的渊源就开始于这样一个真实的故事，它发生在2008年的夏天，北京宣武门的教堂。

不给糖就捣蛋,来呗

特蕾莎修女说:"上帝不是要你成功,他只是要你尝试。"

我很喜欢李宗盛的一首歌,叫《爱的代价》,里面有一句歌词是"还记得年少时的梦吗?像朵永远不凋零的花"。我永远不会忘记自己年少时的梦,那是本心,它源于对这个世界的好奇。

为了实现我在美国过节的愿望,我和老伴儿临时住在了美国的一个亲戚家中。他家在波特兰市的赫斯波诺,这里离市中心比较远,走出小区,坐41路公共汽车到轻轨枢纽站,再转车坐十几站,才能到波特兰市中心热闹的第五街。

当时刚10月中旬,离万圣节前夜10月31日还有十几天呢,小区的居民下班回家就已经开始从汽车后备厢里往下搬南瓜了。没过几天,每家的门口就都堆满了南瓜。有几家,南瓜多得从屋门口沿着花园的小路,一直摆到了院子的大门口,足足有几十个。

距离万圣节还有一星期时，人们就开始忙碌起来。早晨我和老伴儿在社区遛弯时，特意去了南瓜摆得最多的几家。隔着栅栏望过去，里面的许多南瓜已经变了样，被雕刻成了各种造型，千奇百怪的。当然还有好些没完工的，不过好在还有一个星期呢。

从这天起，我和老伴儿就有了个新任务。我们每天早晨都会去各家的花园外走一遭，看看每家花园的变化。花园的主人看到我们来，热情地和我们打招呼，问候一声早上好。有的主人还打开花园门，热情地招呼我们进去参观。有这么便利的条件在，我们几乎掌握了整个小区的节日准备工作情况，那可说是心知肚明，了如指掌。

你无法想象到他们的工作有多神速，几乎是每天都有新进展，而且花样新奇、层出不穷，绝不像我想的那样，仅仅是刻几个南瓜灯而已。我和老伴儿每去一次就惊喜一次，每次都感到耳目一新：今天这家花园里搭起了帐篷，美其名曰"鬼屋"；明天那家花园的树上挂了好几个塑料人，草地上还横七竖八躺着好几具"尸体"。更有意思的是，有一家花园里竟然布满了坟头，原本绿油油的草地上还撒了好些枯黄的干草。这些干草可都是花钱买来的，就为了布置个鬼屋，还真是用心至极。

有时在房间里，我一听到汽车响，就会跑到窗边扒开窗帘往外看。从距离万圣节还有一星期开始，几乎每天都能看到好几拨送货的汽车从小区进出。货车卸下的东西都放在各家门口，家里有人的，就会欢天喜地跑出来，把东西拖进去。没有人的，东西就一直在门口放着，等下班人回来后，再兴高采烈地拖进去。我看各家窗帘玻璃上光是贴的星星月亮等小装饰品就有好几种，原本这些就已经看不过来了，何况还差好几天才到正日子，真正到那天肯定更让人眼花缭乱。况且这里还是个偏远小区，繁华地带还不知道热闹成什么样子呢。

记得以前学心理学时，我了解了一种能力，这种能力对于许多儿童和艺术家来说是与生俱来的，而且一旦获得终生不会失去，它就是对一件事物，甚至是每件事物都感到喜悦的能力。他们之所以感到喜悦，并不是因为那件事物能帮助他们达到某种目的，而只是因为这件事物本身就令他们感到喜悦。

在这场节日热身运动中，参与者肯定不只是儿童和艺术家吧？无论青年人、老年人，还是家庭主妇、职业白领，他们都热情高涨、踊跃参与了进来。我看到他们呈现出的笑容，都如孩子般天真。

当置身这片欢乐的海洋中时，我的心都有些恍惚了。我似乎回到了小时候。那时候过春节，家里会忙着蒸豆包和馒头，馒头上还点了红点。孩子们都有新衣穿，口袋里也会有十几颗大白兔奶糖和几毛钱。我们这些孩子最欢喜的就是这些日子。我们撒了欢儿似的玩，从东家串到西家，又从西家串到东家。邻居的爷爷奶奶们都争着把瓜子花生往我们口袋里塞，每个人的衣服口袋都被塞得鼓鼓的。得了这么多吃食后，我们就会聚在一个角落里一起开吃，别提多开心多幸福了。也许这些都是微不足道的小事，可它们在我们这一代人的心里却留下了一段最美好的回忆。

如今生活越来越好，可是这些淳朴喜庆却离我们越来越远了。眼下流行的时髦用语是"活在当下"，于是觥筹交错，灯红酒绿。可人间的一个情字，岂是千金万银可以买到、只言片语可以言尽的？

在美国一个普通小区，无论是节日的欢乐气氛、人们对生活的热爱，还是人与人之间诚挚的情感都让我感慨万分。距离有远近，心无远近，只有有心和无心，有心的就会有至纯至真的喜悦，无心的则只剩浮躁与乏味。

我在感慨中期盼着万圣节的来临，竟然有些莫名的激动。眼看着小区的居民忙活了十几天，到晚上大戏就要正式开幕了，我倒有些忐忑不安了。

从昨天开始，每家的花园草坪都被遮挡上了，帐篷屋也不让进了。有一家门口还挂起了牌子，上面写着"某某鬼宅"，阴森森的，不知道里面会有什么名堂，让我愈发好奇。实在按捺不住，我便拉起老伴儿的手往外走，心想：先去探探路，把有意思的地方记下来，省得晚上错过了好戏。

可惜这时的小区很安静，家家一反常态地关闭着院门。我猜可能是这几天折腾累了，人们都在睡午觉，为的是积蓄力量，好在晚上有力气"happy"。

我们正逛着，忽然听见一栋房子里传来说话声。透过明亮的窗户，我看到一位中年女士身穿一袭白纱长裙，头戴一顶镶着花边的帽子，正在穿衣镜前照来照去；还有一位男士也西装革履的，正在打领带，看样子他们是要去参加什么晚宴。上午遇到时，我们聊过天，知道他们家没有小孩，是典型的丁克家庭。这样的家庭在美国很多。他们家的花园布置得很简单，门口摆了十几只南瓜灯，草地上竖了几块小鬼木牌，样子并不可怕，倒有些像调皮的小丑。栅栏门外放了一张长条桌子，铺着洁白的台布，上面摆着几只空盘子。估计晚上外出前，他们会在盘子里放满糖果，好让那些不给糖就捣蛋的孩子们随意取。

记得在爱琴海的圣托里尼岛，我和老伴儿看到，那些蓝白相间格调不一的小房子受欢迎极了，不管是大人还是孩子，都争着进去玩一玩。特别是那 7 个可爱的小矮人玩偶，倚在楼梯旁拍着掌，欢迎游人进去参观白雪公主的卧室。大家看到后都欢天喜地地跑了上去，那一刻的感觉就像是回到了天真烂漫的童年。原来大人的世界一样有着童话王国，只不过是我们自己把通往王国的大门关上了。

为了迎接晚上的盛大节日，我和亲戚早早就把晚饭做好了。吃饭的时候，我对他说："从现在开始，我就算正式参与美国的万圣节了。待会儿有人来敲门，让我来开，我去给孩子们发糖。"我一边吃饭一边等待着，心一直扑通扑通乱跳，甚至还有点紧张，毕竟是 60 多年来从未玩过的游戏。

老伴儿平日里就常笑我像个顽皮的小孩，此时看我一个快 70 岁的老太太，竟坐立不安的，便笑我说："看看你，吃个饭还站着。等有人敲门了,你再站起来也不迟啊。"

谁知正说着,就有人来敲门了。我高兴地大叫一声:"来了!"便三步并作两步跑到门口,唰地一下把门打开了。门外站着一群七八岁的孩子,每人提着一个小桶,里边已经装了小半桶的糖,看见我就喊:"不给糖就捣蛋。"我一顿,这才想起自己太急着开门,手上什么也没拿,赶忙又返身进屋把糖果盘端出来,给每人抓了一大把。孩子们拿了糖,继续高高兴兴地去敲下一家的门了。

我回屋坐下接着吃饭,没吃几口,又有人敲门了。这次我不慌神了,先把糖果盘端上才去开门。门外是一大一小两个女孩,好像是姐妹俩,小的顶多3岁,带点胆怯,藏在姐姐身后不肯出来。我把糖端给她,让她自己抓。她慢慢地伸出小手,抓了几块糖放进衣服口袋里,蓝宝石般的大眼睛忽闪忽闪的,可爱极了。

接着第三拨、第四拨……一晚上陆陆续续,都是三三两两结伴而来的孩子。男孩子的数量好像比女孩子更多一些,最大的十三四岁,小的也有两三岁,有一个最小的,顶多八九个月,是由姐姐抱着来的。他们是第五拨敲门的,姐姐是一个黑人女孩,怀里抱着最小的,旁边还跟着两个,其中一个调皮地骑着小塑料桶,看模样有点像一家子。

第六拨孩子来自一个典型的老墨家庭,美国人称偷渡过来,靠生孩子多在美国定居下来的墨西哥人为老墨。这七八个孩子一拥而上,叽叽喳喳说个不停,因为是西班牙语国家过来的,英语不太标准,听起来有些费劲。我听来听去不外乎就是"trick or treat"这一类的话，于是就把盘子里剩下的糖都给了他们。这下我的任务也完成了，我和老伴儿可以到街上看热闹去了。

出门的时候，亲戚千叮咛万嘱咐道："切记要小心，千万别被吓着。要特别留神脚底下，别乱踩开关。"我觉得白天我都踩过了，一切心知肚明，肯定没问题，所以兴高采烈地带着老伴儿走了。

我们第一个去的就是那个挂着牌子的帐篷屋，白天看的时候，它那种阴森森的神秘感就很吸引我，我觉得那里面一定有很新奇刺激的玩意儿，于是就拉着老伴儿一路直冲了过去。我们到的时候，主人正穿着一身吸血鬼的衣服站在门口迎接客人。整个院子的灯全灭了，只有一个角落里的南瓜灯发出微弱的光芒。我朝帐篷屋里望了望，那里倒是灯火通明。主人满面笑容地做着邀请的动作，我们也就毫不犹豫地走了进去。

不过我的第六感告诉我，主人的笑容有点诡异，刚想到这儿，我们身后的门就关上了，同时灯也一下子全灭了。里面空间狭小，显得很拥挤，大家等了一会儿见没动静，只好在黑暗中摸索出口。突然帐篷各处吹起了一股冷风，每个人都觉得后脖颈子凉飕飕的。伴着这股"阴风"，四处传来一阵阵的鬼哭狼嚎，可惜我们这群人里没有一个人害怕，更没有人发出尖叫。这时门口的灯半明半暗地亮起来，一个龇牙咧嘴的鬼拦住了大家的去路，挥着大刀喊："留下钱财，放出去。"好家伙，鬼没碰上，碰上了劫道的，大家一下子笑了起来。就这样主人的杰作算是失败了。

从帐篷屋出来,我和老伴儿又去了树上挂满了塑料人的那家。到那一看,那些塑料人都被吹鼓了,原来都是面目狰狞的吊死鬼,吐着红舌头,披头散发,风一吹荡来荡去的。地上的尸体也都随风立了起来,原来都是一些缺胳膊少腿的孤魂野鬼,因为白天见过,这时感觉也没什么了。

另一家花园里的坟头上也已经插满了花,园门两旁还安置了两个穿白袍的幽灵,空空的袖管随风飘荡,感觉像勾魂的无常。院子里的灯很昏暗,根本看不见地上的东西。我一直记得亲戚的叮嘱,一步步小心地试探着前行,偶尔踩到一个东西,也已经没了动静。

我看也没什么厉害玩意儿能让人害怕,便放心大胆地穿过坟场向前走去,边走还边回头招呼老伴儿快点儿,好多看点新鲜东西。谁知正说着,突然一脚就踩在了一个像皮球一样有弹性的半圆东西上。还没等我反应过来,一个硕大的黑影就扑进了我的怀里,同时一颗血淋淋、圆滚滚、肉乎乎的高仿真橡胶大脑袋一下子就出现在我面前,还噗地喷出一口带冰碴的气,喷了我一脸的冰碴子,吓得我跺着脚没命地惨叫起来。我一边叫还一边让老伴儿快跑,生怕这个胖鬼吃我一个不够,接着把我老伴儿也吞了。哪成想这个胖鬼还抽起风来,不停地倒下又跳起来,难道是在棺材里喝多了,趁着过节跑出来耍酒疯?它这一下子一下子地蹦,把我吓得只剩下叫了,根本顾不上其他的。还是老伴儿聪明,先看出了诀窍,围着我不停地喊:"快把脚挪开,快把脚挪开!"闹了半天我才明白自己的脚一直踩在开关上,我被吓得直蹦,鬼也就喷着冰碴可着劲地跟着我蹦跶。这一通下来,到最后弄得我满头满脸还有一肩膀的冰碴子。原本就吓得手脚冰凉,再被冰碴水汽这么一浇,那真是从头到脚的透心凉了。真是自己吓自己,还吓得不轻。

遭遇了这场惊吓,我和老伴儿再不敢小瞧这些陷阱,赶紧往热闹的地方转移,生怕再中这些鬼招。

到了大街上,显得热闹多了。熙熙攘攘的人群,还有比往常多了好几倍的汽车。我猜想是临近街区的人在自家门口玩够了,又开车来参观我们小区的鬼了。

老伴儿好心让我去跟外区来的人说说,告诉他们别再去刚才那家了,免得像我一样大冷天的被浇成落汤鸡。我说:"这有什么关系,冬天的冰碴一抖就掉下来了。想想刚才的遭遇,我倒在心里偷着乐呢。若是没有被鬼吓唬一通,那还算什么鬼节啊。你看,刚才大家在那个鬼哭狼嚎的帐篷屋里钻出来,就因为没有被吓着,还感觉没意思很失望呢。如果鬼屋主人设计得再新颖独特些,让我们被鬼东啃一下、西咬一口,肯定能把大家吓得尖声乱叫。要是再加上一个机关,让人走着走着,一不小心就被鬼手抓到半空吊起来;地上再设置一个电动的玩具大火盆,旁边再有几个骷髅头向上看着,那吊起来的人一定会被吓得四肢乱舞、大叫救命,那才叫好玩儿呢!"

老伴儿说:"你多大岁数了,还这么淘气?真不像个老太太,倒像个调皮捣蛋鬼。干脆你就在波特兰这儿跟鬼玩吧,别回北京了。"

我说:"那可不行,别忘了家里还有我的两个小孙子和可爱的小外孙女呢,我可舍不得他们。等回去,我可以和他们一起玩。反正我们也经常躲在储藏间里玩藏猫猫的游戏,如果把储藏间改成鬼屋,岂不是更好玩。尤其是我的大孙子岳岳,别看他才9岁,可是已经设计了机器人、组装了大坦克。要是我和他联手设计几个鬼屋,再装上一系列的开关,肯定放在哪里都不会被人识破。等他长大了,我们一起带着设计好的鬼屋杀回波特兰,到时候肯定能把全城的美国人都镇住,痛痛快快过一把鬼节的瘾。"

看完这一街新鲜,我们又转到了另一条街上。没走几步,老远就看见街角花园里热闹得很,不少人围在那。我心下纳闷,吸血鬼、吊死鬼、孤魂野鬼、骷髅、幽灵……诸般鬼怪前半夜都出来晃悠过了,这会儿还能有什么不同凡响的鬼引起这么多人的关注?我走近一看,原来这家的院子里正在放电影,当然是鬼片。银幕上一个满身盔甲的鬼正大步流星地穿过荒野,远处是一团团的鬼火,昏暗处还有十几个小妖怪,举着火把,鬼鬼祟祟地四处张望,很像是我们《西游记》里那些奉命抓唐僧的妖精。不知是西方艺术融合了我们东方文化,还是我们神话中的妖魔鬼怪跑到美国来凑热闹了,反正看了半天我也没弄明白电影究竟在演什么。想问旁边的人吧,又都是鬼打扮,个个戴着面具根本无法分清是男是女,也不知该怎么称呼,无奈只得和老伴儿转向下一家。

这家也在放影片，不过是在墙上挂了一块银幕，用幻灯机在放，所以看的人很少，显得有些冷清。但是主人很热情，一个劲地招呼大家进去。美国人天生性格直爽开朗，善于表达，待人接物也很真诚。院子里摆了桌子，桌上不只有糖果，还有饮料和各式小点心，可能是怕观影的人饿，想得真周到。主人的花园布置得很典雅，从那边的小假山上还传来哗哗的流水声。灯是由几尊石雕像的手臂托着的，再配上不同造型的花篮，衬托着一个巨大的南瓜灯灯塔。那灯塔是由几十个大南瓜堆成的，里边射出来的光暖融融的，让人们在鬼节里难免有的一丝忐忑心情消失得无影无踪。

看来这家主人是个很有生活情趣的人。生活的乐趣本就蕴藏在琐碎中，一个热爱生活的人，一定是关注着生活中每一处细节的美，并从中感到快乐，同时也把这份快乐带给每一个造访者。我们起身告辞的时候，主人满面笑容地送出大门，大家都感到温暖，纷纷感谢他的招待。他回道："Every one you meet deserves to be great with your smile（每一个与你相遇的人都值得你笑脸相迎）。"这句话让我至今记忆犹新。

我和老伴儿觉得玩得差不多了，准备打道回府。回去的路上，发现有两户人家没在家过节，但他们的院子里摆着桌子，桌子上摆的糖果已所剩无几。于是我想起了那个丁克家庭，便和老伴儿又顺路看了看他家。他家那铺了白桌布的桌子上三大盘子的糖依然是满满的，没有一点儿被扫荡的痕迹。

这是怎么回事呢？我和老伴儿一分析，发现原来是他家的花园比前面那家凹一些，花园外边又有一棵枝叶繁茂的老橡树遮着，所以桌子很隐蔽。要糖的孩子大部分是来自外区，不熟悉这里的地理环境，这才使他们家成了"漏网之鱼"。

我忽然童心大发，拉着老伴儿像做贼一样，从盘子里拿了两块糖。一寻思来一块意思意思也就得了，于是又放下了一块，这样我也算当了一回不给糖就捣乱的坏小孩。老伴儿见我拿了糖，也忙上去抓了两块。我们东张西望，看了一下四周鬼也没有，人也没有，于是放了心，高高兴兴地走了。

走过社区教堂，再一拐弯就到我们住的那条街了，这个美妙的万圣节之夜很快就要结束了。此时，我的心里乐开了花，因为我又圆了一个梦，亲身实地在美国过了鬼节，而且是和社区的美国家庭一起参与、一起分享了节日的快乐。

很多时候快乐的地方就在此处，快乐的时刻就在此时，停留在此处并抓住此时，你就是快乐的。快乐也只是一种心境，跟财富、年龄都无关，只要有纯洁的心灵，对生活的热爱，就能得到它。真正的快乐，无需待到成功，只需品味现在就足够了。

在社区教堂的墙上，有一段摘抄自《圣经》诗篇第一百一十八章的一句话：主创造了今天，我们为活在今日而欢欣雀跃。今夜，我对这句话有了更深的体会。

穿过教堂就到了我们住的街上。我听见前面的灌木丛有动静,以为是只野猫,也没在意。可是刚走到跟前,一高一矮两个小黑影突然蹿了出来,拦在了我们面前。那个高个子是个十三四岁的孩子,一身红衣做蜘蛛侠打扮,手里还拿着根长棍子,威风凛凛地冲我们伸手要糖;矮个子是个七八岁的小孩子,一身绿装像只青蛙,可偏偏后面又长了条大尾巴,手里提着个小桶,看上去战利品不多,难怪他们跑到路边打劫来了。

可我手里只有一块糖,也太寒酸了,于是忙跟老伴儿要他拿的那两块。谁知道他的糖早进了肚子,气得我数落了他一顿,但也没办法。看着小兄弟俩正眼巴巴地望着我,于是我只好再当一次坏小孩。我把手伸进口袋,拿出那颗糖放在手里吹了一口气,然后对他们说,这颗糖被我施了魔法,能把他们带到一个地方,那个地方有一张铺了白色桌布的桌子,桌子上有三大盘糖果,正等着他们去拿。

小孩半信半疑,我给他们指了方向,并告诉他们说:"我就在这等着,直到你们拿到糖我再走,但你们不能耽误时间,5分钟之内就要赶到那个地方。不然去晚了,魔法消失,糖果也就没了。"因为我算了一下时间,感觉5分钟差不多。我们刚走过来,也没见有人从那边过来,那些糖应该还在。

我刚说完,他们一个箭步就冲了出去,很快就跑得没影了。果真没多大会儿,他们俩就回来了。小桶里满满的,口袋也鼓鼓的,估计是把3个盘子里的糖果都包圆了。这下皆大欢喜,两个小侠连连说着:

"谢谢爷爷奶奶。"我想那对夫妇参加完宴会回来,看见捣蛋鬼的大驾已经光临过了,肯定也会高兴地把空盘子收回去。而我也免了一场尴尬,这岂不是件一举三得、呜呼美哉的事情。

这就是我们在美国波特兰过鬼节的真实经历。我认为旅行必须要像这样才能真正体验到国外的风土人情,这样做不只是为了寻找全新的景色,也为了拥有全新的视角。

这样的旅行,在于一个"行"字,在行走的过程中是完全自主地参与,主动地规划自己喜欢的事情。这样随心所欲的旅行可以让我们亲身聆听大千世界的声音,无疑还能拓展我们的思想和视野,甚至改变我们的某种生命状态。

远在他乡,感恩为路

> 我切身体会到,在美国感恩节除了要对自己拥有的一切怀有感恩之心外,更重要的是去帮助有需要的人,去回馈社会。无论看多少风景图片、多少旅行书籍,都无法使我有像今天这样身临其境的感受。只有当你真正踏上这个国度、融入它的生活,哪怕只是短暂的一段日子,你都会拥有绝不一般的感受。它是那样真切、那样真实地呈现在你眼前。

万圣节刚过,还没消停几天,感恩节的节日气氛就袭来了。此时我们已经搬到波特兰第18街的一家青年旅馆,这里交通非常方便,步行就可以到市中心第5街。向下走到第19街,穿过杰克逊街就是波特兰大学了。

离感恩节还有好几天,旅馆里就已经忙上了。服务员都是来打工的波特兰大学的学生,他们把楼道里的地毯、窗户都彻底清洗了一遍,连院子里的犄角旮旯也都清理了。平日青年旅馆的卫生条件就已经很好了,再经过这样的大扫除,更是窗明几净、整洁温馨了。原来墙上贴的万圣节宠物精灵和古怪的大南瓜,也换成了五彩斑斓的大火鸡。

到了感恩节的前一天,来旅馆打工的波特兰大学学生就少了许多。这个节日,90% 的美国人都会赶回家,和家人吃一顿感恩大餐,度过一个团聚的夜晚。这有些像我们春节的大年三十。学校里剩下的学生都是日本、韩国等留学生,他们反正也回不去,就到旅馆来打工,这样还能和我们一起过感恩节。

旅馆的经理告诉大家,感恩节大餐由旅馆提供,客人们自己不用做饭了。这下把我乐坏了,活了快 70 岁了,一次火鸡也没吃过,火鸡肉到底是啥滋味还真不晓得。我觉得这次的旅行计划制订得真好,这么多人生第一次全体验了,完全是自由自在、无拘无束地行走,走出了感觉,走出了惊喜和刺激,还有明天的美味——一只大火鸡。

我和老伴儿欢天喜地地去了超市,因为除了旅馆提供的免费早餐和感恩节大餐外,我们自己还有今天两顿和明天中午一顿饭的原材料要采买。感恩节前,超市的货品也会和之前的每个节日一样大降价。现在,超市冰柜里存满了大火鸡,连平日的海鲜冰柜都腾出来装火鸡了,排队结账的人也几乎是人手一只。夸张一点儿说,这个大超市快成火鸡专卖市场了——火鸡玩具、火鸡饰品、烤火鸡的配料、火鸡肉丝沙拉……就差把面包烤成火鸡样子了。

我和老伴儿都有些发蒙,不知道该买些什么。卖烤鸡的柜台里一只平常鸡都没了,全换成了烤火鸡。大转炉里的大火鸡已经烤得滴油,香味阵阵扑鼻，引得不少人驻足。老伴儿最爱吃肉了，见了这香喷喷的火鸡哪里舍得走，围着炉子左转右转，最后到底是被我一把拽走了。我说："你再忍忍，明晚就有得吃了。人家过感恩节才吃，难不成你今天就想把节过了？"老伴儿只好咽下口水，不情愿地跟在我后边离开了。

我们买了大米、鸡蛋、蔬菜和明天开派对时吃的小零食。结账出来，看见超市墙上贴了一大张纸，是感恩节前夕人们为贫穷的人还账的公告。上面是一串长长的账单，左边列的是欠款人的名字和欠款数目，右边列的是还款人的名字。有些还款人一看就是化名，毕竟在美国叫John、Jack、Peter、Mike的人成千上万。这样的事我只在书里读过，但从未亲眼见过，今天亲身站在账单前面，感受真是大不一样。

我万分感慨地走出超市，看见大门外摆放着两个巨大的白色圆桶。从桶盖上贴的条子可以看出来，一个大桶是用来放顾客们自愿捐赠的东西的，顾客从超市买完东西出来，可以从自己买的物品中挑出一些，放到这个大桶里；另一个大桶装的是超市免费提供给低收入或无收入家庭的感恩节套餐，每个家庭可以领取一份。我和老伴儿站在那看了好长时间，几乎每个从超市里走出来的人都会往第一个桶里放一些东西，其中以罐头与盒装食品为主，也是为了方便需要的人取用。偶尔也看到有人从第二个桶里取东西，那是一个纸箱子，看样子沉甸甸的，外封上写的是"Food Bank（食品银行）"。这是一个全国性的非营利组织，专门为一些贫困的人提供食物，他们所有的物品全部来自捐赠。看来，感恩节不仅是与家人团聚，感念父母的养育之恩、家庭的支持，更有着回馈社会的深刻意义。

卡耐基在《论财富》中说，有钱人在道义上有义务把他们的一部分财产分给穷人，因为所有超过需要之外的财产，都应该被认为是让社会受益的信托基金。据说这是美国富翁的一种社会理念，他们认为，在法律上财富是私有的，但在道德和价值层面，超过生活需要的财富就是社会的了。

我和老伴儿互相看了一眼，拿出刚买来的食物放进了第一个大桶里面。

第二天上午，我们吃完早餐后，决定再去超市买些东西。走过市中心的乞丐收容站时，很多流浪汉已经排起了长队。不一会儿两位义工就摆出桌子和很多纸箱，然后从纸箱里掏出一个个纸盒发给每个人。有的人当时就打开盒子吃起来，有的人则默默把盒子夹在腋下，懒洋洋地晒着太阳，等待着发放午餐。我看了一下表，此时才10点多，离免费午餐发放时间还有一个多小时。

在我的第一本书里，我已经写过这种发放救济物资的地方，同时还介绍了一个乞丐。这个乞丐曾认真地询问我对"占领华尔街运动"的看法，留给我的印象太深刻了。而这种救济站式的地方，更让我感动不已。要知道，这些食品的发放工作是成千上万人努力的结果。仅波特兰一个城市，就有几十家公司捐赠食物。几百名义工要把上万份沙拉、肉饼、馅饼等十几种食物搭配好，封装在每个盒子里；他们还要将市民捐赠的钱也买成食物。这是一项费时费力的繁复工作,可是参加的人很多,每个人都尽心尽力地去做,就连我们旅馆里的服务人员都参加了这项感恩节回馈活动。不知道那个曾经问我看法的乞丐,今天是否也会来领感恩节晚餐?

我看新闻报道,感恩节早上的"为饥饿者长跑"活动将在加州的首府萨克拉门托市举行。这项活动举办了20年,每次都有近3万人参加。活动创始人是弗雷德·凯泽律师,他每年都会带着人为食品银行募捐80万~100万美元。而食品银行每收到1美元的捐款,就可以提供6份套餐,即便按最低的80万美元来算,这项募捐活动至少也会为贫困者提供480万份套餐。

对新闻报道的这组数字,我有些不解,因为套餐的质量并不低,若是让我用1美元做套餐,我最多只能做出1份;如果做6份,即便再倒贴两倍的钱,我也做不出来。我和老伴儿每天都是自己做饭,隔天去超市买一次菜,对价格很熟悉。我们买的东西绝大部分是黄标签的特价商品,比正价的要便宜一半以上,比如两升的牛奶,正价是2.6美元左右,快到日期的黄签价格只要1.12美元;苹果的正价是2美元多,特价1.2美元。虽然折扣很大,但这些东西看起来与正价商品没有什么区别。这样算下来的话,我们做一顿饭,米饭0.5美元,红烧鸡翅每磅0.89美元,清炒蔬菜1美元左右,再做个西红柿鸡蛋汤全算上顶多也就3美元,每人合1.5美元。而且这顿饭还没有食品银行套餐中提供的土豆泥沙拉、青豆馅饼什么的。总之,巧妇难为无米之炊,尽管有1美元的成本,可我这个大家公认的巧妇还是不可能做出来。

思来想去，我只能得出这样的解释：做饭的人是义工，燃气、调料等也是义务提供的，大部分食材来自于捐赠。而这区区 1 美元，主要是用掉 20 美分买一次性餐具和盒子，剩下的再买一些没有的原料，比如沙拉酱、番茄酱、番茄沙司、咖喱粉、香葱……通常情况下，一般人的捐赠不会想到这般细致，除非他本人是厨师。不管怎么说，反正我觉得这样解释还算合情合理。

下午，我们回到了旅馆，感恩大餐的准备工作已经开始了。几张桌子拼成一张大长桌，上边放满了托盘。不用猜，肯定是用来放大火鸡的。靠墙边码着三只油滋滋的大食品箱，看来三只主角快登场了。像枕头般大小的面包排列在案板上，旁边还有三桶平日早餐的老三样：黄油、果酱、花生酱，另外还有几大盆的蔬菜沙拉和几十箱可乐、啤酒。看样子大餐还挺丰盛的，多少让我们这些行在路上的匆匆过客也有了家的感觉。

很多看似普通的东西，比如家、亲情、爱和温暖，常常远离家的时候，才让人强烈地怀念。在万里之外的美国，在感恩节，我想家了。我感恩上苍，给了我如此幸福和美的家庭。我祈祷这个幸福的九口之家，永远沐浴在和煦的阳光里。

没多久，盛宴开始，旅馆经理用一把一尺多长的刀把大火鸡切开，每个人都端着盘子依次上前插上几块，火鸡的香味顿时弥漫了整个大厅。

大家端着吃的随意择席而坐，我和老伴儿这桌来了两个小伙子。

他们一个是韩国人，姓宋，来这旅行的；另一个是美国人，叫彼得梅尔，名字太长了，我们都昵称他为彼得。他刚从德克萨斯州大学毕业，准备在波特兰市的英特尔公司工作。两个小伙子听了我们的介绍后，非常敬佩我们的勇气。在听说了我老伴儿是孔子的第七十四代孙后，更敬重我们两个人了。

尤其是那个韩国小伙子，他的整个家庭都崇尚中国儒家思想，他从小就受父母的熏陶，学习孔孟之道，还练就了一手好毛笔字。如今，亲眼见到孔子的后代，他激动地站起来，高兴得简直手舞足蹈，立刻就给妈妈打了电话，说这是一件比感恩节还令他高兴的事。我们将一张带孔子像的名片送给他，他非常郑重地收起来。我们的谈话更热烈了。

美国小伙子彼得听说我在德克萨斯州住了一段时间，也很感兴趣。我向他讲了我们旅行途中的见闻。他也给我讲了一个发生在德克萨斯州的一直被人们所津津乐道的感人故事。

2007年，联合国秘书长安南刚刚卸任时，在德克萨斯州一个庄园举办了一场慈善晚宴。在这场晚宴中，股神巴菲特捐了300万美元，比尔盖茨捐了800万美元。但让这场晚宴声名远播的，不是这两位商业巨头，而是一个叫露西的小女孩。

那晚，露西带着自己的全部积蓄30.25美元来参加晚宴，却被门卫拦在了门外。于是露西对门卫说："叔叔，慈善的不是钱，是心，对吗？"刚要进门的巴菲特听到这句话非常感动，他把小露西带进了庄园，小女孩受到了热烈的欢迎。那次晚宴打出来一条新横幅，上面写着小露西的这句话：慈善的不是钱，是心。

　　故事讲完，周围几张桌子上的人爆发出热烈的掌声。其实我对这个故事并不陌生，只是在这样的一个节日听到这样的一个小伙子讲，完全又是另外一种感触了。这几天来的一幕幕，纷纷在我的脑海中掠过，化名的还账人、捐赠食品的大桶、乞丐收容站的食品、辛勤付出的义工、普通公民捐献的现金……这一切行为都彰显了慈善不是物质和金钱，而是人心，是来自全社会的关爱与祝福。

　　在美国的感恩节之夜，我的心又一次感动，我懂得了慈善感恩的真正意义。感谢旅行，给我带来一个更广阔更温暖的世界。

"黑色星期五"与圣"蛋"大餐

> 昨天的感动还在心头荡漾，今天商店一开门，人们便蜂拥而入，开始了疯狂的抢购。商店门前挂着的大红条幅上写着：快来吧，"黑色星期五"的血拼开始了。

昨天晚上的感恩节一直过到下半夜才结束，我和老伴儿没睡多久，天就亮了。刚晕晕乎乎地爬起来，一看，另一个节日又开始了。若不是看到大街上的宣传标语，还真没想到，在北京就听说的"黑色星期五"是紧跟在感恩节后。

没来美国之前，我一直以为"黑色星期五"是个悲惨的日子。比如，我在网上搜集的资料就说，耶稣受难、亚当夏娃偷吃禁果、亚当夏娃死亡、亚当夏娃的儿子该隐杀死弟弟亚伯，等等，都发生在星期五这一天；就连英国以前处死罪犯也都选择在星期五。这样的事件和星期五联系在一起，怎么想这天都不会是个庆祝的好日子。所以我想，商家在这一天大打折扣搞促销，是不是正说明这天的日子实在是不好过，他们已经到了艰难度日的地步？是不是在表示为了渡过难关，别说盈利了，能把货甩出去把本钱收回来就不错了？就像我们在北京经常看到的商店门口的牌子，上面常写着什么"挥泪大甩卖""清仓大出血""跳楼价"，等等，看得人心里发颤，好像打个折老板就活不下去了。

我唯一知道的和星期五有关的大喜事，就是2001年北京申奥成功。那天，日本的大阪、土耳其的伊斯坦布尔、法国的巴黎、加拿大的多伦多在申奥上败给了中国北京。在那个星期五的晚上，北京的街头人山人海，热闹异常。商家不用搞促销，啤酒就都卖光了。那几个国家的人民可能会认为，自家申奥没成功，就栽在这个倒霉的星期五上了。好在"黑色星期五"原本就是西方国家的传统，跟咱们没多大关系。

不过，没想到的是，这次以过节为主的美国之行，把我对"黑色星期五"的认识给彻底推翻了。原来人家的"黑色星期五"竟然是个倾城出动、全民上阵抢购商品的日子，而且搞得就像商店里的东西不要钱似的，人人拼命往家里搬。

这样的疯狂抢购，商场利润肯定大增。账单记录赤字是红笔，盈利是黑笔，要是这样看，对美国商家来说，这一天当然是"黑色星期五"了。

本以为这个"黑色星期五"热闹一天过去后，大家就该消停一阵子了，毕竟离圣诞节还有20多天呢，哪知道接下来的每一天都像马上要过圣诞节了似的。各大商场、超市每天都人满为患，各种带有圣诞标志的商品堆积如山，连巧克力的盒子都换成带圣诞老人头像的了，还有各种各样的杯子、袜子都印有圣诞图案。商店里最受欢迎的就是挂在圣诞树上的各种小饰品和五彩缤纷的小包装盒，还有包装礼品的彩带、纸花也堆积得跟小山似的，而且转眼就卖了好多。无论是买的还是卖的，都互相打着招呼，满脸喜气洋洋的。

不光是商场里面热火朝天，外边的街上、花园也布置得流光溢彩。所有的树上都缠满了五彩的串灯，各种形状都有，一闪一闪的好漂亮。街道上跑的汽车，后备厢里都伸出一棵小松树，那是车主买回家做圣诞树用的。

我曾问过一个正从后备厢里拿树的老人，问他家的圣诞节怎么过。他说他们家筹备得有点晚了，刚刚才把树买回来。我问他多少钱一棵，他说10美元。不过，这只是一棵"裸树"，像装饰用的东西还要另外买。到时候，送给孩子们的小礼品都要挂在树上，而且全家都要准备礼物，当你从树上摘下一个礼盒时，同时还要再放上去一个。最后大家一起打开礼盒，看各自收到的都是谁的礼物。当然，最主要的还是准备一顿丰盛的大餐，全家人围在桌边一起度过一年中最热闹最重要的日子。这么隆重的庆祝方式，当然要早早开始准备了。

所以还差半个月过节的时候，商店的商品就全上架了。工作人员也已经是圣诞老人的打扮了，戴着红红的高帽，雪白的胡子，还真像圣诞老爷爷。

我和老伴儿商量好，反正这几天也没什么地方好玩，干脆也去参加"黑色星期五"的血拼得了。到市内的各大商场逛逛，给孩子们买些物美价廉的礼物也挺好。

于是我们先去了全美著名的百货连锁店——梅西百货店，又去了一家以卖中低档商品为主的连锁店 rose，最后到了位于布诺德维大街911号的哥伦比亚店。这是一家百年品牌老店，服装式样新颖独特，就是价格昂贵。我们以前逛波特兰时进去过，这次再进是想看看在"黑色星期五"这种全民血拼的日子，这个百年老品牌会不会也降价。店里很冷清，没有梅西和 rose 店的火爆情景。问了店员才知道，他们这种百年老店是不参加"黑色星期五"的血拼活动的。

随着进进出出的人流，我们在几个大商场里逛着，看到人们拖着或抱着刚刚买到的商品，兴高采烈地走出商店，感觉挺喜庆。不过，顾客抱着物美价廉的商品出商场很正常，但那些人抱着一大堆东西进商场是要干吗？尤其是，有很多人抱的还是大件商品，电视机、冰箱、洗衣机什么都有，其中电脑最多。

我和老伴儿想不明白，干脆就跟在他们身后打算看个究竟。没想到这些人是来排队退货的，只见他们把电视机、电脑抱到这边窗口退了钱，然后再抱上一台新的到另外一个窗口去交钱。真是人来人往、川流不息，退货窗口外边都排起了长龙。更让人不可思议的是，他们退掉的东西大多数也都是新的。我实在想不明白这些人干吗要这么折腾？就算美国所有商品都是无条件退货，他们也犯不上把新买的东西退了，再去买同样的东西吧？

后来，我见一位先生搬着一台电视机走进来，退了货，又买了一台同样的搬出去。为了解除心中的疑惑，我凑上去请教起来，问他为什么退了之后还要买台同样的电视机，这有什么区别？这位先生很坦然地告诉我，他半个多月前花500美元买的电视机，因为当时着急看，就没考虑促销的事。今天一看，"黑色星期五"，所有家用电器价钱都降一半，所以就跑过来退了再重新买一次，这样可以找回一半的钱。那些排队退货的都是这种情况。我以前只知道美国所有商店都是无理由退货，还真没见过这种为了省钱而退货的场面，这次也算是亲身经历了。

受到这样的启发，我跟老伴儿也狂买了一堆衣服，反正随时都能退，也就没什么可担心的了。后来想想，还是买的没有卖的精，大家都解除了后顾之忧，购买力自然就拉上去了，我们因此也过了一把采购的瘾。

东西买完回旅馆，还没有到门口，浓浓的节日气氛就已经扑面而来，两棵很大的盆栽圣诞树已经摆在了大门两旁。走进大厅，又看到一个单独的圣诞区域，里面摆着的小树上挂满了礼物，周围还摆满各种饰品。来打工的波特兰大学的学生也都穿上了圣诞老人的服装，他们一边干活儿，一边随着播放的音乐轻声哼唱着。头顶上的小绒球一甩一甩的，显得每个人都喜气洋洋。

我和老伴儿坐在大堂的沙发里，准备休息一会儿就去厨房做饭吃，电视里已经在播一些关于圣诞的节目了，另外还有一些感恩节的音乐，比如 *Try your best*《尽最大的努力》, *Give a hand a heart*《伸出你的手，献上你的爱》，还有 I'll love you forever《我永远爱你》，特别是那首 I see, eyes to eyes with you《我懂，我们心心相印》，让我听得如醉如痴。

想想老伴儿以 70 多岁的高龄勇敢地陪我出来走世界，尤其这次，为了实现在美国过节的梦想，我们两个需要在国外待 9 个多月。这漫长的时间在路上，困难可想而知。我心里对他满是感激与爱。虽然遇到了种种困难，但是，我们一向认为，人深层的智慧取决于适应能力。作为一个过客，称心与不称心，是经历的两个方面，合在一起才算是旅行过程的全部。

生命的过程中，每时每刻都会有完全不同的崭新体验，像感恩节和圣诞节，从外在形式到节日内涵没有一样相同。参加这些节日，虽然让我感到有些疲惫，但它更让我活得认真努力而且充满激情。这样的生命，在抵达终点时，也许会让人不舍，但无悔，我会获得一份曾经拥有又没虚度的安宁。

快乐的日子过得飞快，圣诞节前夕，旅馆里的住户一下子少了好多，人们大多都赶回家过节了。看样子，旅馆不会举办圣诞派对了。留下的客人对此不会有什么意见，毕竟感恩节才刚过完，三只免费的大火鸡和一顿丰盛的晚餐已经让人很感动了。这时我才发现，20 多天中，我似乎天天都在过节，一会儿火鸡，一会儿圣诞老人，红彤彤的图案在我脑子里不停地切换，让人感到很满足。

眼看在国外过节的目标很快就要完成了，对于我这个总是对世界充满好奇心的老顽童来说，这就是一种幸福。学英语的时候，知道了幸福这个词是从中古英语"hap（好运）"演变过来的，可是人的一生哪有那么多好运呢，而幸福的感觉却是常常有的。

我小的时候，扫完一个大院子，才能得到一小块妈妈烤得又黄又焦的馒头。我把它捧在手心里，一小口一小口地吃，能吃好长时间，而且连个馒头渣都不会掉在地上，别提多珍惜了。那份又香又脆的甜美味道让我记了一辈子，直到今天我最爱吃的还是烤馒头。我时常把馒头烤得焦黄焦黄的，然后慢慢地啃着吃，细细地在嘴里咀嚼，那是妈妈的味道，更是幸福的味道。每当这个时候，老伴儿都会体贴地递上一杯热水，问又想起妈妈和小时候了？这也许实在是一件微小的事情，但却真的带给了我很大的幸福感。

幸福到底是什么？每个人的答案都不会相同，但有一点是可以肯定的，它绝对和名利地位无关。不管你是吃了大餐还是吃了烤馒头，都同样可以获得幸福，因为它在你的心头上，是你的一种感知。

平安夜了，我祈祷着圣诞老人能到我的梦中。可能圣诞老人忙着去各家送礼物，终是未入我梦。

清晨，我们起床去厨房一看，圣诞节的早餐竟然是松松软软的大蛋糕。我们很开心，吃得饱饱地走出旅馆。按照计划，这几天我们要去参观博物馆，主要是因为天气寒冷，室内活动更好一些。我们去的第一个地方是波特兰美术博物馆，里面展出的作品包括欧洲17至20世纪初的绘画、美国的现代艺术及北美印第安人的工艺品。接着，我们又去了俄勒冈科学与工业博物馆，在那里花费了大半天的时间，增长了不少知识，收获颇丰。

从博物馆出来后，我们高高兴兴地走向超市，准备大肆采购一番。上次在葡萄牙的波尔图青年旅馆，我和老伴儿偷偷在夜里为客人们做了一顿有18道菜的大餐，结果被大家亲切地称为圣诞老人。这次我还想故伎重演，再做一顿至少有18至20道菜、中西合璧、绝不重样的大餐，把它当圣诞礼物送给大家，当一回真正的圣诞老人。

我和老伴儿边商量菜谱边计划要买的东西，马上就到超市时，忽然看见保安在拉卷帘门，超市里面的灯已经关了。这是怎么回事？怎么刚6点就关门了？一问才知道，圣诞节这天商店超市统一6点关门，全体市民都要回家过圣诞节，这是许多年的老规矩了。我们这对"外来户"哪知道这些，一下子傻了眼。这下好了，甭说圣诞大餐泡汤了，就连我们自己的晚餐也没着落了。

我和老伴儿不甘心，又沿着大街找了几家食品店，结果等待我们的全是些闪闪发亮的圣诞树和圣诞老人，很孤独地守在商店门口，店里连个值班的人都没有。我们只能打道回府了，还是饿着肚子的。听着老伴儿肚子高一声低一声地咕噜乱叫，我只好对他说："我现在也没招了，巧妇难为无米之炊，我们什么都没买到，只能喝白开水过圣诞了。如果运气好，到旅馆厨房的公共区域看看，有什么能吃的，就凑合着做点吃的。"

回到旅馆,到厨房一看,可把我们乐坏了。圣诞节前走的人多,所以留在公共区域的东西还真不少,大部分是鸡蛋,还有两个半西红柿、一瓶樱桃罐头和几棵芹菜。看看这些物品上留着的纸条,日期还都是最近几天的,很新鲜。

老伴儿说,咱们就煮几个鸡蛋吃吧,对付一下就行了。我自然是不同意,大过节的,光吃煮鸡蛋哪成。老伴儿说:"也就那些剩鸡蛋,难道你还有法子把它们做成宴席不成?"老伴儿的话倒提醒我了,吃不成圣诞大餐,就改成吃圣"蛋"大餐也行啊。不过"诞"字换成鸡蛋的"蛋",同音不同字,内容当然也差了十万八千里。

我做饭有一个奇怪的习惯,就是凭感觉做菜。进了厨房,一看都有什么菜,然后马上根据菜来搭配,可以说是现想现做。以前别人问我家孩子说:"你家今天吃什么呀?"我家孩子总是回答:"不知道,待会儿我妈会变出来。"儿子总是夸我做饭快而且像变戏法,通常一顿饭顶多20分钟就可搞定。总之,用高压锅蒸米饭的时间有多长,我的做饭时间就有多长。这段时间我能炒两个热菜,拌一个凉菜,做个汤,因为我是双眼煤气灶同时操作。

现在在青年旅馆,煤气灶有8个呢。又不用炖鸡烧鱼,用这些鸡蛋和几样原料,估计可以做出8个菜来,顶多一个小时就能搞定。这样一来,我们的圣"蛋"大餐在7点半以前就可以上桌了。

俗话说，光说不练是花把式，说一千道一万，还得上阵实干。我让老伴儿先把鸡蛋煮上，蛋羹蒸上，这两个灶眼用上就不用管了。我再用一个灶眼煎荷包蛋，一个灶眼摊鸡蛋饼，因为做芙蓉鸡片用的是蛋清，剩下的蛋黄就摊成了蛋饼，这样一点儿都不会浪费。一个灶眼做卤蛋用的汤汁，一个灶眼煮茶叶蛋用的调料，第七个灶眼我们昨天的剩饭做了一个香喷喷的蛋炒饭，第八个灶眼就把芹菜炒了一下，还留了一根嫩芹菜芽装冷拼用，一根老芹菜破成一根根的细丝备用。好在青年旅馆的厨房里，最多的就是平底锅、钢精锅和各种大盘子，不然还真不够我招呼的。

半个小时，我俩的分工合作就完成了，然后开始做深加工。我先把两份白煮蛋分别放进卤汁和茶香汁里煮着入味，再把剩下的几只白煮蛋放进油锅，煎成黄色的皱皮状，然后用酱油滚成深浅不一的虎皮蛋。全部做好后，我把虎皮蛋和煮好的卤蛋、茶叶蛋摆放在同一个大盘子里，上面铺好那根留下的嫩芹菜芽，摆出一副根深叶茂、繁"蛋"似锦的图案。

菜还没做好，浓厚的香味就已经吸引了七八个人来，我趁机说明了吃圣"蛋"大餐的意思，大家都很高兴，纷纷回去叫同寝室的人。有人还拿来了啤酒饮料，原来他们都在独酌独饮，闻到香味就出来了。当然还是大家聚在一起过节好了。

我为第一道菜取了一个中国式名字"三阳开泰"，又取了个应景的名字叫"欢乐蛋"，因为我猜想，待会儿大家吃的时候一次尝到3种不同味道的蛋，一定会欢声大笑。尤其是我做的卤蛋，在北京的朋友圈是出了名的，由于我用12种佐料做卤汁，所以我也叫它"十二香蛋"。可这次的卤料没有那么多，连桂皮大料都没有，只好改叫它"欠香蛋"了。

庆幸的是，我在找卤料时又找到了半瓶番茄沙司，这一下我的圣"蛋"大餐又增添了一抹色彩。我把蛋羹端出来，用沙司在上面画了一个圣诞老人像，又在荷包蛋上分别写上"圣诞快乐"，这样两个主题菜就完成了。

主食只有一个蛋炒饭，显得有点简单，再配上一个卷蛋饼就"OK"了。我把老伴儿摊好的鸡蛋饼卷上炒芹菜，再用那根老芹菜劈的丝拦腰系住，打个结，整齐地码在一个长盘子里。系断了的绿丝，我就撒在蛋炒饭上面，这样两个主菜都很好看，清香淡雅，绿意盎然。我的脑子里突然冒出两个菜名，不管三七二十一就给它们冠上了，蛋炒饭叫作"青松翠翠颜如玉"，卷蛋饼就叫作"杨柳芊芊小蛮腰"。好家伙，两样最普通的中国饭，我还弄得这么有诗意有典故，也太不自量力了。好在老外大多不太懂中国诗词，我也就不担心贻笑大方了。

还有两个凉菜，其实不用动脑筋我就想好了，反正都是鸡蛋，只改变一下刀工和摆盘的方式就可以了。我把白煮蛋用小刀从中间切成波浪形，打开后两半鸡蛋都带荷叶边，中间的黄心上再顶一颗红樱桃。为了节省寥寥可数的十几颗罐头樱桃，我还把一颗切成两半，可以扣在两只蛋上，也不影响美观。还有一根芹菜芽，被切成几段后，搭在两个蛋中间，我想可以把这道菜叫作"二龙戏珠"或"牛郎织女"。

虽然有些牵强，可实在是勉为其难，毕竟原材料有限，几个鸡蛋而已。我要是在北京做这个冷拼，那是需要很多东西的，说不定波特兰的超市都未必能买全。而且这两个名字我不会用英文说，只好再胡诌一个出来，想到一个超市的名字叫易初莲花，在国外也很有名。现在超市都关门了，我的菜叫成超市名也不为过，权当过节的乐子。

另外几只白煮蛋被我切成小月牙，一只月牙配半只红樱桃，一只月牙配半只绿樱桃，盛在盘子里码成一圈。中间几个半圆的蛋，也用牙签穿上红绿樱桃插在蛋白上，活脱就是一幅月色美景，干脆直接叫"敖包相会"了。可是我这英文水平有限，"相会"好说，可是"敖包"怎么翻译，我可不知道，无奈只能叫成"月亮下的浪漫"，外国人也懂，我也好翻译，没准儿他们会很喜欢。

果然，菜刚一完成，他们就哇哇地叫起来，围着盘子左看右看，高兴得手舞足蹈，死活不肯相信这是用鸡蛋做的菜。最后我要做芙蓉鸡片了，蛋清已经被老伴儿搅成了泡沫状，我轻轻地把它们滑进了锅里，随即，蛋清就慢慢变成了翩翩的云朵状。等这最后一道菜端上桌，我的圣"蛋"大餐算是完成了。

老伴儿看了我的圣诞大餐，不觉得很新鲜，因为我在家里常干这种事，他早已司空见惯。可是老外却惊奇万分，不断地有人问，这真的全是鸡蛋做的吗？怎么我们的鸡蛋没有这么好吃？我说："拜托了，这鸡蛋就是你们美国当地产的，只不过做鸡蛋的是中国老太太。"大家听了都鼓起掌来。

吃完饭大家都抢着刷碗扫地搞卫生，说什么也不让我们老两口儿再动弹，只让我们坐在沙发上看电视里的圣诞节目。这感觉好温馨，在遥远的美国竟然感受到一些家的味道。

我决定出去走走，看这美丽的圣诞夜晚是个什么情景。好家伙，连走了好几条街，竟然没碰见人，连汽车都极少，街上冷清极了。这哪里是过节，连平常日子都不如。我们走过一家电影院，推门进去看了一眼，偌大的放映厅里，观众稀稀拉拉的没几个。有两对情侣相拥而坐，根本没看电影，估计是惧怕寒冷，躲在那里。

天空已经飘起了小雪花，我们走到一家酒吧门前，看里面也是冷清得很。不知圣诞老人此时大驾光临，会不会伤感？也许他老人家正在荷兰的圣诞老人村，拆来自世界各地小朋友们的信呢，根本顾不上来这里。

晶莹的小雪花铺满了整个街道，城市成了银色的世界。在最美的夜空下，一种很宁静的幸福感悄悄爬上我的心头，生活原来可以如此悠闲快乐。

罗曼·罗兰说：幸福是灵魂的香味。也就是说，幸福其实是一种心灵的感受，不用刻意去追求，往往就在一个你不经意的瞬间，它就出现了。就像在这个安静的圣诞之夜，在美国宁静的街道上，我一个普通的老太太，又完成了一个心愿。

把盏新年，一偿夙愿

元旦前夜，在纽约的时代广场聚集了上百万人倒计时。当午夜12点来临时，全国的教堂都敲响了钟声。乐队高奏着那首著名的《一路平安》，无论相识不相识的人都激动地拥抱在一起，怀着对新生活的向往共同迎来了新的一年。

美国迎接新年的各种风俗很不一样，像印第安人会在元旦前夜举办篝火晚会，唱歌跳舞。天微亮时，他们会把破旧的衣服扔到火里烧了，象征着除旧岁迎新年。等热热闹闹地过了除夕夜，第二天元旦大家都起得很晚，全家人在一起吃顿丰盛的年饭，新年就算结束了。

有的州更看重元旦当天，他们会举办不同的新年庆祝活动。像盛产棉花的达拉斯城会举办棉花杯足球赛，盛产甘蔗的新奥尔良会举办糖杯足球赛，而规模更大的新年庆典活动是加州的玫瑰花会。元旦当天，他们会把十里长街都布满鲜花，60辆用玫瑰花扎成的彩车沿长街缓缓前行，彩车上还有鲜花做成的模型。成千上万的加州市民拥上街头，我们在旅馆的电视机前，都能感受到那种热情洋溢的气息。

虽然没有亲身去参加节日游行，但我们在旅馆里也度过了一个终生难忘的新年。

圣诞节过后，旅馆里的客人又陆续多了起来。有两个来自遥远的英格兰的家庭，专门到波特兰来旅游过新年。所以旅馆决定举办一个盛大的新年聚餐派对，并贴出通告，号召每位客人都做一个拿手菜。不会做菜的，可以买箱啤酒或可乐。既不会做又不愿意买的，可以交6美元给前台，由旅馆代办。

我对在旅馆里做饭一向是很感兴趣的，而且每次做饭都受到了热烈的欢迎。这着实是我没想到的，只是一个简简单单的做饭手艺，竟然在异国他乡发挥出那么大的作用，让我交到了不少的朋友，还被客人免费载去购物。

早上到餐厅去，一路上都有人打招呼："早上好，爱丽丝。"我真切地感觉到了一种尊敬、热爱。老伴儿自豪地说："瞧咱们中国老人有多棒：英语说得溜、大餐做得香、欧亚非澳都是自助游，震了老外，还提了中国人的气。"

听到老伴儿的赞扬，我也很高兴，开心地跟他商量做什么拿手菜。其实我的菜都算不上拿手，就是图个新鲜美观。要说味道好还得看老伴儿的，他在我们家宴上做的南昌炒米粉，比正宗的江西饭馆做的还好吃，还有大炒鸡、火爆鸡胗、蒜烧鳝鱼、香酥带鱼……更是没得说，就连酱油炒饭、炒窝头丁的味道都不一般。所以我们最后决定，这次由老伴儿露一手绝活儿，再让老外们震惊一回。

去超市买菜前，我们先去厨房看了看。可不得了，厨房里已经是人满为患，8个灶眼上都坐着锅，全是些费时间的菜，蒸的、煮的、熬汤汁的已经上了，后面还排着煎的、炒的、炸的。就这样，每个灶眼后面还排着好几个人，看来我们的菜排到晚上6点也不一定能做。正在犯愁，几个吃过"圣蛋大餐"的小伙子，看见我和老伴儿都异口同声地说，你们不用做了，等着尝尝我们的手艺吧。

虽然大家盛情难却，可是规矩还得遵守，总不能把圣诞节的事算到新年头上。一码说一码，无论什么时候什么场合，这种让中国人丢面子的事，我们绝对不会干。最后我们拿了12美元去前台，打算做一回懒人。

到了前台，几个人正说着"后厨房这么紧张还是头一次"的事。一见我们来，就笑着说，源头在这里。后面的话大意就是，我和老伴儿做"圣蛋大餐"的事已经传遍了整个旅馆，那天几个出去喝酒没吃上的，听同屋的人说过后，到今天还后悔不已呢。要不今天怎么会有这么多人到厨房做菜？都是受了我们的感召。我们忙说谢谢，真没想到做点饭还有这么大的影响力，这只不过是"a piece of cake（小菜一碟）"。前台问你们中国的老人是不是都这么会做饭，我毫不迟疑地回答说，那是当然啦，而且个个都比我做得好，不然的话，我们怎么能称得上是泱泱美食大国？看到前台的工作人员频频点头，我心里美滋滋的。等我们说明了来意，前台执意不肯收钱，并且声明这是大伙的意见。

万般无奈之下，我灵光一闪有了主意。我问前台，旅馆的客人是否爱喝中国茶，他们说肯定会喜欢，尤其是那两个来自英格兰的大家庭。这下我心里有数了，拉着老伴儿就往厨房跑。到了厨房，我让老伴儿帮忙找了4个托盘、16只小盘子、一个凉水瓶和30多只高脚杯，全部洗干净了，用白毛巾盖上收好。我对还蒙在鼓里的老伴儿说："你就瞧好吧，今天晚上咱们的'菜'保准受欢迎。"老伴儿说："灶眼都排不上，咱们拿什么炒啊？上回你拿鸡蛋做了个无米之炊，这回你拿什么也没用，总不能做个无火之炊吧？"

我说："到时候你就只管负责用电壶烧开水就行了，别的不用管。"然后我又去买了几袋开心果、话梅、糖果和小点心回来，这新年的"供品"就算准备好了。准备完之后，我俩轻松愉快地回到房间，踏踏实实地睡了个午觉，就等时间到了，精神抖擞地出现在新年派对上，神清气爽地潇洒走一回，让他们外国人看看咱们中国老头儿老太太有多带劲。说实在的，越是出门在外的人，越是需要一种民族认同感。对此，我已经有过无数次的体会。

午觉过后，到厨房一看，还是人满为患。于是我们找了个相对安静的角落，把茶具端过来，把从北京带的几瓶铁观音分别放在两个凉水瓶里，洗过茶，又装了小半瓶热水闷上，待会奉茶时用开水一冲就可以了。这样一来，茶叶就不会浮在水面上，茶水的颜色也亮晶晶的。不过这可不是泡茶的程序，它只是我在家接待临时访客的一个应急方法，若是亲朋好友畅谈欢饮，自然是泡功夫茶了。不过泡功夫茶的技巧极为讲究，操作起来也需要一定的时间，在青年旅馆是不可能有这样的条件的。何况中国茶文化源远流长，品茶也是一个缓慢的过程，使人自省渐悟，一杯平常的茶可以品味出至深至简的道理，可真是一味千载。而在聚会上，人们是很难静下心来，体味一杯功夫茶的。

我的铁观音差最后一道工序了，水一开，沏茶就完成了。我开始忙着布盘，把开心果、话梅、糖果、小点心，分开放到16只小碟子里，每个托盘里放四盘。在沏上茶的凉水瓶四周，再放上8只高脚杯待用，每只杯子里放上一片半沏开的茶叶，再配上一朵干茉莉花。随着水分的进入，半开的茶叶片慢慢伸延，卷曲的茉莉花瓣徐徐舒展，像极了一幅水墨画。虽然比不上鸡尾酒中"月光彩虹"的绚丽，也没有"情人之吻"的浪漫，但是那份淡淡的清雅，却如春风化雨，沁人心脾。不知道完全不同的西方文化，能否接受我们这杯充满了东方韵味的中国茶。

晚餐马上就要开始了，客人们纷纷把忙碌了一天的成果带上来，那个熬了一下午汤汁的小伙子原来做的是意大利面，还有一份黑乎乎叫不上名字的菜，实在不敢恭维。其他的，还好有咖喱鸡块、德国风味烤翅、法式浓汤，还有奶油烤杂拌、黄油鸡卷、吉利鱼和一些牛排烤肉等。旅馆这边也弄来一只大烤鹅，油汪汪的，香味扑鼻。菜品都很丰富，就是没什么蔬菜，连沙拉都没人做。我猜大家都不想做这道菜的原因是，即便按6美元的标准算，得做多大的一盘沙拉才够这个数，所以大家都买了鸡鸭鱼肉。这也说明客人们都素质很高，每个人都自觉地把最好的拿出来给大家。这样一来，无形中让我讨了巧，我看大家都吃得差不多了，忙把茶沏好给每桌递过去。人未到香气到，引得好些人回首探寻，等到品尝了一杯以后都大加赞赏。有意思的是有许多人喝过中国茶，他们对我这个中西合璧的配置有点迷糊。用盛葡萄酒的高脚杯放茶和在小茶盅里放茶的气氛怎么也不一样，换句话说，西方的器皿盛的是东方的国粹，似乎不伦不类，实际上也别致得很。别人是酒过三巡，我们是茶转三圈，场面照旧热烈。

这时旅馆经理站起来让大家静一下，他要致新年贺词了，在问候了大家以后，他说："今天这里有一位尊贵的客人，他来自一个伟大的家族，在全世界都是非常著名……"于是我和大家都看向了那个来自英格兰的老人，因为她的高雅气质和谈吐都很像王室贵族，甚至长得也有点像伊丽莎白。这时经理接着说："他就是来自中国的，孔夫子第七十四代孙，孔先生（The 74th generation of Confucius, Mr Kong）。"

我当时愣了半晌才回过神来，他说的原来是老伴儿，我赶紧把老伴儿拽起来，大家响起了热烈的掌声。老伴儿傻傻地笑着，不知怎么办好，我只好替他向大家致谢，并即兴发表了一通演讲，好几次都激动得忘了词。我真的没有想到，在美国的新年晚会上，老伴儿居然是他们心中最尊贵的客人。看来全世界很多人都知道尊孔，都在学习孔孟之道和儒家传统文化。听说在全美有500多所孔子学院，我们旅馆不远的波特兰大学内就有一所。老伴儿也很激动，他说从来没有过这样的经历，更没想到一个美国旅馆的经理会在新年致辞中第一个介绍他。

接下来晚会的内容也是我没想到的，类似于我们国内开会时的表决心，就像"我一定要按时完成任务，保证改掉爱迟到的毛病""一定要互相帮助，友爱团结"这类。只是在美国这变成了一种许愿的方式，而且一定要在新年这一天当众说出来，并且要求大家予以监督。那个煮了一锅黑乎乎的菜的小伙子表决心说："我要好好学习厨艺，将来做给我女朋友吃。"我特意为他多鼓了几下掌，说："你今年一定要实现自己的诺言，不然的话，这种做菜水平，真的会把女孩子吓跑。"

本来我是可以不用在这里表决心的，因为再有一个多月，我就回到祖国的怀抱了。但是这个新年晚会，我不可能忘记，它本身就是我要实现的愿望，是我生命的又一处精彩。

良心与两万块

做一个堂堂正正的中国人,不需要任何理由。

这次长达 9 个月的北美之行,首站就不顺利。因为有个亲戚在波特兰,所以我们买的票是波市进,波市出,这样的往返票最便宜。可到了亲戚家的第二天,老伴儿就感到不舒服了,一整天都没有排小便。原以为是长途飞行缺水了,所以没小便,于是我就让他多喝水,哪料想越喝水越厉害,肚子胀得像一个鼓,只好去医院了。

虽说是第一次上美国医院,但之前我们对美国看病流程也有些了解。当地是每个家庭都有专门的家庭医生,有病先找家庭医生做基础治疗和判断,如有需要再转去技术更好的或对口的专业医生那里排查治疗,所以大型医院的所有专家都必须预约。

当然,我们这是急诊,也就例外了。我陪老伴儿到医院,刚进医院大厅,前台就有几个年纪很大的老护士迎上来询问,原来他们都是已经退休的医护人员，现在留在医院做专业义工。一听我们的情况，他们几个人马上分头行动起来，有的领着我们往里走，有的则去通知相关人员把表格都准备好。

我们一进去就开始填表，不外乎是出生地、国籍、种族、病史、药物过敏史、用药记录等。令我印象最深刻的是一张单独的表格，医护人员先拿着它去问了老伴儿，老伴儿同意后才拿过来给我看。我一看是个隐私保障书，上面有老伴儿的同意授权签字。我当时有点哑然失笑，心想都这个年纪了，老伴儿能有什么隐私不让我知道。转念一想，这个崇尚独立自主的美国，还真是事事处处都体现着这种精神，连夫妻之间都有公平的隐私权。这还不只是走过场，一纸正式公文拿来让你签，你不能不认真对待，随之也有了认真的思考。

办完这些复杂手续之后，我们终于进了诊室。一个高高大大的美国医生和一个年轻漂亮的女护士，都笑容可掬地等在那里。屋里除了一张普通的检查床外，还有一张床。这张床有点像妇科检查床，床下架着一个支撑架，一个接着口袋的圆洞。床显然是刚推进来的，护士还在整理。至此，我们才进一步体会到双管齐下在实际中的运用。原来我们填表的时间，院方已经开始叫医生准备设备了，期间应该还有各种交接事项，不然医生怎么会知道要安装这种床。

见我们走进来，医生微笑着站起来打招呼让我们坐下。这让我们有点受宠若惊，毕竟在国内我们也是老病号了，看病无数次，还从未受过这种待遇。

简单询问之后,医生让老伴儿躺到检查床上,露出肚子。那肚子一看还真吓人,像孕妇怀胎 7 个月一样。大夫轻轻摸着老伴儿的肚子问哪个地方疼,老伴儿说哪儿也不疼,就是肚子胀。大夫开玩笑说你肚子里有小宝宝了,等一下生出来就不胀了。我本来看着老伴儿的肚子有点害怕,被大夫这么一逗,紧张立刻化为乌有了。

检查完毕,他让护士准备导尿,自己则直接站在老伴儿床边给他讲解。老伴儿不懂英文,医生完全是用肢体语言表达的。他做了一个把水龙头拧开水流出来的动作,又伸出大拇指说"OK",然后又关上水龙头。接着又摇头,还做出很痛苦的表情,这就是老伴儿的现状。然后又到洗手间边另一个水龙头处又打开一个端口,把水从这儿引出来,总之就像幼儿园老师给孩子讲课一样,深入浅出地比画给老伴儿看。

我在旁边看着老伴儿不停地点头,显然是听懂了,可他过来直接跟我这个懂英文的讲不更省力气吗?用教 7 岁儿童的方法,教一个已经 70 多岁的老头子,岂不是多此一举?

后来,护士一回来,他就离开床边,走过来跟我说,他不是专科医生,现在采取的措施只是普通医生做的救急措施。先让老伴儿把尿排出来,然后再带上一些药回家。一周后,他再帮我们把专科医生约好,我们再来复查。他还向我描述了一遍病情,大概跟我刚才看到的"水管演示"一样,说是让我们放心。

我一向自以为是善解人意的人，和美国医生一比，可真是王奶奶遇上了汪奶奶，差的不是一星半点。他觉得自己和病人说的话经过翻译后，二者之间有感情差异，这对病人的情绪会产生影响，所以他要亲自讲解让病人放心。老伴儿后来对我说，当时还真有些紧张，被洋大夫连比画带讲解地这么一折腾，果然就一点儿也不怕了。就这么一个小细节，大夫都没有疏忽。

护士也是极认真，她一边打量着医疗器械，一边用手扶着老伴儿的肚皮安慰他不用怕。护士的手被东西占着，不能用肢体语言解释，只能讲英文。我正要过去帮着翻译，突然听到她的一句话，让我扑哧一声笑出来。

老伴儿奇怪地问我："她说什么呢，让你笑成这样？"

我说："她夸奖你是一个乖宝宝，一点儿也不闹，很听话，很安静。"老伴儿也笑了。

尿液很快排出来了，有一大玻璃杯。肚子扁下去后，老伴儿也舒服多了。护士又给他安上一根长长的导尿管，用胶布粘牢，还把一只袋子挂在上面。整个过程她都小心翼翼地，不时地问老伴儿："疼吗？有哪儿不舒服马上告诉我，我们随时可以停止，休息一下。"大夫也一边跟我说着话，一边回头观看操作。同时关照着我和老伴儿两个人，不管是家属还是病人，他都没疏忽。作为病人的亲属，又远在异乡，我不知道该说什么好。

其实他不是专业医生这件事,完全不用告诉我们,可是他是那么诚恳,又反复解释了几遍。他嘱咐老伴儿道:"我开的这种药,若疼的话就吃一片,不太疼,就最好别吃。但另外一种药必须吃,那是扩张毛细血管的。"开好了处方交给我们,他又告知我们去外边药房或者超市购买药品,整个医疗过程就结束了。

回到住处后,我忙着退飞机票,因为我们原计划在亲戚家住3天就去参观奥兰多的迪斯尼——米老鼠的发源地。机票订的是美国航空公司的廉价票,在北京时就说好了,不能退。但是老伴儿一周后还要复查,我们根本不能走。把情况在电话里跟航空公司说明了,他们非常通情达理,说:"既然生病了,可以变通一下。你们可以先把票退了,把票款存在公司账上,等再买机票时把这钱再用了。"这一下子就把几百美元的损失找回来了,高兴之余,又想到了看病的事儿。这医疗费到底要怎么交呢?可能是等到复查时一并说吧。

一周时间很快就过去了,老伴儿也好了。从药房买回来的药还没吃完,那是一个橘黄色的小瓶子,一共有30片,花了25.3美元。本来100多美元,后来跟药房的人说我们是中国来旅游的,也没有上医疗保险,他便跟老板请示了一下,结果减了100美元还多,至今我也不明白这是什么优惠政策。

医院准时来了电话,说已经为我们约好了专科医生去复查。我们到了医院,还是那间诊所和护士,只是换了医生,是一个年纪年轻一些的。他先自我介绍是泌尿科的专科医生,说自己学的专业就是泌尿系,实习也是在医院泌尿科，加上实习共工作了8年，在这个专业里算是还不错的专家。医院方约他来为老伴儿看病，主要是考虑到病情较轻，无需花费太多去请更高级的专家。

这个医生态度更加和蔼可亲。他认真排查了老伴儿的排尿袋，查看尿液的颜色，还看了一下刻度，然后说："你配合得很好，值得表扬。"实际上，老伴儿并没有做什么，白得个表扬。然后他让护士把导尿管和尿袋都撤了，又轻轻在老伴儿肚子上按摩，协助老伴儿恢复自主排尿。一会儿工夫，老伴儿就可以自己排尿了。医生又给老伴儿开了一些专门治疗前列腺的药，还是去外面药房买。这次大概90片，花了60美元。

已经看了两次病，医院怎么还不收钱呢？总不会是急诊免费吧。后来才知道，正因为是急诊，所以要等。美国医院通常是主治医生负责制，第一个接诊的医生负全责，最后也由他来判定治疗效果，填写一张论证判断书之类的，这样大概需要一周，之后医院会将论证书寄到你在表格上填写的地址。可我们的情况比较特殊，先看的急诊是一个普通科大夫，后又转的专科大夫，医院需要等两个医生的病理论证汇总后，财务才能填单子寄出。这么一折腾，论断出来的时间就更长了。

我们根本没法等，奥兰多的行程已取消了，按计划现在我们要直接去墨西哥了。走前我们把一只大行李箱寄放在亲戚家里，准备回来取时，再看看医院的账单到了没有。

半个月以后，我们回来取行李，住进了一家波特兰青年旅馆。当时账单还没到，于是我们又去了夏威夷。

等我们再次回到波特兰时，已经过去两个多月了。亲戚说我们刚走，医院的账单就寄到他们家了。他已经回复医院说，此人已经离开本市，医院也就没再催了。

看来美国人是独立自主惯了，住在家里的客人走了，欠债不还，主人也没什么事，不会受株连。亲戚说，在美国的墨西哥人都这么看病，钻急诊的空子。还有住院的病人，差两天提前出院了，也不用交钱了。

可我们是无意中这样做的，并没有想过赖账，况且我们中间还催过医院，如果我们不是买的波特兰进出的往返机票，不也就直接走了嘛。既然亲戚说对他一点儿影响都没有，这笔账是否还要还呢？将近人民币两万元的确不是个小数目，尤其是人在旅途。

回到旅馆后，我们又列出了好多不还钱的理由。墨西哥人可以不还，我们也可以不还；医院也不知道我们又回来了；亲戚说还与不还，你们可以自己做决定，反正医院已经把账单转给一家欠债公司了，意思就是一笔烂账了，要得到就要，要不到就算了；我们又不是富翁，两万块钱对一个工薪阶层来说不算少了，何况旅途中多出来这笔开支会增加很多困难……

可是，罗列了这么多的理由，总过不了心中的一个坎儿，就是母亲从小教诲我的，做人做事凭良心。如果这笔钱真的不还了，当面对儿女时，我们该如何去解释自己的行为？这是触碰道德底线的事情，绝不能得过且过，而且做一个堂堂正正的中国人不需要任何理由。

于是还账的事就这样决定了，我和老伴儿轻松地过了一晚。第二天，我们买了葡萄酒和礼物送到亲戚家，在他的帮助下顺利地把钱还给了医院。

后来回忆起来，我常常为当初的一丝杂念和私心羞愧，一辈子的清誉差点毁在一笔医疗费用上。幸亏我们没有做错，否则会愧疚一辈子，良心账可是欠不起的。

北京遇上西雅图

在路上，最能打动你的永远是人。

从美国去加拿大，我们买的是铁路公路联运票，虽然比廉价机票贵一些，但出了火车站就可以直接坐大巴去温哥华。我们在温哥华提前订了一家家庭旅馆，玩了一个星期后，又坐大巴回了美国西雅图。这样的旅行路线，我们是经过充分研究后决定的，既省钱又省时间，不走冤枉路，去时直达目的地温哥华，回时是搂草打兔子，顺带游览西雅图。

358路在哪儿

从到西雅图的大巴上下来后，我和老伴儿就拖着行李直奔公交车站，可是挨着个儿地把站牌看了一遍，也没找到358路。我们定的西雅图旅馆只有这趟车能到，找了好多个站牌，问了好多人，竟然没有人知道这个358路在哪儿。整条大街上的站牌不是42路、7路，就是

11 路，这 300 多路肯定是去远郊。之前订旅馆时，光图便宜了，没考虑这一点，现在麻烦来了。

下大巴时就已经下午 4 点多了，我们转悠了整整一个多小时也没找着，眼见天色渐渐暗下来，我和老伴儿心里都有些着急了。

不过，好在街上的人渐渐多了，估计是到了下班时间，人们都从公司出来，开始赶着回家。车站排着长队，我们又拖着行李找了一圈。有几个人告诉我们，大概 358 路不在这条街上，应该到别的街上去找。可是下车的时候，司机告诉我们，358 路就在这个广场的大街上，怎么会找不到呢？真是把我们急得够呛。

最后实在没办法，我们决定破例打车走。于是我和老伴儿上了十字路口的中心岛，打算在岛上挥手打车，那样会显眼一些。中心岛上有几个行人正在等红灯，我向一个穿着工作服，腋下还夹着一个饭盒的年轻人打听，问他站在这里能否打到出租车。他问我们要去哪？我告诉他要去西雅图旅馆。他居然跳起来说："我的上帝啊，你知道打车到那里要花多少钱吗？75 美元，75 美元啊！"他又问，"你们是有病人吗？"

我说："不是，我们只是找不到 358 路了。"

他呆了一下，又想了一会儿，似乎是下了决心似的对我们说："跟我来吧，我带你们去。"

原来他在一家工厂上班,现在刚下班,很累,想快点赶回家吃晚饭。我看着他疲惫的脸色,心里很不落忍,告诉他说:"你只要指给我们是哪条路就成了。"

可他说:"那地方太偏僻,很不容易找到,还是我带你们去吧。"我听了心里有些热。

好不容易到了 358 车站,小伙子没走,而是跟着我们一起上了车。他说不放心我和老伴儿,怕我们到了那儿还找不到。因为那边下车也要走一段路才能到我们订的旅馆,而那边的人可能也不清楚路。他说他从出生到工作,25 年从未离开过这座城市,所以很熟悉这里。

路上聊起来,他对我说他从未想过去旅行,因为工厂都不景气,有份工作就很不错了。我听了心疼,教了他几句中文,希望他有机会能到中国来看一看。他一直把我们送到旅馆门口,然后匆匆告别走了。

看着他的背影,我和老伴儿又想到了另外一个小伙子。从波特兰去西雅图时,我们问一个要上班的小伙子到火车站怎么走,那个小伙子也是一路把我们送到了火车站。看了一下表后,他说还有时间,又把我们一直送到火车站检票口,跟工作人员交代了,才返身跑了。原来他上班的大楼早过了。

远在他乡,找路是件很辛苦的事,但有些人,总能让这件事变得不那么令人焦灼慌张。他们有种热量,能让路和风景变得温暖,让问路人变得眼热心安。这种人我和老伴儿碰到过很多次,但无论哪次,他们都会把我和老伴儿感动得想掉眼泪。

他们还使我染上了一个怪癖,让我对北京交通图产生了不一样的感情。我花了极大心思去研究它,背下它上面的很多路线,从始发站到终点站,以及中途的重要地点。在北京时,不管谁问路,我都能详细地告诉他们,也特别愿意告诉他们,因为我很享受那份传递奉献的快乐,我想以此来感谢那两个可敬可爱的小伙子,感谢那些让路变暖的人。

六个景点

顺利抵达旅馆后,已经是晚上 7 点多了。晚饭是从温哥华带来的,在微波炉里热了一下,香味弥漫了整个房间。想着送我们来的小伙子可能还没到家,心里一直很挂念。

吃完饭,我和老伴儿决定出去转转,熟悉一下环境,好制订三天的旅行计划。旅馆斜对面的街上有一家娱乐中心,晚上灯红酒绿,很是热闹。拿手上的旅游地图一对,发现它竟然是西雅图市的第一个著名景点。那个高高的塔此时看起来,比照片上要壮丽得多。

旅馆门口就有一个小房子,是旅游售票点。从介绍上看,西雅图著名的景点共有六个,一天就可以走完。一日游的票价正在打折促销,每人 59 美元。巧的是集合地点也在这儿,倒真是方便,只可惜两个人的票价几乎就有120美元了，还不包括吃饭。

我和老伴儿正商量着要不要买，门口停车场的管理员走了过来。出于礼貌，我打了声招呼，跟他聊了一会儿。真是不聊不知道聊了吓一跳，原来从第一个高塔景点后边过去没多远，就是第二个和第三个景点，之后的第四个离得也不远。只有第五、第六个景点远一点儿，一个是动物园，一个在海边，但总共加起来也出不了方圆20公里。管理员建议我们自己去，还在地图上帮我们把每个景点都给标了出来，这样一来，除了饭钱几乎没有其他花销了。我计划着，我们可以用两天时间慢慢逛，六个景点，第一天玩三个，第二天玩两个，动物园就不去了，美国的老虎也不见得比中国的威武。

有了完美计划，又和管理员道了谢，我和老伴儿就高高兴兴地回旅馆了。想想这一天的收获还真多。

第二天早上，我们吃完早餐（早餐由旅馆免费提供）就出发了，结果一上午就把三个景点都逛完了。中午回旅馆，我们把从温哥华带来的红烧肉大米饭热得香喷喷的，又撮了一顿。下午休息了一下，又出来逛西雅图的街道、拍照留念，晚上看了看夜景，然后回到旅馆，早早睡了。

第三天早上我们去了海边，逛了介绍册上的第五个景点，还去了著名的海鲜市场和各种美食街，花5美元买了一种卷饼当午饭。下午回来，又顺路逛完了第四个景点。这样，六个景点，除了动物园，全玩遍了。而且晃晃悠悠的,想看什么看什么,想买什么买什么,不想买就不买,完全不受限制,也绝不会有人催促。

总听人说,昨天已然历史,明天又不可知,只有今天才是留给自己的礼物。我和老伴儿笑着说,因为我英语好,善于沟通,结果帮咱们省了120美元,不如把它花了,买个礼物奖励我一下。老伴儿欣然同意。不过这么多钱买小礼物就太多了,还是拿去买衣服比较好。

于是我们沿着商业街逛起来,路上竟然发现了那家在西雅图特有名气的原木家居店。走进去一看,果然名不虚传。里面所有产品都是用原始森林里的大树做的,有的直径达1.5米,直接切割成大桌面,连年轮都看得清清楚楚。

老伴儿说,活了大半辈子,从没有见过这样的家具。那种原始自然的美真是无与伦比,与其相较,都市中的那种欧式奢华简直相形见绌、黯然失色。而且一棵树只能做一件家具,每件家具都是独一无二的,这也是很多人喜欢它的原因。我们是过客,再喜欢也只能欣赏一下罢了。

体验销售艺术

从家具店出来,我和老伴儿直奔大商场,逛到一家服装店时,看到门前挂满了彩球,两个服务人员正站在门前,热情地招呼客人进去。原来他们在搞15周年店庆。

我们进去一看,大厅中间放了个大桌子,摆满了香槟,让人们随便喝。一个男服务生迎上来,询问我们需要什么。我说想买件衣服,但不能超过 100 美元。

他说:"要是在平常,没有这么便宜的,但现在搞活动,折扣幅度很大,你们的愿望一定能实现。"

在他的介绍下,我们选中了一件外套,可是稍微有点瘦。但他说:"没关系,你们先坐下来休息下,喝点饮料,我马上就把扣子往外放一些。"他很快就弄好了,还拿给我们看,扣子钉得很结实。这件衣服折后 75 美元,加上税也就 90 多美元。

可是等拿了衣服出来,我们看见橱窗里模特身上穿着的一件黑色风衣特别好看,就有点后悔。虽然知道在美国买东西退换都很方便,可是刚刚买了衣服,而且还让服务员改了扣子。这种情形再去换,显得不合适。

我和老伴儿正在犹豫,里面的那个男服务生看见了,又迎出来问:"还有什么需要帮忙吗?"

我们很不好意思地把想法说了,他非常痛快地说:"这好办,衣服您可以退,等有时间我再把扣子移回去就行了。不过,您看上的风衣已经全卖了,现在只剩橱窗里的这件样品了。这是今年最新的款式,卖得特别好。您的眼光真时尚。"说着他就把衣服取出来拿给了我。

我试了一下，很合身，只是脚下穿的是一双运动鞋，看起来很不协调，他于是又拿过来一双黑色皮鞋让我换上。这下风衣的独特性全彰显出来了，奢华不张扬的风格、高贵又典雅的质地，无一不让人喜欢，我简直爱不释手。那双鞋也与众不同，与风衣搭配，格调统一，又提升了风衣的档次。

能为顾客找到合适的商品，还能将商品搭配得这样出色，看来这个服务生有着很丰富的销售经验和极高的审美。这已经不是一般的卖东西了，这是一种销售艺术。更让人感动的是，我觉得鞋子有点夹脚，他马上又把鞋拿到后边的鞋架上撑了一下，20分钟就好了，穿在脚上很舒服。

只是又买鞋，又买衣服，有点超出预算了，所以我有些犹豫。他了解情况后立刻说，因为今天是店庆，你又买了两件商品，我可以请示一下经理，给你们把税免了。这样算下来，风衣和皮鞋一共是175美元，比我们预算的金额超了55美元，但却买到了心爱的东西。回北京后，朋友们都夸这身行头上档次，还猜不出是多少钱买的。

我很爱惜这件风衣和这双鞋子，而且常常怀念在店里买东西时得到的服务。这种服务让我一直很舒服，不满意不买，即使退货都被真诚地对待了，没有丝毫的懈怠，唯有殷勤周到。

一元钱的爱心

在西雅图的最后一天，本想在街上随便走走，却意外地遇到了一支浩浩荡荡的游行队伍。开始我还以为又赶上了游行大罢工，就像在法国和西班牙时遇到的那样。但仔细一看又不太像,他们统一穿着白色上衣,衣服上还印有一个红色的爱心图案。游行队伍中有老人、小孩、妇女和青年,总之各种年龄段的人都有,而且很多是来自一个家庭。

其中最引人注目的就是一对白发苍苍的老夫妻,带着一对中年夫妇还有两个孩子,全家人挽着手臂雄赳赳地边走边喊口号"人人都献出一份爱""一元钱不算少,那是每个人的爱心",等等。还有好几个家庭,都是推着婴儿车在游行。有的爸爸一边把孩子架在脖子上走,一边高呼"献出我们的爱"。

队伍很长很长,而且随时有人加入,看不出由谁组织。队伍也不整齐,都是随意走着。这到底是什么游行呢?连个写标语的大横幅都没有,我实在看不出端倪。游行的时间不太长,还没到中午就散了,干净的街道水洗过一样,没有人丢下一块纸屑。

幸好我在队伍中看到几个中国人,便跟他们聊了两句,打听了一下。刚开始,得知我们一点儿不知道这是什么游行时,他们显得很惊讶。等我解释后,他们才恍然大悟,然后告诉我说:"这是一年一度的'一元钱献爱心大游行',全城的人都参加,每个人都要捐一元钱给穷人,连孩子也不例外。太小的孩子由家长代交,大些的孩子靠卖报纸、打扫垃圾等方式挣钱来交,总之,每个人都会参加这个活动。这个活动不仅能帮助穷人,也能借机对孩子们进行爱心教育,让他们从小就懂得帮助别人、为社会做贡献。这样孩子长大以后就一定会感恩,会对社会和家庭有责任感。"

原来是这样一场有意义的游行啊,居然让我们赶上了,真是幸运。我赶忙和他们合影留念,以纪念我在国外参加的第一次游行。

这就是我的西雅图之行,回忆三天以来对这个城市的印象,感觉很美好。热心带路的小伙子,素不相识的停车场管理员,真诚友善的服务生,以及为爱游行的人,他们都是最普通的人,但和他们打交道时是那么身心愉悦,因为我喜欢他们的笑容,真诚实在。也许这都是些微不足道的小事,但它却意味悠长,在无声中滋润了我们的心田。这也许是旅行带给我们的另一个很重要的意义吧。

让人疼痛的天文台

> 莎士比亚说：在这个世界上，每个人都很孤独。我们一生中遇到爱不难，难的是遇到懂得我的人或我懂的人。很幸运，在格林菲斯天文台我遇到了我能懂得的人，因此那里成了我北美之行最难以忘怀的地方。

走进格林菲斯天文台有些偶然，那天我们顺着格林菲斯公园的山路一直向上爬，爬到山顶后就发现了这组奇特的圆顶建筑物。

它与好莱坞山遥遥相对，站在上面，可以清楚地看到好莱坞山上"HOLLY WOOD"的白色大字（据说这些字每个高达 13.7 米），洛杉矶林林总总的高楼大厦、霓虹闪烁的美丽夜景也能一览无余。

它是世界上最著名的天文台，建成于 1935 年，包括多个展厅和一个电影放映室，全部免费开放。天文台顶上有一架加州最大的巨型天文望远镜，免费供游人瞻望浩瀚星空。

这里最吸引人的是天体运行演示，每天8场，用各种巨型的投影设备，逼真地呈现了浩瀚银河系中的9000多颗星球。当你坐在展厅的椅子上，仰望谷神星、天狼星、哈雷彗星、金星、北极星时，会被震撼得热泪盈眶。

这里还是奥斯卡获奖电影《霹雳娇娃》《变形金刚》的外景地，卡梅隆1986年执导的科幻电影《终结者》也用过此景，这些万人瞩目的电影作品使许多人熟悉了这组建筑。

可是这里的主人格林菲斯却鲜为人知，他的简介只有寥寥数语，甚至连他生前从事什么职业都没有提及。但有一点介绍令我很震动，他进过监狱，所以当他想捐钱建造天文台时，洛杉矶政府拒绝接受，他生前多次请求均未获批准。

在格林菲斯先生的照片旁，一个大玻璃镜框里镶着洛杉矶市政府接受他遗孀捐赠的批复文书。看来，直到最后，格林菲斯天文台也仅是以格林菲斯夫人的名义捐赠成功的。

我不知道格林菲斯先生触碰了什么样的法律底线，以至于洛杉矶政府连他莫大的善举都坚拒门外。如今，格林菲斯的肖像和那张委屈求得的批复文书放在一起，带给我的震撼不下于这座天文台展示给我的星空，他让我想起了雨果的长篇小说《悲惨世界》的主人公冉·阿让……

我甚至有些愤愤不平。这种心愿未了，逝者抱恨，生者自责的事，我亲身体验过两次。

第一次是我的母亲去世。老人家病危期间有三个心愿，前两个都完成了，但最后一个是想在离开这个世界前，再去看看自己的故乡青岛，站在八大关柔软的沙滩前望一望家乡的大海，但这个心愿最终未能成行。在最后时刻，我孤立无助地把母亲抱在怀中，感觉着她的体温一点儿一点儿褪去，看着一滴清泪在她的脸颊上长长地慢慢地滑落，直落到我的心间。20年过去了，那滴泪一直在我的心间滚动，每每回想过去，或是站在母亲坟前的时候，我都要悔恨这件事。

另一件是关于我姨夫的，他无儿无女，由我们来赡养送终。从年轻时起他就抽烟，一直抽到80多岁，算是抽了一辈子。临终时，在医院的急诊室，他一直伸着手跟我要烟，大夫、护士、一屋子的病人、亲属都不同意。我劝他，等他好了，回到家立刻让他抽。一直到咽气他嘴里都嘟哝着一句话："来不及了，来不及了……"他就这么带着遗憾走了。

后来每每想起这件事，我都觉得自己太傻，当时为什么不把老人偷偷推出急诊室，找个角落让他抽一支，就算让大夫批评一顿，也好过让他这样离世。一支小小的烟，成了我永生不能弥补的缺憾。尽管在他的骨灰盒里，放上了一整盒最好的香烟；尽管在每年的清明，我从不忘记买盒他生前喜欢抽的烟，放在他的墓碑前，可这些亡羊补牢的措施已经没有用了，只不过是给我自己的一个心理安慰罢了。

也许与格林菲斯先生的事相比,我的经历实在是太微不足道了,但这些事的实质是一样的。我甚至觉得我能理解格林菲斯夫人的执着,也对她为完成格林菲斯先生的遗愿,千辛万苦地四处奔波而充满了敬意。

我的鼻子有些酸,扶着老伴儿走出天文台时,已经是黄昏,落日的余晖让一切事物都散发着圣洁迷人的光芒,这座建筑看上去更美了。

一个人有罪,法律要惩罚的是他的罪责,只是不知道这种惩罚是不是也包括毁掉他的梦想,让他抱着遗憾死去。我无意批判什么,我只是觉得让人遗憾地死去很残酷。

人孰无过,希望我们犯了错,这个世界也依然能接受我们的善意。

Part 2

我们不只是相遇和路过

在加拿大的生活,给我们留下了终生难忘的美好回忆,为我们的旅行也增添了色彩。当老到走不动的时候,儿孙问我世界上最美的风景在哪里,我会指着自己的心窝说就在这里,然后娓娓讲述这些永远记忆犹新的故事。我还会时时提醒自己,别忘了答应自己要做的事,别忘了答应自己要去的地方。无论有多难,无论有多远,都是值得一去的天堂。

我们就怕错过另一种人生,所以才去看世界。

北京欧巴桑与多伦多金牌中介

> 这个故事带给我的快乐,早已远远地超越了赠人玫瑰,手有余香,因为真正的美丽源于生命里的或长或短的成长,这是生命的艺术。

朋友们听说我的这次北美之行长达 9 个月,其中在加拿大就要停留 3 个月之久,于是纷纷上门相求,让我帮忙打听一下海外房地产的行情。尤其是一位好友,她的移民已经批下来了,急着要在多伦多买房。

受人之托,忠人之事。我刚在多伦多停稳脚跟,就开始忙着办这件事。按照一贯的思维,我先去大厦门口的报纸栏取了一大堆免费报纸回来。排除了房地产专栏里一些看起来过于吹嘘口碑、业绩的公司后,我逐一给筛选出来的公司打电话。在电话中,我跟他们讲明我是帮朋友代看房,只想了解一下行情,绝不买,没想到依然得到了热情的回应。尤其是一位操着北京口音的周先生,对我提出的问题回答得尤为详细,并且还告诉我说,他会按照我提的要求做好计划书,明早到旅馆来接我去看房。面对这样敬业的老乡,我还能有什么理由拒绝呢?

第二天,我和老伴儿早早穿戴整齐,差5分钟9点的时候,就坐在旅馆的客厅里等着。9点,中介周先生准时到达。他40多岁,身穿合体的西服,佩戴工作卡,见面后先向我们做了自我介绍,接着又打开一个很厚的活页公文夹交给我们。夹子里的文件每隔几页就用黄色的小便签做了标记,将不同的内容区分开。他解释说,根据我朋友的要求,他准备了好几个类型的房子,高中低价位全都有,而且每类都准备了5套不同区域的房子供我们参详。考虑到我们年龄大,他建议我和老伴儿每天只花半天的时间看房就行,这样时间从容,能劳逸结合。

这么周详的看房计划和安排,我还是第一次见到,弄得我都有点发傻。所以当周先生问我还有什么要求和意见时,我都不知道该说什么好了,真恨不得不用看房就直接成交了。可惜我只是一个"丫头",当不了家做不了主,而且还有点做贼心虚的感觉,毕竟是只看不买。尽管这一点我在电话里早已说清楚了,可还是不放心,于是又反复跟周先生解释起来,这倒把周先生逗笑了。他说:"不管你买不买,只要找到我们了,就是我们的客户,我们会一视同仁的。你不要有任何的压力或不安,这只是我们的工作职责而已。"一席话说得我没了任何顾虑和拒绝的理由,只能乖顺地跟着他出门了。

到门口一看,我又傻了眼,只见一辆闪亮的"大奔"停在路旁,摆好架势等着我们呢。跟着经纪人坐"大奔"看房子,今生还是第一次。车上还准备了可乐和矿泉水,让我和老伴儿随便选。正值夏天,这些饮料都放在一个装满冰块的小箱子里，除了惊讶，我们也很感动。

上路以后，周先生告诉我们，现在去的地方不在计划书中，因为紧挨着我们的旅馆就是大山路，那里有一处房子，可以先拿来练练手。多看这一处能帮助我们大概了解一下看房要领，这样对我们以后看房有帮助。听完他的话我只能不停地点头，心想这里的房屋中介是都这样呢，还是让我们赶上了一个素质超高的。

我们用来练习的房子是一座半独立屋，靠近公交站和学校，两层4间带有卫生间，宽敞明亮，要价38万加元。这显然不在我朋友想购买的范围内，但周先生把我带来，让我对它做了一个初步的了解，真实体验了一把看房的过程。进门时我看到房门口挂着一个带密码锁的小盒子，钥匙就放在里面，这样中介从房主那获取密码就可以拿到钥匙。进门以后，里面墙上挂着一块小黑板，桌子上也留了纸条，上面写着房东对看房人的要求，像进门需不需要换鞋这类事，都会写在上面。周先生让我们自己先看着，然后他去认真填写了一张表，上面写明了公司名称，工作人员的工号、姓名，带人看房的时间，等等。

等看完一遍之后，周先生问我们看出什么问题了没有，我和老伴儿直摇头，这房子比我们自家的好多了。可是周先生一招手说："跟我来。"到了卫生间，他掀起一幅挂在墙上的画，只见画后边的墙面一片焦黑。显然房子的墙面是新刷的，而且刷墙时画没有摘。他说中介为了卖相好，会把要售卖的老房子重新刷一遍，但羊毛出在羊身上，这样房子的售价自然会被提升，而且会掺有水分。像我和老伴儿这样看一遍就说不错，如果买下来的话，就犯了买房人"六不买"的忌。

我很感兴趣这"六不买"讲的是什么，于是周先生逐一给我讲解了一遍。他说顾客买房要记住六点：一不买有问题的房，二不买烂社区中的好房子，三不买新移民超过 50% 的区域的房子，四不买完全用来出租或投资的房子，五不买有明显硬伤的房子，六不买为卖房而投机装修的房子。显然我们看的这套房子就属于第六种。

周先生还告诉我们，房屋买卖中还有一个四"W"需要记住。一、When，何时买（卖）；二、Where，买（卖）哪里；三、Why，为什么、有什么根据；四、What，做什么、怎么做。

另外，对于一般人而言，买房如炒股，宁买当头起，不买兜底抄，就像美国某些城市目前的楼市一样，所谓抄底，很容易被套牢。我对于炒股一窍不通，听周先生讲解得一套一套的，头都有些大了，心里真有些发怵。只是受了朋友的恩托，不好半途而废，只好赶鸭子上架了。不过也幸亏碰上这么好的中介，让我们懂了这么多。而且他讲解起来，特别像老师在给学生上课，十分仔细耐心。我对他说："我猜你以前一定是老师。"没想到居然真被我蒙对了。他告诉我说，他原来在北京是一所高校的讲师，到加拿大以后，为了生计临时做了房产中介，但没想到自己入行后做得还不错，几年中业绩越做越好，还获得了顾客的广泛赞誉，成了金牌中介。

对于金牌中介这一点我绝对相信，就连我们这一对老年人只是打听打听,周先生都这么负责任地对待,那些真正买房子的客户就更不用说了。我称赞周先生给我们讲解时的姿势和我的大学教授一样,就连手势都很相似。他听了特别高兴,也夸我悟性好,说我只要跟他一个星期,下来就能成房屋中介人了,就算以后不做这一行,将来给亲朋好友看房也不会走眼。我也调侃说:"那就拜你为师了,你再好好讲讲,好好过过讲课的瘾。"

有了第一套房子打基础,我的确进步不少。刚到第二套房门口,我就赶紧找密码,但没找到。原来这套房是独立代理,只有周先生他们公司才有钥匙,所以无需设置公用的密码箱。

随后我们刚一进门,房间里就传出了悠扬的乐曲,是意大利著名作曲家托斯蒂和贝利尼的作品。当我们踏上二层楼梯时,已然传出了帕瓦罗蒂的天籁之音,那是风靡世界的歌剧《波西米亚人》中两段有名的咏叹调《冰凉的小手》和《人们叫我咪咪》。

周先生见我听得那么专注,似乎都无心看房子了,就问:"你特别喜欢音乐吗?"我说:"当然,我从小就是听着这些音乐长大的。"他又问:"你觉得我选的这些乐曲好吗?"啊,原来这些音乐是他亲自挑选的,我还以为是以前的房主留下来的。"非常好,棒极了。"我回答。

委托我看房的女朋友就是音乐老师,钢琴弹得非常好,水平很高。若是她本人来到这里,肯定一听就醉了,估计接下来买房子的事情也会很顺利地成交。

我只是奇怪,进门的时候没看见周先生按什么开关,音乐就响起来了。他说这是声控,房子里有人进来时,音乐就开始播放;待人离开,音乐会自动停止。原来如此,我不禁暗暗佩服,这么细微处都注意到了,成功率怎么会不高呢？还有一个重要的因素,就是他本人的素质,毕竟是大学老师,他的敬业精神随处可以感受到,就像是老师关心学生那样体贴周到地为客户服务,真是当之无愧的金牌中介。而且他是我们北京的大学老师,我觉得很自豪,不由自主地叫了一声周老师。

他见我不再称呼他周先生,而是改称周老师,显得很兴奋,讲解愈发起劲。想来这个称谓在他离开祖国的这几年,已是没有人再叫了。像他这样的人,肯定对曾经从事的教师职业非常热爱,如今在他乡听到有人用乡音呼唤一声"周老师"怎能不高兴,想来这也是人的一种归属感。

看房快结束的时候,萨克斯大师肯尼·G的《回家》响了起来。这也是一首风靡全球、经久不衰的经典乐曲,它能得到无数人的喜爱,正是因为我们每一个人心灵深处埋藏的最深情却又最普通的呼唤就是回家。一个金牌中介为客人选择这样一首乐曲作为结束,真是意味深长,感人至深。

带着喜悦而又感动的心情,我们又去了下一家。这家相对路程要远一些,因为靠近列治文山。这里的香港人居多,整体素质也较高。

针对我朋友的职业音乐教师这一身份，周老师特意选择了这里的一款房子。一进房门就看见大厅的正面墙上挂着克劳德·莫奈的睡莲系列，其他墙上还有两幅，是莫奈的《干草垛》和《绿衣女子》。虽说都是复制品，但质量却属上乘。看来房屋原来的主人一定是个画家，或者是一位具有艺术修养的人士，而且还极为推崇印象派画家。

人们说，在莫奈的睡莲中，有着他爱人卡莱叶·卡米耶的影子，温柔平静。我却从房屋典雅的布置中感受到了房主无所不在的浪漫气息，一下就对这所房子产生了好感。周老师介绍说，这所房子的主人是一对教授夫妇，因为年龄大了，要去住养老院，所以要把房子卖掉。他们在这里住了大半辈子，做出卖房决定后，还是有些舍不得，所以还给要买他们房子的人留下了一封信。于是我们这对老人在客厅的壁炉上看到了这对老夫妇留下的信，信中说：

> 这栋房子就像我们生活中一位最亲密的伙伴，多少年来，我们学会了互相包容和欣赏。可以说在过去的岁月中，我们相处得非常愉快，现在该是说再见的时候了。记住用心去了解并善待它，它会是你永远的朋友，并且会教会你很多很多……

周老师说，他在第一次看到这封信的时候，心情很激动，以后每次来他都会让客户看这封信。他的心中总是充满了感慨，从此坚信房子是有情义、有脾气的，你总会在生活遗留下来的记忆中找到它的痕迹。他充满感情地说，每栋房子都是相同的，因为它就像一个承载岁月流逝和生活烙印的容器，忠实地记录着房子与生活其中的人注入的默契。

同时每栋房子也都是不同的,它们会因地势和建筑年代的不同,衍生出不同的形态,更因曾经生活在内的人们,衍生出不同的个性。

我听着他的介绍,已经没有看房子的感觉了,倒像是在上一堂艺术课,而且是这般生动。我把这个感觉告诉他,他说他也常常有这种感觉,觉得自己不只是在向客户推销房子,更是在把一个个故事讲给人们听。我被深深地震撼了,在这个世界上震撼到一个人,不一定是什么惊天动地的大事,把一件平凡的工作做到极致,就会令人动容。

在我心里,我们早已不是什么客户经纪人的关系了,更像是在异国他乡遇到了朋友。当然我们最终也成了朋友,回到北京以后我们还有联系。

带着下课的轻松与喜悦,我们又到了另一家。这是一个具有多元文化的社区,交通极为便利,公交以 TTC 为主,几条主干道均是 24 小时通勤,通达地铁。该区户型以独立屋两层房为主,所以价位偏高一点儿,均价在 50 万至 60 万加元之间。房子离公园只有 200 多米,步行即可到大统华超市。我们在加拿大生活了 3 个多月,经常去大统华买东西,但是要坐公交车去。那个超市的东西已经不是用什么应有尽有、物美价廉来形容了,正如一句广告词说的"只有你想不到的,没有我们做不到的"。周老师考虑到购物方便,为我的朋友选了这套房子,真是太好了。而且这座房子是一个 4 室 4 卫双车库的独栋,升级了橡木地板和楼梯,增加了房屋的实用和气派。房东还把庭院打造得颇有小资情调,院子里吊椅、烤炉、绿草地的球场,一应俱全,清新整洁，使你能远离闹市，静享花园的休闲时光。这个屋子唯一的缺点就是不带游泳池，但是去会所也不远，可以办个年卡，不到 300 美元全家老少就可以无限次使用健身、游泳、滑冰、打球等服务，非常方便。而且如果有泳池，房价自然也就拉上去了。

能在这么短时间内，为我的朋友量身定制出这么完美周到的看房计划书，我真为周老师叫好。就因为在我的要求中有一条购物方便，所以下一个房子依然是以这个条件为中心的。

这里离超市 METEO 不远，还有 3 家华人超市，分别是龙翔、佳乐、新亚。这几家超市我们都去过，购物环境堪称一流，商品新鲜齐全，连陈列都会令你耳目一新。而且因为几家超市挨着近，可以经常享受到他们因竞争而带来的价格优惠。这里还有大型购物中心，名品荟萃，买东西方便，可实在没得挑了。而且这栋房子全装独立，屋前后带花园，有树林，楼上有四个宽敞明亮的房间，其中两个有独立的卫生间，另外两个共享一个卫生间，楼下有"open concept（开放概念）"的布局，功能齐全的"living room（起居室）"。他们的地库是装修好的，而且独立，可以分开出租，既不干扰主人，又不干扰另外一家租户，如果买了这样的房子，仅出租地库的钱就够还银行贷款了。

按说这么好的房子应该早就卖出去了，不会留到现在。周老师解释说，因为上一个买家非得和经纪人要回扣，结果买卖黄了。周老师说："其实佣金对经纪人来说就是工资，是维持生活收入的来源。从某种意义上讲，从我的佣金拿走一部分，其实就是把我的工资砍掉一部分，这是不合理的。客人买卖房地产，主要目的是以最优惠的价格最快的速度顺利成交，这种交易属于'relationship business'。在交易过程中，相互尊重、相互信任是文明社会中的基本准则和规范，如果在交易的过程中有了互信和尊重，其实对客户并无不利。"

他举例说："有一次，一个客人一开口就要50%的回扣，其实房子的价值才30万，如果我接受这个价格，到头来车马费都不够，我干吗要做这种浪费时间、两败俱伤的游戏呢？所以我断然拒绝了他，我又反问这个客人，如果在交易过程中我帮你把房价压低一万，你是否要把这个差价的一半给我呢？客户当时哑然。所以说回扣可以要，但是要有理、有据、有节。试想，如果我的佣金被你砍了一半，我还会去花时间帮你省钱吗？比如40万的房子，我的佣金是房价的2.5%，就是1万。你拿走了5000，我的5000还必须交税、交公司，我顶多拿3000。此外，我还要去协调各个部门，要给房屋估价，做房子检查，维护卖房经纪人的关系，等等。在这种情况下，我的积极性也就打折扣了，我会积极销售佣金高一些的房子。而对不要回扣的客户来说，我们也不会亏待他们。通常我们会拿出1%的佣金来打扮房子，刷墙、布置、清扫，让房子能尽快卖出去。"

听君一席话，胜读十年书。周老师的讲解，让我觉得这佣金的确是合情合理的报酬。我一定会告诉我的朋友，在买房时千万不要要求回扣，也别压低佣金。因为经纪人都很自觉，他们会物超所值地为你工作，绝对不会欺骗你，否则他们会受到很严重的惩罚，哪怕只有一次污点，也会在这个行业抬不起头，或被清理出去，我觉得我的课越上越有意思,而且水平还提高得挺快。

周老师也说:"跟你们老两口儿在一起的时间过得挺愉快,大家聊天聊得起劲,感情也很融洽,感觉不是买卖关系,完全是朋友了。"像这样的工作作风,叫人感到很舒服,不用他说什么,我都得帮他张罗客户,叫我的朋友必须在他手里买房,这样的经纪人多叫人放心啊,我认为这样人性化的销售才是值得推广和学习的。

接着我们又到了一家,这所房子外表看起来很普通,一进门却金碧辉煌,到处都是黄色木雕,还有佛像和一股特殊的香味,而且很浓烈,让人不禁有昏头昏脑之感。周老师说这是一栋印度人住的房子,这类房子不是很好卖,只有找到印度买家才可以,客源少。我说别人买了去,把这座香炉拆掉不就行了嘛,过一段时间来,不就没味道了吗?周老师说,他的客户曾经买了类似的房子,恨不得挖地3尺,将味道除干净,但味道似乎在屋子里生根发芽了,最终还是把房子又再度出手,赔了些钱到别的区域买了房。看来这种怪异的印度香味,不是什么人都能接受的。

我们转了一圈,赶紧到院子里的花园去了。还好,花园里依然是花草的香味,否则我们的鼻子都会失灵的,看来什么事情过度都不是好事。趁着在花园里休息的时间,周老师又把买房的步骤向我讲解了一遍。

1. 和你的房产经纪人讨论购买要求;

2. 由银行和贷款公司提供贷款审查资格；
3. 为申请正式的贷款提前做准备；
4. 选择想要买房的地区和房屋种类；
5. 经纪人介绍和看房、选房；
6. 填写买房出价合约书；
7. 付定金支票，将定金支票存入第三方公司托管，开始工作；
8. 做房屋检查；
9. 要求维修；
10. 审查房屋各项结果报告；
11. 审阅并在公证托管书上签字；
12. 审阅前期房主的产权报告；
13. 审阅白蚁检查报告；
14. 购买房屋保险；
15. 签署贷款资料；
16. 公证托管结尾步骤；
17. 最后交房检查；
18. 银行放贷；
19. 资料登记；
20. 交收钥匙；
21. 搬入新居。

而我们现在正在做的是第一条、第四条和第五条，我的上帝，要不是周老师事先准备好一张条子给我，这么复杂的21条，我可记不住。周老师说，其实需要客户做的事并不多，很多事都是由经纪人和律师来做。我在学习英文的时候，也特意关注到美加相关的法律介绍，比如，家庭法第21条明文规定，在夫妇拥有的婚姻住房中，即使配偶一方的名字不在房产权上，也必须经过他（她）的同意并签名，才可以使买卖活动生效。如果其中一个配偶未经另一方的同意，私自出售房产，在法庭上，这种交易会被宣布无效。另外，相邻的物业持有人特许其土地的一部分，被相邻的业主享有一定的某种权利或利益。例如，某个业主可以允许邻居借道自己的物业，以方便出行，这些是要写入土地产权文件内的，叫作"Easement（地役权）"。

周老师拍掌叫好说："OK，可以给你满分。"我说："真的？学生得到老师的表扬，真是不胜荣幸。"说完我们大笑起来，第一天的看房之行就在我们的欢声笑语中结束了。

随后的几天里，我们按照计划书一个区域一个区域地看，对于每一个物业，周老师都介绍得详详细细，我们的关系愈加亲切起来。周老师说带我们看房，就像带着自己的家人看房一样。最令人感动的是他始终如一的敬业精神，他选择的每一个物业都符合我们提出的要求，社区周边全是加拿大著名的超市，有龙胜、信达、多福、大世界、老元明，等等。总之，总会有那么几个超市环绕着社区，步行即可到达，完全符合我朋友的购房条件。我的感激之情已是无以言表了，然而还有一个更大的惊喜在等着我。

最后一天，看的是"condo（公寓房）"，因为是作为备选房参观，所以也不用花太多时间，只是走马观花地看了一下，时间显得很充裕。周老师说："你这个学生快毕业了，我得考考你，如果你考得好，我有奖励，发两个红包给你。"我忙说："只有我们给你红包的道理，哪能要你红包呢？"他说："您朋友的房子没买成之前，我接收任何红包都是错误的，我可不想让自己的金牌经纪人称号被取消。房子若买成呢，我该拿的一定会拿，这叫君子爱财取之有道。"在老师幽默的说笑中，我又一次受到了教育。看来老师这个职业，无论在什么时候都是神圣的，永远为人师表。

我说："好吧，你出题吧。"周老师说："那可不行，这是实习考试，必须得去现场考。"一番话说得我有点儿糊涂了，老师也不解释，说："上车吧，到了地方你就知道了。"

这是一座独立的景观房，4室4卫3车库，周围树木环绕，自然风光很好，缺点就是交通不太方便，没有车是寸步难行。进去一看，大客厅里静悄悄的，一水的英式雕像、英式雕花家具，虽然年代久远，可是那种华贵富丽还是掩盖不了。还有一架古老的钢琴，也是仿古式样的，那种气氛让你一下子就沉静下来，人也仿佛变得优雅。

周老师说这是一对80多岁的老夫妇的房子，从家具和房子的布置上，看得出来，年轻时很富有，也很有身份。可惜现在年纪大了，老先生又瘫痪，老太太一人无法照顾病人，又打扫卫生，所以想卖掉这所大房子，换一个两室两卫的小房子，余下的钱可以养老。关键是这个房子还有一个泳池，可惜的是老人既不能游泳也不能戏水了。如今老人还没有搬走，我们必须尽快帮他卖掉大房子，这样他们才能付小房子的钱。

正说着，我们已经看到了这对老人，他们正坐在泳池边发呆，池子里满是落叶，显然很长时间无人打扫了。老妇人很热情地招呼了我们，显然和周老师很熟,让他带着我们随便看。周老师说:"你的考题来了,注意听好,这样一座房子的合理报价应该是多少,我这里有他们的委托合同,上面有两个价格,一个是他们自己的报价,一个是我们公司给出的建议价,如果你的答案接近任何一个都给你满分,若是太离谱了,可不及格了。到了动真格的时候了,以你的悟性,我相信你能通过考试。这几天接触下来,我发现你的眼光很敏锐,我也相信我的眼光,谁是好学生,谁是差学生,我一眼就能看出来。"

我受了这么大的鼓励,激动地在屋子里走了几圈,细细地在心里盘算。几天下来看过的房子和报价,都在我的脑子里一一浮现,对比后,我终于大胆地给出了一个明显高于前几天看房的最高价70万加元。看着周老师惊愕的表情,我感觉自己答得差不多,果然周老师慢慢打开合同,指着委托书上两个报价让我自己看。我简直快要跳起来了,老妇人的报价是72万,建议价是68万,我的报价不但贴近卖方的,也贴近建议价。

周老师伸出大拇指说:"Perfect,太完美了,我为你感到骄傲。这么短短的几天,你能有这么好的成绩,你是我教过的学生中,最优秀的。"看来我们两个人都很激动,他离乡背井脱离教师职业好几年了,我也不做学生几十年了,今天在房地产这个专业里,我们配合得这么好,一个教一个学都很认真,让老师开心自己也开心,这是多少年都没有过的喜悦了,彼此都很有成就感。

看来人生真是应该用来体验和发现的,不去经历这一切,如何能获得这份内心的丰富和强大的力量。

老师给我的两个"红包"原来是带我们去看两处不同寻常的房子。第一处是密市南部幽静的湖滨区,它之所以著名,是因为它是多伦多十大豪宅区之一。坐落在伊丽莎白女王大道南端,"Credit River"河谷的西侧,南临美丽的安大略湖,距离多伦多市中心仅15分钟,交通十分便利。小区内树木成荫,鸟语花香,豪宅林立。著名的豪宅大道坐落其中,小区闹中取静,美丽的"Credit River"从这里流入安大略湖,无处不在的百年参天大树、公园、河谷,绝对能与洛杉矶的比弗利山庄相媲美。

我曾经去过比弗利山庄,但那片明星云集的山庄可是大门紧闭、不能参观的。如今可以到这同样著名的湖溪小区欣赏一番,实在是件值得高兴的事。我对周老师说,这第一个"红包"还是很令人满意的。

没有想到的是,接下来的第二个"红包"就没那么美好了。非但不美妙,还有一点儿恐怖。周老师带我们走进房子,从他脸上看出一丝诡笑,真不知道他葫芦里卖的什么药。这是一处自然景观房,屋子里空荡荡的,没有一件家具,这是个反常现象,在加拿大看了这么多房子,没有一间不带家具的。而且房屋里一股潮气扑面而来,可是屋子里明显刷得干干净净,怎么会有潮气呢?

周老师说:"你再仔细观察一下,还有什么别的不同,再用手敲敲墙。"这下我来了兴趣,这么古怪的房子,难道还有什么秘密不成?

也许墙是夹层，里面藏着什么。我不想继续猜下去，忙不迭地敲起来，敲了半天，也没敲出什么名堂来，只好向老师请教。老师说："你再斜着看一下，从光影里，你是不是看出这白色后面有些隐隐约约的黑色圆圈？"我左看右看，终于发现了一些不太清晰的图形，可是这有什么新奇的呢？在我们北京的家里，墙体的保温层，时间长了，也会显现出一格一格的印子来，只好再刷一遍把它挡住。难道这加拿大的房屋墙壁也是保温层老化了再刷的？可老师说："你再敲敲这黑色圆圈的地方，听听是什么声音。"我敲了敲，听有些发空，可这又能说明什么呢？我还是没明白，脑子一片空白，绞尽脑汁也弄不懂。尽管我平常喜欢看大侦探的书，什么《福尔摩斯探案集》《名侦探柯南》，等等，看完自己也学习，可是总要有一些蛛丝马迹才行啊，这几个发空的黑圆圈也不能说明什么问题。

最后老师告诉我答案时，我真的是震惊了。我的天啊，这就是传闻中的"大麻房"。这是一个很有名的案子，房子现在被拍卖。可我还是不太明白，因为实在没有这方面的经验，只有向老师讨教。老师说这所房子原来是高温的，又加喷淋，墙上一排排的圆洞种上大麻种子，加上其他技术处理就能长出大麻来。这样在屋子里种大麻，远比在田里安全许多，不易被发现。若不是隔壁邻居一面墙上总是起墙皮，涂上以后没多少日子又潮湿，到最后都滴水下来，这件事也不会暴露。邻居感觉墙皮总脱落不是自己的问题，要求过来检查，这才发现了房屋的秘密。当时屋主已经跑了，后来才被抓住。

我知道类似的事情还会有很多，才能使得一个大学老师把本来只是临时过渡性的工作做得这么风生水起，而且还想继续做下去。正如他所说，人这一辈子做一件自己喜欢的事情是最幸福的。

我想，人都有这样那样的专长，这无疑会给人带来极大的帮助，但是更要有如花的心情，如花似的心情能感染人，让人领悟到生命的纯真和美好。周老师除了高尚的敬业精神、严谨的工作作风、处处为客户着想的优秀品质外，更难能可贵的是，他还拥有这份如花般的心情。

本以为这样的服务已经到了顶点，可以完美结束了，可是周老师还是诚恳地做了一个总结，告诉我，从高端物业中提高境界、拓宽视野、锻炼自己的眼光，从低端物业中吸取经验教训、掌握发现问题的本领。另外，房地产买卖的关键，第一是地段，第二是地段，第三还是地段，要记住，永远是地段排在首位。

老师的谆谆教诲，让我这个初出茅庐的学生受益匪浅，出于感激我发誓回国后，把朋友中要买房的人全部介绍给他。这样的金牌经纪人该是多让人放心啊。其实老师一次也没要求过我介绍客户给他，完全是他的工作和真诚付出，让我心甘情愿地要去帮助他。

他的工作细致到什么程度，我可以举个例子。有一次我们看到房子中房主留下了一些看起来还很新的家用电器，有冰箱、洗衣机、烘干机等。周老师特意指着这些东西说："你朋友买房子时一定要记住这个问题，看这些动产是否还有欠款，若是原房主是通过信用卡购得的，那会有未付清的欠款，这些动产的卖家就有可能会有一个'lien'。在这些产品上,购房者的律师可以通过 PPCA 的搜索发现这些欠款。一定记住,这些欠款都是附加在卖房者名下的,不是在房产名下。"说实在的,这些细节不告诉我完全应该,毕竟我只是看看并不买,可周老师并不这么认为。

周老师说还有一个关键问题:"让你的朋友最好购买产权保险。这样在购房过程中,卖方若存在欺诈,或报告不实等任何可能让你陷于巨大麻烦的问题时,这个保险是你最后的保护手段,它可以避免让你陷于巨大的债务中。

"另外,你还要帮你的朋友到银行去问清楚,哪些收入是可以用来申请房屋贷款的,加拿大的 5 家大银行都可以咨询,像皇家银行、帝国商业银行、蒙特利尔银行……因为我不是学金融的,所以这些相关的问题我跟你讲不清楚。"

当然,我后来去道明银行咨询清楚了,真是不问不知道,一问吓一跳,原来用以申请贷款的收入,还有很多限制,不是想当然是你的钱就可以。比如离婚后付的赡养费,就不可以算作有效收入来申请贷款。但是我总算把能用来申请贷款的收入搞清楚了,这包括正常的工作收入、继承的遗产、赔偿金、博彩的奖金、退休金、个人存款、海外资产、现有住房出售后的款项。若不是周老师提醒我去了银行,我还真不能向朋友交代得这么清楚,所以说一个敬业的人工作范围不会限制得那么小,更多的细心认真,都会给客户带来更大的利益和避免很多不必要的麻烦,他的工作也会顺理成章,水到渠成完成得很圆满。这是双赢的好事。

我在一个金牌经纪人身上学到太多太多的东西，感谢上天让我和周老师有了这样一段"师生"缘分。缘分往往能使人超越常理常规而聚合在一起。不论使人们成了父子、夫妻，还是同事、朋友、师生，都是值得喜悦和珍惜的。

当我们带着这样的新视野、新观点重返生活，回到北京时，我怎么能够忘怀这位给我上过人生课和专业课的好老师呢？

爱因斯坦说过，真正拥有价值的东西不是出自雄心壮志或单纯的责任心，而是出自对人和客观的热爱和专心。周老师的言行的确是完美地践行了这句名言。

结束看房活动后的第三天下午，我们参观多伦多大学回来，刚进旅馆，就见小黑板上留言给我们一封信，我们很奇怪，在这里谁会给我们写信呢？

我打开一看，原来是周老师写的一张便签，大意是看完房后，他想起来还有一些房地产交易中的法律问题没有向我们交代清楚，如果我们自己去咨询也可以，但银行咨询是免费的，律师咨询还是要交费的。所以他把他知道的一些相关法律问题，整理出来，打印好，每次带客户看房时都送给他们一份，唯独我们看房那天没有带，而我也没有提到法律的问题，所以给忘了。今天中午带客户路过这里时，他就顺便把资料放在前台,让前台转交给我们,并且为此感到抱歉。他还建议我朋友来加拿大买房时一定要请个律师,因为在加拿大买房要签署大量的法律文件。律师可以帮你节省不必要的开支,最大限度地保护你的利益,或减少不必要的麻烦。尽管不同律师的收费变化也是比较大的,但至少五六百加元的费用和工作量相比还是值得的。

看完便签,我心里很不是滋味。对一个尚未确定的买家,就付出了这么多辛勤的劳动,之后还自觉不够又额外跑了一次。我真是满肚子话,不知怎么说才好。这种敬业精神,我已经好多年没有见过了。为了和大家分享一下周老师的金牌服务,我特意把他写给我的一部分信的内容摘抄下来,也许会对买房的朋友有些用处。

加拿大各省市房地产法律不完全相同,房地产市场过程的操作程序也不完全一样。

当房地产经纪人为你准备了多份标准格式文件后,你必须确保你的律师为您审核清楚所有文件后再签署。

律师在房地产买卖中的最主要作用,就是确保你所购买的房产都包括什么。这不仅包括实物概念上的房地产建筑本身,还包括该物业产权在法律上的涵盖,也就是说律师不但要帮你确定你要买的物业大小以及房屋周边界限,还要包括原业主是否合法地全部拥有该物业的产权,原业主是否有权利将该物业出售给你。

律师要对你准备购买的物业进行全方面调查,包括该物业的产权历史,业主是否拥有产权,该物业是否被用作抵押或其他房产权不清的情况,是否存在未经完全披露的有关物业产权的权利让渡和其他妨碍你拥有该物业全部产权的任何不确定因素。

除上述 4 条外,周老师又对 4 个不常用的英文法律单词,做了详尽的解释。

　　"Title(产权)",就是这个物业的所有权。在加拿大,产权形式主要分两大类:共同财产所有者和分权共有。
　　"Lien(留置权)",是指该物业被用于抵押,并有抵押产生的其他方对该物业的部分产权的拥有。
　　"Easement(地役权)",是指法律上原业主允许他人有限度地使用该物业的权利让渡,如原物主可能与电力公司签署协议,允许电力公司铺设管线在该物业占地范围内通过,而且这个协议是被下一任业主继承的。
　　"Clear title(确定产权)",是你购买房产后,你的房屋产权所处的最佳状态,就是除了你和你所欠的房屋贷款外,没有任何人以债权协议或其他方式对该物业的产权有任何权利主张。你拥有对该物业的全部无任何附加条件的绝对产权。

尽管这些繁杂的法律条款读起来有些枯燥,但在真正的买房过程中却起到了很大的作用。我的朋友在买房时也深受其益,最终买了合心意的房子,这不能不得益于周老师这个金牌经纪人。在这里,我再次衷心地感谢周老师,并替我的好友也表示衷心的感谢。

青岛老乡的花、鱼、狗和便利店

> 当你拥有新的兴趣、新的记忆,你的生命力就增强了。一个兴趣广泛的人,生活也一定总是满怀激情,活得很充实。是否仅仅为活着而活着,都取决于我们自己。

这次北美之行,我们在加拿大盘桓了3个多月,期间住过公寓,住过家庭旅馆,结识了不少朋友。这些朋友中除了外国人,更多的还是中国的移民家庭,他们在外拼搏奋斗,待国人友善,并给予热情帮助。而且他们的心态都非常好,不论挣钱多少,都觉得生活很快乐。他们不同的生活经历和人生态度,使我们也受到了不少教育和启发。

我们第一个认识的人是鲁老板。一次机缘巧合,我们路过MIN街的一个便利店,一个中年人正站在门口抽烟,他笑着招呼我们说,进来坐吧。在异国听到熟悉的青岛乡音倍感亲切,因为我母亲是青岛人,所以我对青岛人都特别亲热,很快就和老伴儿进了他的店。

店面临窗有4张桌子,可以坐下来喝咖啡。他特意沏了茶,说是怕我们喝不惯咖啡，对老人的关照和体贴溢于言表。

关于后来在他的店里打工的故事，在打工记中我会讲述，这里主要介绍他个人及家庭。他原是青岛一家商务公司的老总，父亲是个老军人。他从小在部队大院里长大，6年前移民到加拿大，有一个女儿已经上高中了，爱人在一家律师事务所做秘书。

和其他移民家庭一样，他来加后，先买了房子，安顿下来去挣钱养家，积攒钱付首付，很快就买了第二套房。然后他把第一套房子出租来付第二套房的贷款。但是我觉得在他没开店前，挣钱的方式和生活特别有意思，他最初来加拿大的6年里，从未在外边正式工作过，后来开店是因为他父亲来加拿大，认为他不去做个正经营生是不务正业，所以他也是刚刚接手这家店，只能把家里一大堆老人眼里不是正经营生的工作停下来。因为他是个孝子，不愿让老人心里有一点点儿的不痛快。

他是个非常热爱生活的人，兴趣爱好非常广泛，以前在青岛，工作之余，经常在家里种花、养鱼、养狗。到了加拿大以后，他依旧无法割舍这些爱好，也是为了装扮自己的新家，就又养起了花、鱼和狗。结果他养的花草比别人家的都茂盛，养的鱼品种也不同寻常，养的狗更是聪明机敏，很通人性。渐渐他在华人圈传出了名声，刚开始他只是将自己种的花、养的鱼当礼物送给圈里的朋友，可时间长了，当地的加拿大人也来找他要，走时都会放下钱。这样，无形中就形成了一个供销链，而且这个供应链还在不断地扩大。

起因很偶然，一次一个买了他养的狗的家庭，回去后怎么也训练不好这只小狗，就打电话给他，让他帮忙训练一下。这要是别人，如果狗卖给你了，就不用再管了，可是老鲁是个热心的实诚人，这也是山东人的特点，于是就去他们家，帮他们把狗训得又会打滚，又会咬球，还能给家里的主人把鞋叼过来，绝不会弄错。这下把他们一家人乐坏了，走的时候他们给了老鲁100加元，又介绍了很多朋友买他的花草。这一下他的生意就火起来了，忙得要提前预约。也许是他在国内养了很多狗，很疼狗，很懂狗的心理，无论多调皮的小狗到了他手里都乖乖听指挥，而且花样百出，本领高超，受到用户的一致好评。

老鲁在跟我们说这些时，也觉得很好笑，自我调侃说，没想到玩还能玩出这么大的名堂来，现在简直成了产供销一条龙的服务了。他又买了几条种犬，自己配种，还给别人家的小狗配种，那些出生的小狗可以卖了，以后还能帮助驯狗；来买狗的人顺带又买了鱼啊花啊，所以他的买卖做起来不费劲。他把自己的院子整成了一个公园，花草茂盛，鱼儿欢畅，各种小狗在院子里撒欢地跑着玩，看着都舒服，不光能挣钱，而且是一本万利，毕竟没有太多的成本投入，每次小狗生出来都是一窝一窝的；鱼也是多得数不清，花草也无需花时间，浇水上肥就可以了。关键是他喜欢做这些，连他刚上高中的女儿也欢喜，除了能挣钱，还给家里带来了其乐融融的气氛。

其实我也喜欢和欣赏这种生活方式。鲁先生说："多年以前，我就知道了生命的意义。许多时候生活一天天很容易就会过去，我们可能会为了活着而活着，而非真正地生活。我懂得了生活没有彩排，能把握的只有现在。因为人永远都无法知道自己该要什么,人只能活一次,既不能拿它跟前世的比,也不能在来生加以修正,所以我就学会了享受生活。我享受的是过程而非结果。"

我很赞赏鲁先生这种生活态度,在他店里打工时我们也经常互相探讨,在价值观、对生活的理解和看待生命的意义上,我发现我们彼此观点很一致。关于他父亲让他放弃自己喜欢的事情,去干所谓的事业,对此他是很苦恼的。但为了孝顺父亲,他不得不遵从老人家的意愿,开了这个便利店,但他只签了3年合同。他说等父亲一回青岛,他就不干了,实在不成,找个小伙计顶着,自己还回家过自己的田园生活去。

"我不会以别人认为重要的东西来定自己的目标,只有你知道你自己最想要什么。我当初辞去工作做自己愿意干的事情,不就是因为以前的生活过于僵化,什么都要按部就班。除了工作,我们的生活还有什么意思呢?"

我感觉,鲁老板不仅是给我们发了工资,还给我们上了一堂关于生活的课。他平和的心态,对自然和生活的热爱,教会了我们许多。

旅途就是这样,我们会在某地以出乎意料的方式遇到某个人,虽然只是数月的交往,彼此也谈不上多了解,却有很多话可以说。我也相信每个看到了他家那浑然天成般的花园美景的人,也都会赞叹不已。

为了自己从小到大的那种爱好，为了自己幸福和谐的家庭，他倾注了自己全部的心血。他刚落户的时候也遇到了很多困难，明明在国内种植很有效的办法到了加拿大却一点儿行不通，花草一片片地死，鱼儿得了怪病全身长白毛，狗狗们也配不上种，个个不精神。我们今天能看到藤萝架下鸟语花香，假山旁错落有致的鱼缸，满院子欢蹦乱跳的小狗，有普通的西施、京巴、狐狸红，也有小巧的蝴蝶犬、可爱的泰迪、漂亮的雪纳瑞和聪明的拉布拉多，还有名犬，如德国牧羊犬、阿富汗犬。阿富汗犬身上披满了金色的长毛，奔跑起来像一只雄狮。所有这一切都是他努力克服困难，顽强奋斗的结果。他还在钻研很多新品种，尝试一些新的想法和改良。

当然，他也可以选择找个轻松的工作打发日子，那样的话，就和一个丰富的生命隔绝了。在我们每个人的心里燃起的火焰，并且成为我们一生动力的，就是我们对自己认为最美好的那些价值的追求。

鲁先生是我在加拿大认识的这些华人中唯一一个，以这种方式工作和生活的人。我觉得除了赞赏之外，有必要把他的故事写出来与大家分享。

旅馆老板太精明

> 哈佛大学校长曾经在毕业典礼上说，你可以选择你的道路，但人生很长，先去做你最热爱的事情，不要一开始就选择退路。

在我们遇到的移民家庭中，谢先生是一个奋发图强的人，他靠着自己的勤劳和智慧，打拼出了一份属于自己的事业。他还拥有自己的梦想，就是要建立自己的品牌连锁旅馆。

他刚来加拿大时，没有任何资本，只能靠自己的能力给一对中国夫妇打工，管理他们开的旅馆（他原来在某大学担任总务管理工作）。可是有一次，为是否要给客人发洗漱用品这个小问题，他和他的老板吵翻了，从此自己出来单干。

他是个非常能干的人。有两户中国家庭买了房以后不知道干什么，他找到这两户人家，向他们承诺由他来为房子还贷款和交纳其他费用，但房屋由他来经营，盈利多少、或赔或赚都由他承担。就这样，他一下子拥有了两家旅馆。后来由于经营有方,除了每月为房东还贷款外,他还有了盈余。他又用这些钱购买了两处楼房,它们是一所联排别墅的端头房。他很有头脑,开旅馆从不选择靠里边的房屋,这样不会扰民。

我和老伴儿在他那儿住了一个月,也算是老房客了。我们去超市买菜时,他经常让我们乘他的车,还带我们去看了好几次他的楼房。那的确是一个闹中取静的好地方,很适合开家庭旅馆,附近有好几家超市,交通也方便。

我老伴儿说,他这样有头脑又能干的人,想不发财都难,只要看他名片背后印的业务范围就能知道。老伴儿这句话说的千真万确。除了做家庭旅馆住宿外,他还兼着接送机、采购、代购、收购新旧家具、搬家、运货和安装的活儿,还有旅游包车服务,等等,真是应有尽有。即使有没写上的活儿,他能干的也都接;不能干的他手底下有一批熟悉的人,会介绍他们去干,从中收取佣金。甚至住店的客人,他都能介绍他们去干活儿,两边都落好,两全其美。

我曾经计算过他一天的工作量。他早上6点钟就出发,开着他的货车去报纸批发点,取十几份免费报纸送到指定的街头报刊柜里和各大超市门口,供人去看。这个工作做完,刚好超市开门,他就开始帮人代买物品。有的是帮我们买的,因为住他旅馆的客人,柴米油盐酱醋茶,都是由他供给的,我们只需要买些肉和一些蔬菜就可以了。有的客人懒得自己去买肉和蔬菜,他就帮助代买。客人照单付钱,肯定还会另付小费,有多有少,也是一份收入。开车回来的路上他会绕着走,在街道各处垃圾站，看到旧电器和家具他都拉回来，修修补补整齐如新。有一张白色的大床，很漂亮，居然就是他捡回来的。如果有接机的活儿，他就回来早一些。住旅馆的客人，他都要接机送机，所以常来出差的人都会住他这里，图个方便。这样下来也就半天了，他回到自己的厨房煮饭吃，然后去洗衣房，将各屋的床单等清洗干净烘干后，还要分发到各屋。有的卫生还要做，但擦地和卫生间的活儿，他包给了常驻房客去冲抵房费。

就这样，每天我看到他坐在前台开始算一天的账的时候，已是晚上9点多了。从早到晚的工作时间加在一起，有15个多小时，也就是说除了睡觉的8个小时外，他都在干活儿。我每天起床后，从窗户边望出去，都会看到他开车走，天天如此周而复始，就是为了他的新楼盘，当然，还有他经常挂在嘴边的伟大计划——做成加拿大最牛的品牌连锁店。

我相信一个这么勤奋努力的人一定会成功的。他说他是个苦孩子出身，没有一点儿家庭背景，可以说是一无所有，赤手空拳，只有生命是自己的。他仅有的资本就是拿命去拼天下。他不怕苦，不怕累，每天都有干不完的活儿、使不完的劲。在这个奋斗的过程中，他感到自己很有价值。

他做旅馆，从一间两间，到马上就有的第4间，全是靠他自己打拼出来的。他还会有，也一定能有更多。这是他立下的宏愿，是他自己选的目标。它们在他心里，每天都充满了阳光。他不希望什么来世或者天堂，只期望今生，期待自己永远朝着理想前进。他觉得他现在正在做的事，就是他生命中最重要的事情。

这话说得虽然平实却很坦然，至少说明他的自我感觉很好。而人的自我感觉就是一个人一辈子都要做的功课，这门功课充满了挑战、选择和改变，期间我们要尝试我们能达到的高度和广度，试着去安排我们的生命状态。

事实上，我已经感到了他的生命价值，就像那陕西民歌里唱的，"活着做遍，死了无憾"。

人活着的时候，把你想做的事都做了，求一生圆满，活得够本，死得安然。

一个中西结合家庭的苦与乐

回北京后,我依然是心心念念地向家人和朋友们讲述他们的故事,尽管在这里无法占据很大的篇幅把他们全部的故事讲完,但他们的点点滴滴我都会记在心里。当记忆的闸门一旦打开,经历过的一切就会潮水般涌进脑袋,挡都挡不住,他们那鲜活的形象就在我眼前晃动。

小梁是个文化程度不高的打工仔,但为人热情善良,我们相识的方式很有意思。

从我们住的公寓阳台向下看,可以看见对面马路边上一栋别墅的院子。院子里的树上吊着秋千,一个漂亮的女孩,顶多1岁多,总是一个人坐在秋千里玩,经常看不到她的家人在哪里。有一天下午出去散步时,我提议去看看这个小姑娘。我们刚到院子外边,跟孩子打了声招呼,就从屋里蹿出两只狗,一大一小冲我们吼叫着。正在尴尬之中,一个骑自行车的小伙子到了门口,喝退了两只狗,并打开院门往里请我们。

这时他的妻子走了出来，我们才发现，原来这是个中西结合的家庭，丈夫是中国人，妻子是加拿大人。女儿小奥拉则完全随了妈妈，简直就是个洋娃娃，蓝色的眼睛，长长的睫毛，金黄色的头发，比芭比公主还要漂亮。我喜欢得不得了，把她从秋千上抱下来，举了又举，亲了又亲，她一点儿都不认生，还对我热情得很。夫妻俩都热情地邀请我们有空常来玩，并且向我们介绍了一下他们家里的情况。原来小梁才28岁，从广东来投奔姑母，找了个加拿大姑娘结婚后，就搬出来租房住。他们租住的这个房子是个两层的独栋，前边是花园，后边是一个小院子，每月租金1000加元。他说有点贵，花800加元能租到差不多的房子。他的女儿还小，才11个多月，只会爬不能走，所以她妈妈去干活儿时，就把她放在秋千上。她很乖，从来都不会摔下来。两只狗，大的叫Killer（杀手），小的叫Tiny（小不点儿）。我问他一只狗为什么起这么恐怖的名字，他说因为这只大狗胆子太小了，才给它取名叫"杀手"，主要是为了鼓励它。原来如此。

小梁是个开塔吊的司机，每天上班时间是早上6点到下午3点，中午在工地吃饭，休息一个小时。他每月工资是3000加元，付了房租后还剩2000加元，全家人吃饭花销也不富裕，所以他想让妻子出去工作，这样孩子上幼儿园也就有补助了（在加拿大夫妻双方都工作，孩子上幼儿园国家会给补助，如果夫妻中有一人在家，这个补助就没有）。

听说我俩爱看《非诚勿扰》的节目，他就让我们用他家的电脑看。当时《非诚勿扰》还没有改版，每周六周日晚上在江苏台都有，于是我们老两口儿就成了他们家的常客。大狗Killer就像个小孩子，每次我去，它都一脑袋扎在我怀里，死活不肯挪开。我抚摸着它的头，它就眼巴巴地看着我，眼中充满了温情。我终于明白了为什么主人要叫他"杀手"，它实在是太温柔了，与它那庞大的身躯一点儿都不相称。它和Tiny倒是都很听话，尤其在小奥拉吃饭的时候，它们都会乖乖地趴在高凳旁边看着。

这时候也是我难受的时候，因为我亲眼看见小奥拉的妈妈从冰箱里拿出一袋什锦豆倒在碗里，又拿出一个罐头打开也放进碗里，然后用一瓶冰牛奶一冲一搅和，就成了小奥拉的晚饭。小奥拉还不到1岁啊，连勺都拿不稳，就用小手伸到碗里去捞豆子和玉米粒吃。有时候把牛奶弄洒了，豆子撒在凳子的横板上，她就用一双小手在木板上抓着吃。我实在看不下去了，就走过去帮助她，可是她妈妈冲我摆手示意不让我帮她。她自己也视而不见，好像没有这个孩子存在似的。更让我目瞪口呆的是，孩子碗里的罐头、豆子、牛奶顶多也就一小半被孩子吃进嘴里，大半都撒在凳子上。她妈妈把撒的东西一划拉，全都拨到地上，然后两只狗就慢慢地走过来舔地上的牛奶，吃地上的豆子。看来它们和小奥拉的晚餐是一样的，只是小奥拉先吃它们后吃。后来见过几次也都是同样的情景，难怪小奥拉一吃饭两只狗不管在什么地方都会跑过来守着，原来是和小奥拉一起开饭。

想想小奥拉经常独自一个人在秋千上坐着，吃过饭后，就在地上爬，爬到茶几前，扶着茶几腿歪歪扭扭地站起来，简直就像他们家养的一只小猫。我心里难受极了，以前从书本上看到过国外的育儿经，只是强调教育孩子的独立精神，倒是没见过这么养育孩子的。

小梁看出了我的心思，主动跟我说没关系，已经习惯了，他先前也看不惯，老和她妈妈吵架。他们本来感情也不太好，是在店里打工认识的。他先是跟她学英文，后来又教她中文，可是现在他的英文都说得很溜了，可她一句中文都不会，后来干脆就不学了。再后来他俩有了孩子，没办法就结婚了，可实际生活中还是挺不合拍的。小梁喜欢吃煲仔饭，她不会做；她老吃那些面包罐头什么的，小梁又受不了，他说要不是奥拉还小，也许他就跟她分手了。

小梁的话让我的心都抽紧了，看见瘦弱的小奥拉，我们的眼泪都快掉下来了。真是家家有本难念的经，而最终不幸的还是孩子。后来我和老伴儿每次做好吃的都给他家带一点儿。小梁吃着香喷喷的蛋炒饭和红烧肉，感叹地说："还是咱们中国饭菜好吃，我都好几年没吃得这么舒服了。"我还给小奥拉买些小零食和小玩意儿，她每次看见我都张着小手，满脸笑开了花。

就这样其乐融融地相处了一个多月，有一天周六我们去看《非诚勿扰》，我看见小奥拉的妈妈脸色不太好，以为她生病了，就关心地多问了几句。她开始还挺高兴的，说她找到工作了，下周一要去面试，是做小区体育馆的健身教练，但还要考试，所以白天看了一天书，头有些疼。因为大家已经相处得很好了，我就如同在北京碰见邻居一样，关心叮嘱了她一下。可在加拿大我的美意换来的效果可是不大一样的，小奥拉的妈妈听了我的话非但不认为我是在关心她，反而很不乐意地上楼去睡觉，不理我们了。小梁说，他们国家就这样不通人情，你是为她好吧，她还认为你是在嘲笑她。我想这也许就是中西文化的差异吧，以后可要在说话的习惯上多注意，别再犯同样的错误了。

可惜的是，我还是有些习惯成自然，一不留神又接着犯了一个错误。因为周日晚上还有《非诚勿扰》，所以第二天我们又去了奥拉家，还特意给奥拉买了一袋糖果，表示对昨天晚上的事的歉意。她妈妈倒也没有太计较，好像忘记了似的。

一个晚上，大家都相处得很开心。两只狗狗都依偎在我身边陪着我看"24个女嘉宾"。到快走的时候，我听说奥拉的妈妈明天要考试，又不由自主地叮嘱了一番，不外乎是些什么别紧张，尽最大努力，考不上也没关系，还可以找别的工作之类的话。岂料话未说完，就又惹了漏子。奥拉妈妈一脸不高兴地说："你怎么知道我会紧张？我很轻松的。我当然会尽最大努力，我一定能考上的。你为什么说我会考不上？难道你是主考官吗？"这连珠炮似的话轰得我无言以对，头都晕了。小梁赶紧过来帮我解围，我和老伴儿只好很尴尬地走了，吓得一周都没敢过去。

一天下午3点多，去楼下散步时，刚好碰到了小梁下班回家，聊了两句才知道，奥拉的妈妈真的没考上，而且还真的生气了，说是被我们诅咒的心情都不好了，怎么能考得上呢？我的上帝啊，我真是叫苦连天，谁能想到我原本好言好语想安慰人家几句，最后却变成了这种结局。

记得美国作家马克·吐温说过，善良是人类历史上最稀有的珍珠，是一种世界上通用的语言，它可以使盲人"看到"，聋人"听到"。可是我的善意为什么在奥拉的妈妈这里就变成诅咒了，她为什么就不能懂得呢？当时我还没完全意识到这是中西文化的差异，只觉得有些委屈。

幸亏小梁是个很通情达理的人，一个劲地安慰我们说不是我们的错，还说他从小就没有了父母，跟姑姑长大，所以看到我们这一对老人感到很亲切，让我们千万别往心里去。鉴于当时的那种情况，我们就不好再去他家，更重要的是也不知道该如何解释。

我做事一向喜欢圆满，这样的结果我自己心里也过不去。让人欣慰的是，不久我就找到了一个解决的办法。我住的公寓经常开业主派对，公寓前台库玛是我的好朋友，他说我也可以带亲朋好友参加。这一下我高兴了，因为我第一个就想到了小奥拉家，若是下次开派对时把小梁夫妇都请来，有吃有喝，有节目表演，他们一定会喜欢。奥拉的妈妈也不会再生我的气了。

业主派对又叫业主联谊会，每周一次，每次的内容都不相同，有如何教育好孩子，如何插花，怎样做一个好义工，邻居互相之间怎样相处和谐，等等，真是五花八门。很快又是一个星期了，这次的联谊会主题是如何做一个合格的家长，我想这个题目真适合小梁夫妇，于是赶紧过去请他们。

一路上，我的脑袋里涌现的都是小奥拉摇摇摆摆走路，摔倒又爬起来的样子。她张着可怜的小手向前撑着,多么希望爸爸妈妈帮助她。没有哪个生命不渴望自由,渴望关爱,渴望精彩,即使是在幼小的孩童世界里也是如此。可做父母的,往往会忽略这种生命最初的精神需求。也许这样的业主联谊会能给小梁夫妇这种年轻的父母一些教育和启发。

事实也是如此,他们参加了联谊会,感觉非常好,并且希望以后能多参加一些这种聚会。我拍着胸膛答应了他们,因为公寓前台库玛是我铁哥们儿,即使我走了他也会通知他们来的。后来,小梁一家在他的关照下,经常到公寓的会所来玩,与大家相处得很融洽。

当然这是后话,重要的是与小梁夫妇相处,我从中吸取了很大的教训:旅行原本就是一种学习,它让你用一双婴儿的眼睛去看世界,去体味你亲身经历的每一件事情。你想事事完美是不可能的;完美只是人生的追求,而不完美才是人生的本质。我不会因这一点儿小小的挫折而沮丧。

通晓六国语言的清洁工

> 别啦，亲爱的朋友，当我旅行归来后，再见与否都不那么重要了，因为我们都多了可以想念的人和愿意想念的日子。

这次北美行有 9 个多月，我们大部分时间是住在青年旅馆里。我们喜欢这里，好处也多。首先是价格便宜，一个小单人间只要 25 加元一天，4 人或 8 人间就更便宜了；地段也非常好，不是在市中心，就是紧挨着公交站、地铁站；周边超市很多，购物极其方便；还有招人喜欢的大厨房，一大排明明亮亮的平底锅挂在墙上，各式各样的碗碟、汤锅、蒸锅整齐地码放着，各式调料罐、咖啡、红茶、砂糖都可以随意取用；早餐供应大面包和花生酱、黄油、果酱这"老三样"，让每个人都很满意。公共厕所、公共浴室、公共餐厅，什么都是大家在一起。人们穿着打扮也很随意，拖鞋、短裤、无领衫，无论穿什么都可以坐在沙发上闲聊、看书、玩游戏。想慵懒一天，可以购购物；想去哪里写在小黑板上，可以拼车，也可以组团一块儿去玩，又省钱又热闹。虽然没有大饭店气派，但温暖得像家一样，让人那么舒服。

尤其是我露了两手做饭的手艺后，大家都亲切地和我们两个"老青年"打招呼，谁出去都想带着我们。

可惜的是，这里短住的客人居多，最多也就住一周。常住的除了我们老两口儿之外，还有一个意大利人叫多米尼克、一个加拿大人叫约翰·白瑞。

这两个常住客可是这个旅馆的两道风景，只是风格截然不同。他们都不是幸运儿，都遭遇了痛苦和不幸。可是由于他们的生活态度不同，便有两种完全不同的人生。我之所以把这两个人的故事写出来，是因为这两个人因为不同的事情，都和我成了朋友。在一个多月的住宿时间里，我们友好相处，留下了人生中难能可贵的一段经历。

我第一次见多米尼克是在旅馆的大厅里，那是我们刚住进来的第二天早上，我和老伴儿要去厨房吃早饭，刚进大厅就感到干净至极，还有一股淡淡的清香味。大厅地板很破旧了，可是干净得能照出人影来。我正纳闷这擦地的活儿要怎么干才能干到如此程度，结果就看到餐厅那头有一个高大的身影正跪在地上，用一只板刷在刷地，刷过之后再用抹布蘸清水擦一遍，最后用干布再擦一遍，所以他擦过的地显得亮堂堂的。

清早客厅里空无一人，这个擦地板的是谁，竟这么卖力气地干活儿？我在厨房烤面包时，终于又见到了这个勤快的人，他个子高高的，至少有1.9米，身材很魁梧，样子也很英俊，约有40多岁。从他问候"早上好"的英文里听出来一点儿卷舌音,学英文时我的耳朵早已磨出来了,辨音还是很准的,可这一回却没听出来他是何方神圣,因为初次见面也没有好意思问。

白天一整天我们都在外边溜达,还顺便到几个超市逛了一下,把大统华超市、龙翔超市、新亚超市的价格、特色做了一遍调查。这是我们每到一个城市首先要做的功课,毕竟每天都要做饭吃,就和在北京生活没什么两样。

晚上回来,我们大包小包地满载而归,用老伴儿的话说,这几家超市的"精品(黄签特价商品)"——都被我们扫荡回来了。一顿丰盛的晚餐后,因为吃得太饱,我们就去旅馆外面的林荫道上散步了。不一会儿,远远飘来一阵歌声,是我从小就听的《桑塔露琪亚》,然后很快一个高大的身影骑着一辆自行车冲到了旅馆门口,原来是早上那个刷地板的清洁工。

我们回到旅馆后,他的歌声还没有停,只是换了我更熟悉的帕瓦罗蒂的几首经典曲目,选自《波西米亚人》,还有托斯蒂的《我不再爱你》。当他唱到那首那不勒斯民歌《你已带走我的心》时,我已经百分之百断定这个勤快的大块头是意大利人了。所以我直接就问:"你来自意大利哪个城市?"当他答出摩德纳时,我兴奋地大叫起来,这可是我的偶像帕瓦罗蒂的故乡,难怪他唱的意大利歌曲字正腔圆,还颇有点"老帕"的味道,毕竟是来自歌剧之王的故乡。据说那里的儿童都可以随口唱几句《冰凉的小手》或《星光灿烂》。这一下子,我们两个帕瓦罗蒂的粉丝在异国顺理成章地成了知音。

他告诉我,他叫多米尼克,因为和妻子离婚了,所以离开祖国出来打工。现在他住在旅馆的地下室,负责打扫一楼的卫生间和地板,用来冲抵房费。他现在正在老板新买的房子里搞装修,挣些钱还要付两个孩子的赡养费。我告诉他我的英文名字叫爱丽丝。

我们的友谊就从谈论音乐、谈论帕瓦罗蒂开始了。他说了许多关于帕瓦罗蒂我不知道的事情,而那著名的9个高音C也是他曾经的梦想。我也谈到了我的宝贝——由祖宾·梅塔指挥,世界三大男高音帕瓦罗蒂、卡雷拉斯、多明戈演唱的音乐会唱片,在我辛苦工作之余带给了我多少欢乐。正与他在擦地板时还哼着歌曲一样,我在还用搓衣板洗衣服的年代,也是一边洗着大床单一边听《我的太阳》《茶花女》《弄臣》,等等。这些风靡全球经久不衰的音乐冲击着我的心灵,现如今又在万里之遥的地方遇到了知音。这就是艺术作品的魅力,它可以用最个性的方式说出人心中共有的情感。音乐是没有国界的,是永恒的。正是基于这一点我和多米尼克无须太多的交往,心就是相通的了,我们自然而然地成了无话不谈的朋友。

他是一个很重感情的人,时常拿出妻子和两个孩子的照片看,而且他寄的钱常常超出了他应给的赡养费。他说总想拼命多挣些钱,多给孩子们一些。现在他连旅馆2楼的卫生间也承包了,我看见他干活儿时把手伸进坐便器里很深,够着刷。说句不贴切的比喻,他刷过的池子比我们洗过的碗还要干净。老伴儿说，从来没见过这么干净的卫生间，胜过五星级饭店了。所以旅馆里上到老板下到房客没有不喜欢他的，和那个人人讨厌的数学教授形成了鲜明的对比。

让我们和多米尼克结下更深友谊的，是那天他去送车的事。在那之前，我和老伴儿决定去大瀑布玩两天，班车站在八佰伴商场旁边，早晨6点发车，那么早是不可能坐公交去的。我们跟老板商量了一下，他答应送我们去车站，并说好5点30分从旅馆出发。

那天早上我们4点就起床了，轻手轻脚地到厨房去，准备做碗热汤面吃。刚走到客厅，就见沙发上睡着一个人，我原本以为又是那位酒鬼"教授"喝多了，丢了钥匙睡在这里。谁知，沙发上的人似乎听到了动静，腾地一下从沙发上坐起来，问："晚了吗？"原来是多米尼克。他对我们说，老板有事来不了了，就让他送我们。他怕睡在地下室耽误事儿，于是就睡在了客厅的沙发上等我们。这让我们感动不已。

这件事过去没两天，多米尼克就有了喜事。他带回来一个漂亮的黑人姑娘，并向大家介绍说，这是他的女朋友Juanita（婉尼达）。大家都为他高兴。

这种似家的惬意日子，过得飞快，几乎是在不知不觉中就欢乐地流逝了。一晃就是半个多月过去了。一天，我和老伴儿刚从超市买菜回来，就看见婉尼达坐在地下室门口，低声抽泣。她说已经等了多米尼克一个多小时了，他还没回来。像这样的事情已经有两次了，他们因为这个事吵过架,说再有一次就分手,而现在就是第三次了。于是,她想着就这么赌气走好了,再也不回来了,可自己的衣服东西都在地下室拿不出来。我一听,坏事了,赶紧把菜递给老伴儿,让他先去厨房做饭。我就紧挨着婉尼达坐下,轻声细语地劝解着。

我先问她:"你是不是很爱多米尼克?"她连连点头。

我又问:"那你了解他吗?"

她先点了点头,想了想又摇了摇头,说:"我们才认识一个月不到,还谈不上多了解。"

我说:"那我来告诉你,他是个多么好的人。"我把那天他睡沙发等我们的事情,还有刷这间旅馆的地和大家对他的喜爱,等等,都告诉了婉尼达。告诉她,多米尼克是个多么极具责任感的人,他今天迟到一定是干活儿忘了看时间,一定要原谅他。

我说:"你知道吗,自从认识你以后,他经常凌晨就起床去打扫卫生。他这样做就是为了能早日把老板交代的装修工作干完,好拿到工钱给你买件最好的礼物。这样的好男人可真是不好找啊,你一定不要错过。"

婉尼达终于被我说得破涕为笑了。这时多米尼克回来了,脸上全是脏的,身上的圆领衫都似水洗一般,一看就是刚干完活儿就赶着回来了。他一个劲地道歉,那种憨憨的样子傻得可爱。我给婉尼达丢了个眼色，那意思是说你就别生气了，他都累成这样子了。婉尼达什么也没说，上去挽着他的胳膊一起回地下室了。我也松了一口气，把心放下了。

很快，多米尼克就把老板的活儿干完了。他又让老板给他再找别的活儿。我问老板他都能干什么，老板说："你可不知道，他懂六国语言，精通木雕手艺，让他干我这儿的活儿，简直是高射炮打蚊子——大材小用了。"

我听了真是惊叹万分，天天和他见面说话，竟不知道他会六国语言，还以为他就是一个干粗活儿的工人。尽管我从不会看人下菜碟，崇尚人人平等，万物公平，但这回实在是走了眼，不识泰山了。

正在这时周老师来了电话，问我的朋友什么时候来，他刚刚帮人买好了一栋别墅，现在有时间可以带着看房。我把多米尼克的情况告诉了他，他一口答应了，说房主正想找合适的人装修，而全世界都知道，意大利人的木工活儿是最棒的，所以这套别墅交给多米尼克去做没问题。更好的是，周老师就可以做主，买方特别信任他，一应事务都委托他办理。这一点我当然相信。多米尼克一个劲地感谢我，一定要分一成介绍费给我，我坚决不肯要，并告诉他说他和婉尼达结婚的时候我肯定已经离开，不能参加他们的婚礼，这就算提前送的一份礼物吧。

多米尼克见说不动我，就决定请我和老伴儿吃他做的秘制烤鸡翅。也不知道他放了多少佐料，一盆鸡翅尖6个小时才烤好。吃饭的时候，我问他:"你是怎么弄懂六国语言的?"他的回答真令我出乎意料,原来他从小就没怎么得到过家庭的温暖,上到初中就辍学了。因为父亲是西班牙人,母亲是南非人,他们又居住在意大利,所以自然而然就会西班牙语、南非语、意大利语和英语四国语言。父母离异后,他就去外面打工,他打工的老板是法国人,他又学会了法语。至于最稀少的世界语言,则是爱好,是他自学的。他承认自己有些语言天分,到一个地方没几个月,就能和当地人说得差不多了。

不管怎么说,这样一个好人帮了我,我也想回报他,也许我们今生再无见面的机会。可是多米尼克的勤奋,他的歌声都会萦绕在我心。我也坚信他一定会通过自己的劳动挣得自己美满幸福的生活,因为天生我材必有用。

北约克大学的酒鬼教授

一个人的内心充满了阳光,那不仅能温暖自己,同时也温暖了所有他接触到的人。我愿意把太阳带给我的热散发出来,我也愿意把自己活力四射的激情迸发出来,为人间增添一点点温暖。在这个永不停息的世界里,当我们发现人心暖如初阳时,春天也就实实在在地走过来了。

在和多米尼克交往的日子里,旅馆里还有一位怪人,大家都戏称他为"教授"。他的生活习惯很怪,每天喝得醉醺醺的,半夜才回来,回来后一直睡到第二天中午才醒,一两点到厨房里弄点吃的,吃完后就又走了。大家都说他从下午喝到半夜,除了回旅馆睡觉,剩下的时间都在酒吧里,是个十足的酒鬼。

还有一怪是,他从来不理人,连个招呼都不打。甚至新来的客人偶尔向他问个好,他也埋着脑袋走过去,跟没听见一样。这样的人能招人待见才怪呢。

第三怪是谁也不知道他姓甚名谁,他既是任人不理,也就没人和他说话了。只是听老板说,他曾在北约克大学教数学,因为经常酗酒被开除了,于是大家就嘲笑地送了个"教授"的外号给他。他在入住时登记的名字是约翰·白瑞,老板又偏说他登的是假名,于是他就彻底没了名字。

大家对这个谁都不喜欢的人的非议,老板当然知道,但他说教授也有一个优点,就是从不拖欠房租。每次到了付房租的时候,他都是提前一天两天就交了。要不是因为这一点,老板早就想把他轰走了,因为生怕他惹麻烦把警察招来。他可能是有几个小钱,也不多,而且还得留着喝酒。

对于一个这样讨人嫌的怪人,我自然也是顺大流,入住后从未和他打过交道。虽然我和他都是长住户,可几乎没说过话,这在我的旅行生涯里还是罕见的。因为我为人随和,做的饭菜又香,做好饭菜之后又时常和住客分享,所以大家都很喜欢我,都亲切地叫我爱丽丝。就是这样两个完全不同的人,一天晚上在厨房相遇了。

有一天我们回来晚了,冰箱里只有胡萝卜和大葱,所以我决定烙葱花饼、炒胡萝卜丝,再做一个甩果汤。吃完饭我正在收拾卫生,教授回来了。有两个客人很诧异地看了他一眼,大约是因为他从来没这么早回来过。

他没吃饭,一进厨房就开始找吃的,冰箱里只有一罐啤酒和几个水果，看样子他打算就拿它们当晚饭了。我实在看不下去，就把还剩的一张葱花饼，用平底锅烘热了，米字刀切成一小牙一小牙的，摆好后还切了片胡萝卜放在中间当花蕊，显得挺美观，然后给他端了过去。我想，即使这人是人嫌狗不待见，也得吃饭呀。

他好像很意外，显得有些紧张，双手接过去，用西式吃法，左手拿叉，右手拿刀，很优雅地把饼切成小块叉着吃。吃了两块，他的脸上突然显现出了难得的笑容。我估计是第一块直接吞下去了，不知道啥滋味，第二块才品出味来。我心想，反正一张圆饼，米字刀切开，一共是 8 块，你可劲吃、慢慢尝吧。我烙的葱花饼一层一层的，别提多香了，甭管你是大学教授，还是普通老百姓，没有不喜欢的。

果然，他一连又吃了几块，嘴里不停地说"Delicious（美味）"。盘里只剩下两小块时，他突然站起来，托着盘子走到我面前。我吓了一跳，以为他没吃够，又来跟我要，那我可就真没有了。谁知道他深深地弯下腰给我鞠了一个躬，看来真是个怪人，连道谢的方式都这么奇怪。当他抬起头时，我清清楚楚地看到他那双充满了忧伤的大眼睛里射出了一缕光，我读出来的意思是感谢以及些许的喜悦。

第二天早上，我正在客厅里看报纸，教授下了楼。他打扮得整整齐齐，西装革履，还打了一条花色鲜艳的领带，到了客厅的穿衣镜前，左照右照，还不时地用一把梳子梳梳头发。这可真是"西洋景"，还没人见过教授这么衣冠楚楚的样子呢。不过他现在倒真有些教授的风采，神采奕奕，看样子像是在等人。

老板猜测说，他一定是在等着见女朋友，可我总感觉不对。如果是第一次相亲，一般人应该有些紧张或羞怯，但他的眼神里充满了热烈的期望。那是一种对亲人的期盼与渴望，和搞对象不同，完全是两种味道。

只要外边一有响声，教授就会冲到门口打开门往外看。见不是自己要等的人后，他就又回大厅里转圈，没一会儿又去照镜子。大家都很奇怪，不知道教授这是要接待什么客人。从昨天晚上开始教授就没喝酒，今天早上8点又到了大厅，神经兮兮的，一会儿进一会儿出，折腾了一个多小时，也没见一个人来。

终于外面传来了汽车声，他立刻开门蹿了出去。

我透过窗户看见一辆车停在了门口，一个中年妇女坐在驾驶座上，一个年轻的女孩子下车和他相拥在一起，叫他哥哥，原来是他的妈妈和妹妹来看他了。看来他也不是很冷酷无情的人，家里人来看他，他竟高兴得像个孩子。表面上的冷漠，掩盖不了内心深处的情感。

晚上他破天荒回来得很早，也没有喝酒，只是安静地坐在厨房里，等着有灶眼闲置下来，好做饭吃。

正是吃晚饭的时候，厨房里人很多。老板在做面条，多米尼克在做意大利盖饭。因为大米是公用的，所以谁要做米饭都是焖一大锅，谁吃谁盛。我就和老伴儿商量，简单地来个扬州炒饭就行，也不用再炒菜了，省得别人等着。于是我把香肠、胡萝卜、黄瓜都切成丁，打了两个鸡蛋。准备炒饭的时候，突然想起教授还在等着，就多做了一点儿，然后盛了一大盘给他端过去。

他显然很兴奋，又一次露出了笑容，整个脸看起来都有了一些光泽，一扫往日的颓废沮丧。见了亲人以后，就是这样由衷地高兴，他脸上洋溢出来的那份喜悦，也深深地感染了我，我也替他高兴。我生怕他接了炒饭再来一个90度的大鞠躬，所以放下饭就赶紧抽身走了。

没想到的是，晚上他也没有出去喝酒，而是一反常态地坐在餐厅里，似乎在等谁。客人们都有点奇怪，连老板都说"真新鲜啊"。当我过去时，他站起来招呼我，示意我坐在他对面的椅子上。我想，这么一个怪人会跟我说什么呢？我有些摸不着头绪。他先为我两次送他好吃的表示了感谢，看得出很诚恳。而且在没有醉醺醺的状态下，他的举止谈吐都很文雅，颇有点教授范儿。

其实我也很爱喝酒，且和美食不能分开。我从不否认美食和美酒，能带给我们快乐。我喜欢那种被酒精带入的意境，特别是在酒到半酣有微醺的感觉时，我会发出对酒当歌，人生几何的感叹。但我从不喝醉，也鄙视那些发酒疯没有酒德的人。我能饮还是得母亲的遗传，她老人家早已离去，相逢唯有梦中，但这喝酒的习惯还是延续了下来。不过我喝酒的种类很杂，什么马呀（马提尼）牛啊（牛栏山二锅头）都能招呼。没想到这点喜好终究派上了用场，让我在青年旅馆里和这个怪人有了点交集。两个都是喝酒的人，沟通起来自然也顺畅一些。

有意思的是，开场很尴尬，双方都不知道说什么好。我们坐在那儿，都在谨慎地选择措辞。我总算想到了他是数学教授，听说有数学老师可以把圆周率背到小数点后 100 位，我可以问问他能行吗。

看来这是个他感兴趣的问题，我刚一发出 π 的音，连 3.1415926 还没读完，他就迫不及待地接上去了，535897932384626……好家伙，一下子背出 50 多位。趁他喘气的间隙，我连忙截住了他。他说这是小玩意儿，上中学时他就背下来了。我恭维他说："你简直是数学王子高斯。"他竟然毫不谦逊地说："差不多，反正我是有天赋的。要不是后来出了事，我也早出成绩了。"

我一向敬佩数学家陈景润，他花费数十年的工夫，摘下了哥德巴赫猜想的桂冠，为祖国增添了荣耀。坐在我面前的这个人竟然也是个数学天才，我心中生出几分敬意。他可能是太久没有和人说话了，滔滔不绝地和我说了一个晚上。也许是我的谈话切入点正中他的心怀，也许是他刚刚和亲人见面的喜悦需要和别人分享，又没有合适的人，于是正好在这个时间点上，我进入了。不要小看葱花饼和蛋炒饭的作用，他说从此认定我是个善良的、值得他信赖的人。他的这份信任让我很感动，因为我深知每个人都需要色彩和希望他人给以鼓励，以使黯淡失色的生命变得乐观而富有激情。

我虽然无法马上走进这个孤独者的内心世界，但至少接触到他了，也了解到他并非是大家眼中的怪人。他也是有血有肉又有心的凡人，也有着人世间的七情六欲，只是在人生的路上，他步入了迷途，被尘埃遮挡了光华。重要的是,他没有了信念。须知信念是一种多么强大的力量,它虽然看不见、摸不着,却能支撑着人们从绝望中走出,依然微笑着去面对人生。当他失去信念的时候,就会在红尘中彷徨。他不知道路在何方,当然会痛苦,痛苦就借酒消愁。

反观自己,我们不是也经常会偏离最初的航向吗?也会被外物所扰,常忽略心灵内在的情感需求。经过一次灵魂的梳理,经过一些痛苦与挣扎,在达到彼岸的湍流中,谁不需要一盏指路的明灯呢?

因为机缘,我来到了这个陷于困境的小伙子身旁,我觉得我无法不帮助他,更何况助人者自助。荀子曰:"不积跬步无以至千里,不积小流无以成江河。"如果每个人都能点亮一盏照亮别人的灯火,那么这个世界将会光明无比,温暖如春。

基于这个心愿,我和小伙子聊了很多。他说从我和他的谈话中感到一丝关爱,就像白天他妈妈和妹妹对他的一样,让他感觉温馨。这一个晚上,我们之间的谈话既顺利也很坦诚,不知不觉已经夜里12点多了。他是夜猫子的生活习惯,越晚睡越精神,我可撑不住,只好互道晚安,回房睡觉去了。临走时,我随口说了一句,明天再聊吧。

回屋一看,老伴儿都睡得呼呼响了,可是我翻来覆去睡不着。以往在国内帮助过那些抑郁症、自闭症的年轻人,可是这酗酒的还是第一个碰上,我自己也缺乏信心,不知道对他能有什么帮助。毕竟他是外国人,和中国人的心理不一样,我学的可是中国人的心理学。

我又回想了一下我们分手前说的最后一句话:"You had to control yourself and not go to pieces(你必须控制住自己,不让自己垮掉)。"他当时很诚恳地回了一句:"爱丽丝的指点值得我深思。"我分析了一下,感觉还是有门儿,便安心睡觉了。

早上起床后,老伴儿问我:"你和那个怪人聊得怎么样了?大家都觉得奇怪,多米尼克说和他住了几个月,也没见他说过话,开始还以为他是哑巴呢。"老板还问了一句:"爱丽丝以前认识他吗?"老伴儿说:"我们怎么会认识他呢?不过我同事的儿子15年不说话,是爱丽丝帮他治好了。你们这个怪人顶多一年没说话吧,对她来说就是小菜一碟。"大家见老伴儿说得斩钉截铁,也就半信半疑地散了。

第二天晚上,教授居然又没有去喝酒,坐在客厅,很显然在等我。这下子可成了旅馆里的一道风景,几拨人都去餐厅了,有事没事张望一下。老伴儿回房间来对我说:"教授又没出去喝酒,一直在客厅坐着。"我一想:坏了,他一定把我那句随口说的话当真了。当下便觉得面红耳赤,有点惭愧,于是三步并作两步跑向了客厅。还好教授还待在那儿,依旧是凡人不理,可看到了我,又是一个灿烂的笑容。因为没喝酒,衣着也很整齐,他看上去还算精神,是个蛮帅的小伙子。看着他,我的心涌出一阵痛楚,多好的年轻人啊,走上了这条路,若不把他拽回来,不就完了吗?

以前我过酒吧街的时候,看见酒鬼都东倒西歪地躺在地上了,还拿着酒瓶往嘴里灌。我很难把这些丑陋的形象和眼前这个文雅的年轻人联系在一起，可是人们的种种非议和我几次的亲眼所见，又是无可辩驳的事实。我下定决心要好好帮他，于是这第二个夜晚我们敞开了心扉。

我听着他讲自己如何事业受挫、工作不顺，讲他厄运连连、走投无路的时候，父亲又如何不理解，还把他赶出了家门，让他独自一人孤苦伶仃地住在青年旅馆里。而青年旅馆里的人大都是旅途中的匆匆过客，虽然有家的味道，大多也只限于在厨房里做饭，或在客厅里聊天。像我这样合群的人，自然受欢迎，而他放不下架子，虽然落魄了，还是一副高高在上的样子，自然谁也不买他的账。

说到家这个词，在外国人眼里，它既不是"house"，甚至也不是"home"，而是"family"，强调的是家庭成员的亲情关系。这就是外国人对于租房住也无所谓的原因，他们把房子看得较轻，把家庭成员看得很重。

我觉得教授那天那么欣喜地期盼和家人团聚，他一定非常爱他的家庭。于是我试着在这方面开导他。果然，他说他最大的忧愁就是离职，薪金很快使用完了，经常需要妈妈和妹妹接济他，他心里很难受。可是加拿大这么好找工作，连我们老两口儿都能出去打工挣钱，他一个大小伙子怎么会挣不到钱呢？原来他的挣钱范围很受局限，不能离原单位近，怕同学同事看见。也不能离家近，怕家里人和邻居看见。他也不愿再干本行去教数学，因为已经没有勇气去面对学生了。

看来这是个难题，若不打开他的这个心结，不解决掉经济问题，他的苦恼也不好解决，毕竟物质是基础嘛。于是我就给他出了好多主意，让他自己挑。还拿多米尼克做例子，给他讲道理。我说："多米尼克会六国语言，但学历低，只能干体力活儿。可是多米尼克什么活儿都干，从不挑剔，每天都快快乐乐的，因为他有孩子需要赡养，他会承担责任。你虽然是一个人，但要对自己负责，对妈妈妹妹负责，这才是一个男子汉应该尽的义务。其实一个人只要努力，就可以干成任何事情。"

教授只是点头，却没有说话。我也说不清他到底能听进去哪些话，只好随意转换话题，心想总有一点会是你愿意听、愿意做的。我要他学学多米尼克唱歌，把悲伤烦恼都唱走，总之要让烦恼远离，可是他说自己哪里会有心情去唱歌。我可不这么认为，我记得他那天在大厅里转来转去的时候，时不时会发出一声叹息。这不就是心灵深处的爱的叹息吗？爱得越深，叹息也就越长。他爱她的妹妹、他的妈妈、他的家庭，怎么会没有心情唱歌呢？只要有爱就好，因为治愈一切创伤的并非时间，而是爱。

我知道人人都渴求欣赏和关爱，也许一只可以握住的手和一颗感恩的心就能够帮助到别人。当然，别人帮忙是一回事，自己做不做又是一回事，因为所有的动力都来自你内心的一股力量，做不到是你还没有真正想做。假如教授真的想戒酒，那我相信他一定能戒掉，关键是他自己要想通，若自己不明白，外界的一切努力都是徒劳的。

我问教授："你对我和我老伴儿——这种正在把梦想变成现实的

人怎么看?"他很肯定地点头,还伸出了大拇指。我又接着问:"那么你的梦想是什么?你又为你的梦想做了什么?"他长长地出了一口气,终于说话了:"我现在哪里还有什么梦想,只不过是天天醉生梦死地鬼混罢了。"好,他终于承认了自己的现状,也就是说,其实他知道自己这样沉沦下去是不对的,只是无奈罢了。

他说自从他变成这个样子以后,亲人朋友都疏远他,没有人肯来亲近他。那天,他用最后一点儿钱喝了酒,没有钱吃晚饭,只好回旅馆,没想到回来后却吃到了我做的香喷喷的葱花饼,他感到很温暖。他已经好长时间没有这样感动了,所以他才给我鞠了一个大躬,是因为有点情不自禁。

他问我为什么这么关心他,第二次又给他炒饭吃。我告诉他,我们这一路走来,虽然很艰辛,但是受到过无数人的帮助。我也特别愿意尽可能地去帮助别人,我曾经亲身体验过当一个人被他人需要的时候,感觉有多美好。

在美国的青年旅馆,我曾为大家做过大餐,享受到的感动至今还萦绕在心。那是一种自心中迸发出的可以撒向大家的爱意,既可以感动自己,又会感动别人。

美国哥伦比亚大学做过一项科学研究,当人接受馈赠的时候和给人帮助的时候,都会有一种满足感。而这种感动是在大脑的同一区域产生的,只不过在付出时,这个区域的活跃程度更高。

我想教授终于可以明白一点儿我的心意了吧，愿他能从这份心意中受到一些启发。我们相约第二天晚上再接着聊，如果能有进展，教授就是3天没有出去喝酒了。他只是从冰箱里拿几罐啤酒，这无疑是很大的进步了，足以令全旅馆的人刮目相看。

我期待着我们下一次的谈话，想为这个多灾多难的年轻人奉献一点儿力量。结果第二天早上，我就看到教授了。他还是那天见家人的打扮，和老板借了个自行车就出去了。路过我身旁时，他轻声说："我今天该交房租了，所以约了几个家教，晚上一定回来。"我听了，感觉好感动。这真是个好小伙，无论自己多么困难都不欠房租，这至少是一种诚实的表现。

晚饭我又特意做了葱花饼，让多米尼克和老板都吃了。我对老板说："我这可是借花献佛，只有大葱是我买的，面粉和油盐全用的你们的。"老板说："你这账算得不对。米面油都是旅馆承诺给大家用的，你的大葱虽不值钱，可你的劳动值钱。"看来在加拿大劳动力最珍贵，难怪我不过烙了十几张饼，就受到这么大的欢迎。

最后一张饼刚刚放到平底锅里时，教授就回来了，一进房就叫了起来："美味煎饼。"我说今天人人有份，全都吃葱花饼大餐。大家吃着饼，看教授的眼光也平和了许多，毕竟他3个晚上都没有出去喝酒了。老板更是直言不讳地说："这是爱丽丝的功劳。"我可不想居功自傲，只盼着这第三个晚上能把教授劝得有信心一些，劝他把酒戒掉，找到好工作，重新走向新生活。

他今天显得很振奋，说："这几天没喝酒，头一点儿都不疼。以前每天起床都是头昏脑涨的，现在感觉很轻松。"这说明教授并不是一个陷得很深、不可救药的酒鬼，即便是，也不能把他看成个一成不变的人。

于是我对他说："其实痛苦和磨难是人生不可分割的一部分，生命若不存在苦难，也就失去了很多意义。沉沦的人、毁掉自己生命的人，都是因为不懂得对宇宙抱有一种敬畏感和责任感。有了这份感情，人便有了极大的勇气去面对苦难，就可以超越痛苦的极限，提升自己的眼界，去看待生命的意义。

"当然，我们不可能要求自己每天都阳光灿烂，但只要在心中种下希望的种子，坦然面对困难和痛苦，就可以驾驭自己的命运，做自己的主人。这样，每一个人的生命都会迸发出光彩。可是教授，你现在耽误了，你那精彩的人生现在断了链子，已经快要连缀不起来了。你若再不从酒醉中清醒过来，你就会辜负整个生命。

"你看，我们老两口儿现在正在不断地超越自己。梦想的指引，让我们每一天都不会停下自己的脚步，因为只有远大的目标，才能使人有一种超越苦难的庄严。你的现状并不代表你会一直这样下去，你所经历的苦难，许多人也同样经历过。而当你坚持下来走出低谷时，你会发现原来最不可能战胜的并不是我们遭遇过的事情，而是我们的内心。我们这些曾走过的人真的有权利对你这样说。我们国家北川中学劫后余生的孩子们，在汶川地震后，上课时坚强地对记者说：'我们是世界上最幸福的人。'记者热泪盈眶地问:'你们说自己是最幸福的人,你们能告诉我,你们幸福在哪里?'孩子们告诉记者说:'那么多人死了,我们还活着,这就是幸福。'"

当我眼中噙满泪水地说出最后这句话时,教授真的动容了,因为一颗晶莹的泪珠,慢慢从他的面颊上落了下来。是的,生活中每个人都有迷茫、失意的时候,接受他人伸出的援助之手,可以让自己增强信心、走出绝望。

生活是需要相互关爱和帮助的,每个有良知的人都有责任和义务去抚慰别人、温暖别人。更何况我们是受到过无数次援助和关爱的人,我们又怎能不尽自己的一点儿绵薄之力呢?

生命中有许多事情,值得我们去关注。那曾经拥有的一切,就让它去点缀美丽的记忆吧,绝不能再让苦恼、沮丧和失望来苦涩我们未来的生活。

在这难以忘怀的夜晚,教授吐出心中的苦水,终于有了一种如释重负的轻松感,他扬起头说:"过去的一切就让它过去吧,因为我根本无法改变过去了。"他终于想通了一些,愿这是个新的开始,我从心眼儿里为他高兴。

第四天我们办事情去了,下午回来的时候,看见院子里好些人围着烤炉,听多米尼克讲解他的密制意大利烤鸡翅。教授居然也在,他坐在摇椅上，似乎是在等我。可是我却误以为他是回来得早，坐在那里听大家说话呢，所以当时没有理会他，只顾着和大伙吃鸡翅了。等我再转头时，看见的只是摇椅在晃呀晃，人却没了踪影。本以为他晚上会早些回来，可是等到很晚，我们都要去睡觉了，他也没有回来。

大约凌晨四五点钟的时候，我去上厕所。经过他的房间时，我闻到一股恶臭，看见有好多液体从他的门缝里流出来。我惊恐地大叫起来，以为他出事了。

老板赶过来，拿备用钥匙打开了门。我猜他一定是趴在地上了，可是屋内空无一人，地毯上全是吐的脏东西。老板打开柜门说，他人跑了，连箱子都不见了，又说幸亏这个人刚交了一个星期的房租，这些钱洗净地毯还能有些富裕。

老板下边说的话我听不进去了，脑袋嗡嗡地响。之后的一个上午我都在发呆，什么都不愿意讲，只是愣愣地看着那张他坐过的摇椅一摇一摇的，在我眼前晃。我很心痛，眼泪无法抑制地流下来。别人不能理解，可老伴儿疼我，他知道在北京时我帮过的好些人结果都是圆满的，没有一个人是这样的。原本刚刚有了起色，没想到结局竟会是这样，这令我无法接受。我难受得一天没吃饭，老伴儿劝了我好长时间才把我劝慰得好了一点儿。

这件事回国以后，我也一直没有放下，对儿子说起这件事的时候，依旧是泪眼婆娑，后来还是他的一席话让我总算走出了这个阴影。我记得他有几句话说得特别好，他说："也许是教授终于彻底想通了，去庆祝一下，一不小心喝高了，又不好意思再见你，就走了。或者是找到了新的工作，开始了新生活。总之不要把事情往坏处想，给他一个好的信息，他一定会好起来的。让我们大家一起为他祝福，相信他一定能重新好好生活。"

儿子的话给了我很大的勇气，我相信一个道理，不管你想要去哪里，不管你想要去做什么，真正做决定的还是你自己。相信教授一定会坚强起来，拥有一个美好的人生。

玩着玩着就赚了回外快

> 绝不会有人因为你的工作而看不起你,只要是付出劳动,都会受到尊敬。

一天,青年旅馆的谢老板刚回来,就急着对店里的客人们说:"你们谁有时间,帮我把另外一所旅馆的卫生搞一搞?今天下午5点,美国足球队就要入住了。"不巧的是,其他人都有事,大闲人就剩我和老伴儿了。他有点犹豫地问我们:"你们干吗?就半天,下午就能把你们送回来,我给你们50加元。"

我和老伴儿商量了一下,就跟他上了车。车里装满了刚买回来的床单、被套、窗帘、毛巾。路程很近,不到20分钟就到了。旅馆是一座刚装修完的小楼,一进大厅,就看见一个中年人正在修床铺。经过简单介绍,知道他姓刘,是刚从北京移民过来的博士,还没找到工作,所以先到这里打零工。

老板给我和老伴儿分配的任务是,把所有的地面擦干净、每个房间的窗帘挂上、枕套被单全部套好,还有一些零七碎八的活儿,总之要让旅馆达到入住的条件。老板说下午3点30分左右他过来验收,现在已经10点多了,去掉中午半小时的休息时间,还有不到5个小时。

时间紧迫,老伴儿二话没说,就挽起袖子干上了。地上有许多刷墙掉的白粉,已经干了,擦起来很困难,老伴儿找了一把小铲子,边铲边擦。

我本以为挂窗帘铺床是个轻松活儿,等干起来才知道这活儿有多费力气,刚刚弄完3个房间,肩膀、脖子就都累酸了。我只好选择分流程作业,先把楼上楼下房间的枕套都换好,这样可以坐在床上低着头干,能歇一歇;然后再换被套、床单。

老伴儿早把外边的衬衫脱了,只穿一件背心,满头大汗,正干得起劲。刘博士的床已经修好了3个。我紧赶慢赶,一鼓作气把楼上房间的活儿全干完了。身上的衣服也不知湿了多少次,干了多少次,难怪老伴儿赤膊上阵,这倒是个聪明的做法,只可惜女同胞没法效仿。

我下楼招呼两个人休息会儿,可老伴儿说:"活儿还不少,没工夫歇了,就是肚子叫唤了。"我一看表已经是下午1点多了,于是就简单地做了一顿午餐。3个人吃完了,又一起干起来。

我收拾厨房的时候,老伴儿和刘博士把修好的床抬进了一楼的卧室,我又是一阵忙乎。把床铺好,又把老板带过来的十几盏台灯,按我的审美观，分门别类地摆在了客厅、餐厅、卧室和过道上。

我边擦灯具边想，这个旅馆每一个房间家具怎么全都不同，连台灯也是五花八门的，没有重样。虽然床都是旧的，可是换上新铺盖一点儿也看不出来。忽然，我明白了，原来这都是老板每天开着货车捡回来的旧家具，现在都派上用场了。真是个精明的老板。

客厅里的大挂钟，当当当敲了三下，声音还很清脆，这肯定也是捡来的。外国人就是这样，不论东西好坏，只要不喜欢了，就立马扔掉再买新的。

3点10分刘博士的活儿全干完了，老伴儿也在洗拖把了。我利用最后20分钟，楼上楼下又转了一圈，把找到的一束干花插在一个大玻璃瓶里，摆在入门的条几上。还有一个旧鞋架子和一张门垫也被我擦干净，安放在了大门口，这样一来显得更温馨了。我想美国足球队员都是征战沙场的体育健儿，他们下飞机来到这样一个干净的旅馆，肯定会感到一些家的味道，所谓宾至如归嘛。

我看老伴儿喘着粗气，圆圆的肚子一起一伏，脸上一道白一道黑，成了三花脸也顾不上洗，一定很累了。可是他的表情是喜悦的，挂着我熟悉的、蠢蠢的、傻傻的笑容，那是源自内心的快乐。我懂得老伴儿，尽管我们在旅行中很需要钱，但他绝不是为了这50加元而高兴。他的快乐源于付出劳动成果，体验了另一种未知。旅行的快乐不正在于见不同的人，遇奇怪的事，克服各种困难吗？

老板的到来打断了我的遐想,我看到他眼睛闪着亮光,嘴张了几下才说出话来:"太好了!真没想到你们能干得这么快,这么好。"我让他到楼上检查一下,他连说:"不用了,先送你们回去吧。"走的时候我看到他给了刘博士80加元。回到旅馆,我们冲了澡,把脏衣服换下洗了,就去厨房做饭吃。好几个人问我们干了什么活儿,老板给了多少钱?我告诉他们以后,大家都说这活儿是"开荒",太苦了,老板不应该给这点钱。根据加拿大安省的最低工资标准,每小时应该是10.25加元,5个小时50加元只是一个人的工资而已。

吃晚饭时,老板把50加元给了我们,又另外拿出5加元,说是奖励我们干得好,多给的奖金。大约是看我们做事认真负责,老板就又交给了我们一个差事。因为他正在筹备另一家旅馆的开业,不能常在这边,所以需要我们接待一下来住宿的客人。工作无非是给客人登记、安排住房,介绍一下餐厅、公共卫生间和洗衣房的使用规则,帮忙换床单、枕套、被套罢了。因为活儿不固定,无法算工资,所以就用劳动冲抵我们的房费了。这样的活儿我们当然愿意接。

本来我们也想在加拿大多住一段时间,但考虑到经费紧张,又不愿意增加儿女的负担,我和老伴儿正在犹豫。今天的打工经历拓展了我的思路,既然加拿大这么缺劳动力,这种打工经历对于签证又没什么影响,属于民不举官不究的状态,那为什么不能用打零工的方式渡过难关呢?方针定下了,行动也就跟上了。我们首先在经常去的地方,像超市、街头公园、公共场所等处采集信息,加强了观察。

"侬似上海宁，阿拉似北京宁"

> 若浮在表面，无论如何不可能融入当地的生活，只有在打工的环境里，才能更深层地接触当地的风土人情。我认为这是旅行的真正意义所在。

因为国内有个女朋友的儿子要移民，不知道选择哪家公司，所以再三叮嘱我在加拿大为他物色一家信誉好的移民公司。

一天，我在报纸上看到一家移民公司的广告介绍，说这是一家已经开业18年、视信誉为生命的著名公司。董事长是法学博士专做移民的律师，从照片上看，慈眉善目，讨人喜欢。且服务内容详细周到，是一条龙式的服务，包括安家置业、孩子上学等后期工作，甚至还承诺对找工作、租房不满意的，可以再次服务，直到满意为止。

我之前已经打过两家公司的电话，虽然我的问题他们都回答了，但感觉像是例行公事，没多少热乎劲，想多问一句都没兴趣了。所以当我的目光再次落到那张满面笑容的照片上时，我果断拿起了电话。

电话响了很长时间，没人接，我刚要放下，就听到一个急促的声音响起来，连连说着对不起。那个声音说，因为前台下班了，他正在自己办公室收拾公文包，开始没有听到，所以接电话晚了。难怪说话这么急促，原来是跑过来的。我一看表已经 6 点 10 分了，的确到下班的时间了。在国外很少有加班，铃声一响自然人都走光。

这下倒弄得我有些不好意思了，只好说打扰了我明天再打吧，可对方说："没关系，你有什么问题尽管问。既然你已经打了电话，我们公司就有义务为你服务，直到你满意为止。"说话的语气非常诚恳和热情。

我感到自己遇上了很敬业的人，于是也就不再客气了，问了几个我关心的问题。他的回答非常专业精辟，让我感到遇上了同行，就慢慢问了句："你是学法律的吗？"他说是的，我是专职做律师的。我趁机又多问了几个我不懂的加拿大法律问题，他都耐心做了解答。

我听出他说话带些上海口音，于是就调侃说："侬似上海宁，阿拉似北京宁。"他一听就笑起来，说："你上海话说得很好。"我说："以前出差去上海，没事的时候就喜欢去听上海越剧团袁雪芬、徐凤仙的戏，所以……"话音未落，对方就哼了起来，一句未完，我已应声说出："《楼台会》。"又哼了两句，我报："《十八相送》《化蝶》。"这些熟悉的旋律，我听过很多遍，虽不如京剧那么熟练，但总能听到八九不离十。谈话一下热烈起来，我能理解这种远在异国他乡，突然听到乡音的感觉，那是每个中国人固有的对故土的怀念，对亲人的思念。

时间不早了，对方似乎意犹未尽，他很抱歉地说太太还在家等他吃饭，如果还有问题不清楚，明天再打电话。要挂电话的时候，我顺便问了一句贵姓，他答姓翁。我一下子想起他刊登在报纸上的名字，脱口说出了他的全名。他很惊讶地说："很少有人第一次能把我的名字念对，尤其是最后一个字都会念错，我都想改掉了。"我说："你千万别改，这个名字多好啊，把你父母的姓氏和对你的期望全包括了，这么好的名字不能改。"他听了半晌才说："你说得真好，你知道我为什么很激动地唱出来吗？因为我妈妈就是徐派传人。"他又说："我非常想见见你，我们可以当面聊聊，那样时间更充裕。"我一看他公司的地址离我住的地方很远，就有些犹豫。他又接着说："明天早上10点，我派我的司机去接你，请你一定来。"面对这样诚恳的要求，我也只能答应了。

第二天早上，司机准时来，开了一个多小时车，真够远的。一进公司，过了前台就是很大的开间，大概有300多平方米，四五十个人都在办公桌前忙碌着。周边的几个房间关着门，上面的牌子写着总经理室、财务室等。我敲了一下董事长办公室的门，进去看见宽大的老板台后面坐着一个白白胖胖的中年人，因为保养得好，所以看不出来实际年龄，不过公司都开了20年了，想必有50岁了。他见我们走进来，立即热情地招呼我们，一听我介绍老伴儿是孔子七十四代孙，就激动地拉开门，对大厅的员工说："你们先把手里的活儿停一停，孔子的第七十四代孙到我们公司来了，给你们介绍一下。"大家热烈鼓掌表示欢迎。

趁董事长带着老伴儿参观的空儿，我问几个员工对他们董事长的印象，他们几乎异口同声地说："董事长待人特好，很随和，平时对我们很尊重。公司业务不好的时候，他自己不拿工资，但给员工的一分不少，所以这里的员工流动性不大，很多都是跟他打拼很久的老人。"

我看墙上挂着董事长和本市市长以及前两任市长的合影，就夸他了不起，他却很不以为然地说："那都是工作照，不过是见证一个历史时期罢了。"看来这市长的造访，似乎还没有老伴儿这孔子七十四代孙的身份令他高兴。

不过我算了一下，每届市长任期5年，3届就是15年，公司开业18年，也就是说，这家公司只是在刚开业的3年里没有接待过市长，后来每届市长都到过公司。显而易见，公司广告说的"诚信为生命，以人为本"的服务宗旨和优秀口碑，不是随便夸口的，的确货真价实。加之我也已实地考察了，整体员工的精神面貌都很好，热情饱满，容光焕发。这样的工作氛围绝不是一天能形成的，也绝不是一个平庸的领导能做到的。所以我很放心，决定就为女朋友选这家公司办移民。

老板交代一位姓高的女孩子具体办这件事。我问了一下价格是8000加元，而且在中国办和在加拿大办都一样。我觉得很公平，而且和其他几家公司差不多，换算下来都是5万多人民币，而服务质量和内容都很好。

老板和我聊得很愉快，从越剧的流派到旅途中的风土人情无一不谈。他说："好长时间没这样放松了。公司的工作很忙，人手总也不够，国内的代理人是个北京二外的毕业生，虽然外语很棒，但其他方面的经验少做得并不好。移民工作恰恰是要多面手，方方面面都要知道一些才能做好。"

我给老板建议说："你不要完全拘泥于首任制和一条龙服务，这样的工作制度对老手来说适合，但新手就很困难，要很长时间才能上手。不如把熟悉移民局程序、银行贷款、房屋中介、搬家安置等工作的老员工分出几个，分门别类去做，同时去带一下新员工，最后再合拢打包。这样的话，一条龙式的服务在客户多忙不过来的时候，可以凸显效率，不忙的时候完全可以恢复原状。这两条腿走路的方针，能增强团队作战效率，又可以培养自己的专业人才，最终可以达到不再借助他人之力，工作都在自己公司内部消化。这也为公司将来的更大发展做进一步准备，至少目前可以省去一些不必要的环节，节约费用。"

我还提出了几个很细节的问题。比如客户交的款一定要在周五送进银行，这样可以多两天的利息，并且成为一种制度，集腋成裘嘛。同理，客户的最终资料在哪个员工手里，哪个员工就要在周五下班前全部整理完毕，报送到移民局工作的员工手中，这样周一上班就可以送走。以此类推，很多这样的工作细节我都把它统称为"头尾"工作制。别小看这一点，若是周一上班后再交接，一上午就耽误了，最快也要拖到下午，甚至周二。这样一天的时间就没了，积累起来，有效劳动时间就减少了很多。老板听到我的话频频点头说："你工作时一定是个特别优秀的员工。"我笑了，并告诉他我也做过老总。老板说："要有这么高素质的人在我们公司工作该多好。"我说："这怎么可能,我的签证只有一年期,而且随时可能离开加拿大。以后也要回到北京,不可能在加拿大定居。再说你公司这么大,各项规定也很严格,我来工作岂不是触犯法律?那些小地方小公司无所谓,民不举官不究。但在正规公司是不行的。"谁知他说:"现在我们公司刚接了几个大单,业务特别忙,你可以先来临时帮帮忙,等回去做我们的代理。我在报纸上登的招聘广告,写的是诚聘国内外代理加盟,你可以做代理。我和你签订一份代理合同,报酬灵活,可以不按工资,按合同走。这样做完全符合法律规定,你不用担心。"老板说得头头是道,不愧是法学博士。

我还有一个顾虑,就是我的朋友圈有不少想移民的。我做了这个公司的代理,他们肯定会找我。从他们的合同里拿报酬全部是杀熟,我平素最恨这样做的人。老板解释说:"你的报酬是公司出,和客户没有关系。他们该交多少钱,还交多少钱,一点儿也不会多交。而公司根据你的工作业绩,还会给奖励。你自己的亲属有想移民的,可以享受折扣。"

我又说:"我现在还在行程中,明年年初才会回到中国,也就是说,开始工作的时间没法确定。"老板笑了:"你先看看公司的合同吧,如果还有问题,再提不迟。"

十几页的合同文本,写满了条款,面面俱到,也的确很灵活。比如开始工作,日期是以第一份合同的订立日期为准,每份合同的佣金是公司收费的 15%,也就是 1200 加元。我就算一个月只做一单也可以拿到 8400 元人民币了，这是很丰厚的报酬，看到这里我毫不犹豫地签了字。因为要减少旅途负担，所以没带电脑，公司又发了一份到我女儿的邮箱里。女儿收到后马上发了一条短信，问是否经济上遇到困难，为什么要去打工。其实我对打工的看法并不完全是为了解决经济问题，它可以让我增长见识。

很幸运的是，在我离开这个城市后，住到一家旅馆，遇到了一位从天津来的张女士。她的学校和北约克大学有合作，她向我打听加拿大的大学哪家最好，我向她介绍多伦多大学和滑铁卢大学。她有一对双胞胎儿子，想把他们送出来留学，这次出差也是顺便出来考察。真是无巧不成书，她问我算是问对门了，她问的问题，我轻而易举地答复了，还帮她参考移民的问题。她满意极了，又听说我在为移民公司工作，忙不迭地要求去那家公司办手续。后来又问需要付给我多少费用，我答免费，她有点不太相信，以为我不肯帮她，连忙声明一定要付我钱。我对她解释说，我的佣金是公司付的，跟她没关系，她才放心下来。

看来公司合同的这条规定的确是解决了很大的后顾之忧，也让我彻底安心工作了。我给公司打了电话，把张女士的情况都介绍清楚，就按部就班走程序了。人们常说这好事成双才是大喜事，看来我工作的第一单就已经在这上面了。我也很开心，对老伴儿说："真是运气好，上帝这么眷顾。"老伴儿说："应该说老天爷开眼，好人有好报。"我认为不管是上帝也好，老天爷也好，机会的降临都不是偶然的。它一定会降临在有准备的人头上，不劳而获是不可能的。

Part 3

玫瑰王国的哀叹

其实旅行并非全都和风景有关,在移动的脚步里,心也一直在动。

车窗外的那片荒寂

> 每个城市、每一处景点都因各种特点,成了行走之人心中的一张图画,而旅行最重要的一个目的,就是把这些图画跟现实去做对比。这往往是很困难的,就像我坐10个小时的火车横穿保加利亚,最终也只不过是个匆匆的过客,看到的也只是一片荒凉。

在我的想象中,保加利亚是个漫山遍野盛开着玫瑰花的国度。我在旅游图片上看到的,也是头戴玫瑰花、身着艳丽民族服装,正在翩翩起舞庆祝丰收的少女。因为玫瑰精油的金贵,想来保加利亚一定是国家昌盛、人民富足且生活幸福。

为了在现实中浏览到图片上的美景,我特意买了从黑海到索非亚的火车票。早上6点出发,下午4点到达,整整10个小时,横穿整个保加利亚大地。我想,这下我终于可以欣赏到总是浮现在脑海中的玫瑰花海了。

怀着这样的喜悦心情，我踏上了火车，心中满是向往。然而随着窗外一站一站的风景飘过，那满眼枯黄的野草，不见一星绿色的荒野，让我心里不禁一阵阵纳闷：该不是我老眼昏花识不出春光秋色了吧？还是冰霜的冬季并没有完全从田野中褪去？

无奈只得按下急迫的心情，再仔细睁大眼睛看着窗外。看着看着3个小时就这样过去了，依然是满目的荒凉。偶尔出现的农舍也是东倒西歪，破旧不堪。刚想试着去问问邻座的旅客，忽然远远地看见了一座工厂，那高耸的烟囱并没有冒烟。

列车驶进小站，除了站台上举旗的工作人员，几乎没有人烟。那座工厂的大门挂着将军锁，锈迹斑斑。外面的工地上散落着大型机器，部件大都残缺不全。野草长了有半人高，不知道多长时间没有开工了。

从车站依然在使用来看，当初这里一定是家大工厂。我暗自思量，没准儿是家经营不善、管理不好的企业，它并不能代表这个国家的经济现状。然而这第一幕开了头，接下来一片连一片的工厂区，简直都是无人区，到处都是些破铜烂铁，见不到一点儿生活垃圾，连只野猫野狗都看不见。天地荒寂得让人心疼。

这样破败凄凉的景象，我几十年都未曾见过。我的祖国早已富强起来，工厂处处都是，工地也是朝气蓬勃、一派生机，这种荒败全国各处都不会出现。究竟发生了什么，让这个曾经繁华似锦的地方，变成了这副模样。

火车接着驶过的几处村庄，还不如刚才看到的那些地方。房子东倒西歪的，好多连窗户都没有。已经临近中午了，没有一丝炊烟，只有死一般的沉寂。我分明看到一些晃动的身影，但全是些步履蹒跚的老人。我的心痛起来，整整6个小时了，我看到的都是什么呀？没有一朵玫瑰、一棵庄稼，一路上，我只看到一处还算有生机的田地，种了许多向日葵，旁边的房子也略显整齐。想来一定是主人不舍得离开，在顽强地守护着自己的家。我无比希望那主人是个热爱生活的人，非常喜欢那热烈的阳光洒在向日葵上，像凡·高大师一样，用神奇的笔把这朴素的植物变成了奔放的生命。凡·高说，只要活人还活着，死去的人总还是活着。可是在这里，几百千米的铁路沿线，寥寥几人，广阔的田野满目疮痍、了无生机。

尽管在欧盟，罗马尼亚和保加利亚是公认的经济比较落后的国家，可是罗马尼亚要比这里好多了。虽说保加利亚的民众幸福指数全球排名第129，是欧洲最低的，但无论如何我都没有想到一个国家会穷到这样。我总认为一个玫瑰盛放的国度，人民一定会有饭吃。

和邻座的乘客交谈了一下才知道，现实远比我看到的更惨。这里绝大多数人早都走了，留下的也都是在等死。情况好一些的家庭，有外出打工的人寄钱回来维持生活，没有的就只有饿死这条路了。留下的人也基本上是老年人或病人，那些门上挂锁的是全家都走了。有的人家屋外窗台上放着几个黑乎乎的罐子，那是用一两只鸡或兔子做成的罐头，是在主人有几个小钱后置办的肉食。他们每天一丁点儿一丁点儿地吃这些罐头，要坚持一年甚至更长的时间，直到再有钱寄回来，否则就一直没有肉吃。

说话的人可能是司空见惯了,没有半分震惊或伤心。我却听得呆呆傻傻,大脑一直转不过弯来,连道谢都忘了。那位一直专注地听并时不时帮助翻译的姑娘,我也没有谢人家。在保加利亚,英语说得好的人实在不多。跟我交谈的乘客是名工程师,在瓦尔纳工作,经常要去索非亚出差,所以能讲英语。他又很了解情况,算我幸运赶上了。

至于那位姑娘,她提着一个笼子上的火车,笼子里还有一个很精致的小木头房子,不知道是什么宠物在里面睡觉,一直没出来。后来姑娘叫"卡特出来吃东西",才听到喵的一声,从小门里钻出来一只懒洋洋的虎皮斑纹猫。姑娘撕开一袋猫粮喂猫,我看是美国产的,心想,怪不得英语说得那么棒,一定不是保加利亚人。她穿着打扮也很时尚,还有那只艳丽的粉色大旅行箱,都不是本地人能拥有的。

为了弥补刚才没有感谢的歉意,我借着她的猫打开了话题。果然她很开心,高兴地和我聊起了她的卡特。这一聊我才知道她就是保加利亚人,在美国留学,毕业后便进入了一家美国银行工作,现在辞职回来,要到索非亚国家银行去上班。她有一大家子亲人,爷爷奶奶父母兄弟都住在瓦尔纳,她刚去看望了他们。小猫卡特是奶奶送给她的礼物,她一直带着。她很珍爱奶奶的心意,看来是个孝顺顾家的好姑娘。

我有点迟疑地问她:"你这样做损失是不是太大了?现在保加利亚这么穷,薪水不会太高吧?"她说在美国拿的薪水是回国后的10倍,但她依然要回来。一个原因是她离不开她的家人,她准备在首都工作一段时间后,把他们全接去住在一起。另一个原因是她奶奶一直教育她,保加利亚再穷也是她的祖国,学了本领,就应该为自己的祖国效力,去改变这种贫穷的状况。

听了姑娘的话,我刚才沉闷压抑的心好了许多。有这样善良伟大的老人家教育后代,我相信保加利亚人民一定会走出困境,让玫瑰花再次盛开。

每次出去旅行,我都愿意让自己融进当地,体会那里的生活百态,所以我一直选择穷游。就像这次,如果不是买了便宜车票,亲眼目睹了车窗外的景象,我是无论如何也不会相信这一切的。但愿在接下来的旅行中,我能够对这个国家有更深刻的了解,有更美好的接触。

美丽海滨上的一抹灰色

> 哪个地方都会存在某些不好的现象,重要的是,监管机制要切实发挥作用,才能尽可能杜绝此类事情,还社会一片净土。

瓦尔纳是黑海西岸一个美丽的海滨城市,位于保加利亚东北部,也是一个重要旅游城市。因为被它的旖旎风光所吸引,我和老伴儿决定多住几天,再坐火车到索非亚。

我们住的饭店离火车站很近,穿过一个广场,再走两条街就到了。一天晚饭后,我们散步到了火车站,打算询问一下火车票的事情。大厅里静悄悄的,几乎看不到人,只有咨询处的灯还亮着,里面有一位老妇人,态度还算和气,给我们讲解了去索非亚的车次、时间和价格。因为只能提前一天买票,所以我们决定第二天早上再来。

我们再到车站时,窗口还没开,但工作人员都来了。他们每个人都搬着一个纸箱子,箱子里的东西被哗啦啦地倒在柜台上,原来都是钢镚，大约是头一天的票款。他们都在忙碌地数着钱，我在柜台外边呆呆地看着，心想买火车票都用钢镚，这生活水平实在是不高。

里边的人看见了我，用手一指对面的窗口说："买票去那边，我们还早着呢。"我连忙道谢并趁机搭讪了一下，才知道数钢镚是他们每天上班第一件要干的事，至于工作量的大小，那要看头一天卖票的数量了。

我和老伴儿转到对面窗口，一位 30 多岁的妇女坐在里边，刚上班就一副无精打采的样子，连我问候早上好都没回应。因为昨天晚上都问明白了，所以我胸有成竹地递上了 100 列弗，等找回钱来一看，不对。车票 50 多列弗，应该找 40 多列弗才对，可她给我的只有 3 张 10 列弗的钞票和几个钢镚，显然少了 10 列弗。

票价不可能一夜之间就涨了吧，我有点生气，问她怎么回事。她居然摇头，假装听不懂我的话。透过她脸上慌乱的神色，我判断出这里面一定有问题，于是拿起 3 张钞票用手点着数道："一，二，三。"又伸出 4 个手指头，表示应该找 4 张 10 列弗的钞票才对。这么清楚的肢体语言，就是一点儿英文都不会说，她也应该明白了。为了防止她再跟我装傻，我索性让她死了心，对她说："这趟火车我都坐过好几次了。"说完我就不再言语了，只是用眼睛盯着她看。那意思是，看你这下还有什么话说。

她不再否认了，低头翻起了柜台上的东西，似乎是在找那 10 列弗。

我心说:"这下看你怎么收场。你以为中国老太太好欺负吗,'no way(没门儿)'。"

她找着找着就嘟囔出一句:"怎么还有一张?"竟然说的是英文。我就说嘛,这么著名的旅游景点,售票员怎么可能连常规的英语都不会说。合着她想糊弄我时就不懂英语了,想让我认为那张少了的钞票是不小心落下时就又说英语了,这不是拿我这老太太当冤大头吗?再想想刚才她那番拙劣的表演,也真是让人觉得可恶。我生平最厌恶这种丑陋的事情,儿女当上领导以后,我叮嘱他们的第一句话就是,能力大小是可以锻炼提高的,钱可是半个子儿都不能贪污。作为母亲,我当然知道教育子女的终极目的就是让他们拥有健全的人格和健康的心态,拥有一颗善良的、充满爱的心,这些都是最基本的品质。

买票风波让我气恼不已,本想去找她的领导投诉,让她再占不到别的乘客的便宜,可实在苦于证据不足。如果她一口咬定是不小心落下的,我不也是拿她没辙吗?思来想去只好放弃。不过也不能就这么便宜了她,我把钞票收好,拿起那张 10 列弗钞票冲她说:"下次别再干这种事了,这种行为很不好。"她听了,也没说什么,可能是理亏的缘故,只能选择沉默不语。

中国老人不是你能忽悠的

> 我们放弃在家享受儿孙绕膝、安度晚年的日常,打起背包自助走世界,为的就是能看到更多更美的风景,让自己绚烂多彩的晚年,也能成为一道风景。

因为取行李耽误了些时间,所以从瓦尔纳机场出来,路上已经没有什么旅客了。机场大厅门口停着 4 辆出租车,但一个排队上车的人都没有。我想坐机场大巴到市中心,下车后步行到旅馆。在网上订这家旅馆时,就是因为步行 10 分钟就到火车站,车程 25 分钟到机场,交通很方便。

问出租车司机大巴在哪儿,他们一副不搭理人的样子,我只好又返回机场去问工作人员。工作人员一句话都不说,用手一指广场,我们就又拉着箱子走到了广场边上。广场上确实停着两辆大巴车,但车身落满了灰尘,也没有司机,好似很长时间没人开了。等了好一会儿儿,一个人都没有,我们只好又吃力地拉着箱子走到出租车旁,准备打车走。哪想刚说了旅馆名称,司机就报出 30 欧元的价格,吓我一跳。我问为什么不打表,司机居然说打表更贵,这地方远着呢。真能唬人,我要不是心里有数,早就被忽悠了。可是等我问完第二和第三辆车时,心里就明白了,都是一口价 30 欧元,宰你没商量。

这时第四辆车的司机迫不及待地钻出来,一个胳膊搭在车门上,一脸得意地看着我们,那副表情分明在说:"怎么着,老家伙?不管多贵,你也得坐我们的车。"血一下子涌上了我的头,我的脸都涨红了,瞧这架势是牛不吃草强按头啊。以前碰到强买强卖的,也没陷入过这般尴尬的境地。我们双方大眼瞪小眼,就这么拘着,但败局明显就是我这一方,只是我还不肯甘心这么就范罢了。

正在僵持着,又一辆出租车驶入机场,车刚一停,我拉开车门就坐了上去。管它三七二十一,反正不能让刚才那几个车主太猖狂得意。趁司机往后备厢放行李时,老伴儿问我:"这车便宜吗?"我说:"便宜不了,我没问。"

新来的司机挺高兴,往后备厢放行李时都吹起了口哨。他一定觉得自己运气好,刚到就拉到了好活儿,哪知道我刚才发生的事。刚要上车,他似乎突然想起了什么,又跑到后面去问了那 4 个司机几句话。不用猜我也知道他是去问价钱了。显而易见,这 30 欧元是刚才那几个人临时商量好的。他们看我和老伴儿是一对老人,又拖着大箱子,孤立无助,绝对是被宰的对象,所以才会这么狠,真够可恶的。不过他们没料到的是,我是个不到最后一秒钟绝不放弃的人,在我的坚持下还是等来了转机。我是宁肯到别的树上吊死,也不会在他们那里挨欺负,必须争这一口气,让他们落个竹篮打水一场空。

坐在车上我一言不发,只把写着旅馆地址的纸条递给司机。他似乎早就知道了,点了点头,大约是把我当成了不会讲英文的老太太了。一路上他也没有说话,很快就把车子开到了旅馆门口。停下车,他抽出皮夹,拿出3张10欧元的钞票,指着钞票跟我比画,要我付给他同样的钱。我拿出一张10欧元和一张5欧元的钞票说:"就这么多,因为你不打表,又没有和我商量价钱,15欧元已经是很高的价格了。刚才他们要30,我没有同意,这才坐你的车。"他当时就急了,说必须给他30欧元。我本来在机场窝着一肚子火,这下也爆发了,说:"别太黑了,你们以为老人是好欺负的?现在你就两个选择,要么按平常打表的价格结账,要么就跟我去旅馆前台询价。旅馆前台要是说该付60欧元我就付你60欧元,要说是6欧元我就付你6欧元!你也可以叫警察来评评理,看是我赖账,还是你们讹人?"看他有些发怵,我稍微缓和了一下说,"你也不想想,给你15欧元已经不少了。你别跟那几个坏家伙学,做事要问问自己的良心。"他只好接了钱开车走了。

虽然我胜利了,可总觉得有些胜之不武。虽说我这是被逼上梁山的,可毕竟是抓了个"巧"。没有确认价钱就上车,终究还是我有些理亏,于是我就问了一下旅馆前台的工作人员,将前因后果向他们叙述了一遍。他们听了之后对我说:"从机场到这里连10欧元都用不了,但经常有客人抱怨打车贵,有的被要了10欧元,也有的被要了20欧元。不过,还没有听过被要30欧元的。"看来我原先的判断没有错,他们几个人是在欺负我们是老人。这么一想，我也就心安理得了。

第二天早上吃早餐的时候，前台给了我一张纸条，上面是本市国营出租公司的电话。工作人员说："以后你们再打车尽量叫他们，而且要求打表。如果他们不执行规定，你们可以打电话投诉。他们还是很害怕被投诉的，因为这会让他们丢了工作或者被罚款。"前台反复叮嘱着我们，听得我心里暖暖的。自从踏上保加利亚的国土，这可是我遇到的接待态度最好的人了。

千山万水走过来，就为了心中的玫瑰花海，现在连花骨朵都没看到，却被花刺扎了一回又一回，但愿明天的阳光能更明亮一些，照耀着我们这一对年过花甲的老人继续行走在寻梦路上。我们当然希望这些污染风景的垃圾越少越好，也愿意相信曾经是鲜花盛开的保加利亚，在不远的将来，依然可以再度成为玫瑰花的王国和大家心中最美丽的风景。

金色沙滩的卫生间

每次远行,对我来说都是一次成长。虽然我的年纪很大了,但我觉得这份成长对我很重要。它让我避免晚年故步自封、固执己见,避免我对世界执有偏见。所有的生命都渴望人生彼岸,每次远行我觉得自己都在靠近那个岸边。这也许就是远方会让人魂牵梦绕的原因。

听旅馆前台工作人员介绍说,瓦尔纳最热门的景点是金色沙滩,有长途汽车直达,可当天去当天回。我们决定去那里玩一天,早上在旅馆吃过早餐我们就出发了。

出了门,正碰上旅馆旁中餐馆的周老板。前一天晚上我们在他家吃的饭,点了一个炒豆芽,两碗米饭。那豆芽炒得太好吃了,又脆又嫩,口感清新,再配上细细的胡萝卜丝,真是色香味俱佳。难得一个小餐厅,把一盘素豆芽菜炒出了北京功德林的风味。我和老板说:"这么好吃的菜就叫炒豆芽太可惜了。在北京,两半猪脚配点野菜就叫'走在乡间的小路上',芥末拌菠菜就叫'情人的眼泪',白糖拌西红柿就叫'雪撒火焰山'。我女儿坐月子时,我煲骨头汤,只不过用了两片月牙骨和一些枸杞,我还给起了一个好听的名字叫'月牙弯弯万点红'。"老板听得津津有味,连忙说:"你也给我这盘菜取个名字吧。"我说:"好啊,你这菜可以叫'金丝炒银芽''清炒龙须''金银双丝'……说起来多了去了,只要别叫炒豆芽就行。"老板连连点头称赞,说:"改得好。"

今天早上一见到我们,他就热情地打招呼。听说我们要去金色沙滩,他就让我们坐他的车去。他说他也要去那里,不过要等 9:30 才行。现在是 8:30,我们正好利用这点时间去逛逛附近的超市。

想来保加利亚都穷成这样了,超市能有什么好东西?只不过我们每到一个城市都有逛超市的习惯,一来自己要买菜做饭,二来超市也是体现一个地方人民生活水平的窗口,可以集中观察到很多市井人文。于是本着习惯,我们依然走了进去。一进大门,我竟然有些发愣,没想到这超市和其他富裕国家一样,商品琳琅满目,而且品种齐全、非常新鲜,再看一下标签,价格也不贵。

这是怎么回事?那凄凉的荒野景象立刻浮现在我的脑海中,这个国家连庄稼都不种,哪来的这么丰盛的农产品?看着冰柜里满满的鸡、鸭、猪肉和闪着水亮的海产品,我马上想起了那几罐黑黑的罐头。这极大的反差让我有些茫然,我一时无法判断这个国家究竟哪些是真实的,哪些是我的错觉。

带着满肚子疑问,我坐上了周老板的车。他在金色沙滩的一家中国大酒店上班，太太经营着那家中餐馆。他每天上午 10 点 30 分到酒店，深夜 2 点才下班，期间只有下午可以休息一会儿，想想都觉得辛苦。现在是旅游淡季，他每月的薪水只有 3000~4000 列弗，旺季可以拿到 9000~10000 列弗。因为正准备买房子，所以他又让太太开了那家中餐馆，他负责采购，太太负责炒菜。这里的房价并不贵，他看好的房子只要 3 万多列弗，合人民币 12 万元。如果是在保加利亚的首都买房子，那就要贵多了，就连靠近市中心的房子也合到每平方米 3000 元人民币了。其他的物价如果换算成人民币，也和中国的差不多。他开的这辆新明锐，折成人民币才 2 万多元。

我把刚才逛超市的疑问提出来，他问我："你看标签时没有注意到产地吗？可以说超市里的货百分之百都是进口的，保加利亚现在已经没有什么好出产的了。这个国家的整个经济全靠着外出打工寄回来的外汇支撑着，还有就是靠像金色沙滩这样的旅游景点挣点外国人的钱。"他说完叹了一口气，接着说自己都没定下来，到底是在这待下去还是回家乡，所以看好了房子，可迟迟没有交钱，一直在犹豫中。他工作的酒店很快就到了，就在金色沙滩附近的一个繁华地段。他进去打了上工卡，又出来把我们带到回去时等车的汽车站，给我们讲清楚了回去时要坐的班车和其他要注意的事项才去上班。我们感激得连连道谢，可他说："我也很高兴啊，这么长时间没见到祖国的人，能见到你们，我别提有多开心了。何况你们还是老人，一看到你们就让我想起了家乡的父母，帮助你们不就和帮助他们一样吗？用不着这么客气。"听了这些话，我心里又暖又酸。只要根不在，多好的地方，都挡不住你对家人和故土的思念。

我和老伴儿看着周老板走远后，便按照他指给我们的路线去了金色沙滩。这个沙滩果然是名不虚传，人群熙熙攘攘，商店鳞次栉比，真是热闹非凡，只可惜跟我喜欢的自然风光相去甚远。沙滩上躺满了日光浴的人，几乎全是国外游客。也许是临近中午的缘故，空气中弥漫了各种饭菜的香味。每间酒吧都在忙碌着，侍者托着盘子，把啤酒和美食送去给太阳伞下的客人。处处一派繁荣富足的景象。可是我开心不起来，我总是时不时地想起那些一年只能吃一只罐头，甚至连这么一丁点儿肉都吃不上的人们。

看来旅行也是因了各人的性格、观念、学识和情志，乃至此时此地的处境和心理状态，而大异其趣。在经历了尼斯、哈瓦那、阿法那些世界著名的沙滩，还有苏梅岛上的如雪白沙，爱琴海上似火的红沙滩以后，也许有了曾经沧海难为水的感觉，如今看着这闻名的金沙滩，也不觉得有多特别了。倒是应了法国雕塑大师罗丹那句话：世界永远不缺乏美，缺乏的是发现美的眼睛。一个心灵充盈的人，定能从处处读出诗来，从处处听出乐来。我自诩是个心灵丰足的人，而且时刻提醒着自己，生命绝不能仅停留在物质的层面，要做精神上的富翁，才是对生命应有的追求。如今我站在这风景如画的金沙滩上，眼睛看到的是一片繁华，读出来的却是贫穷与落后。我想换换心情，于是和老伴儿离开了。

我们去逛了商店。第一家是卖冰箱贴的，售货员是个胖胖的女孩子，客人进来连声招呼都不打。这个国家的服务态度，我已经习以为常了，也没说什么就自顾自地挑起冰箱贴来。翻来拣去终于找到了几个很满意的，其中一个帆船形的特别好看，可惜桅杆上端残缺了一点儿，我让她给换一个。她回说没有了，一脸不耐烦的样子，可能是嫌我们挑东西的时间长了。结账的时候，我说那个残品要能降一点儿价格我还是可以要的。她竟然说："你不要别人还会照样买，用不着降价。你快走吧，这里不欢迎你。"要不是她用手做了那个出去的姿势，我都怀疑那拖着俄罗斯腔的蹩脚英语是我听错了。这下可把我气得够呛，若不是老伴儿拉着我说"别跟她一般见识"，我真想和她干一仗。虽说旅行就是遇人遇事，尤其是遇你意想不到的事，可这么气人的事最好以后还是再也不要遇到了。

老伴儿拉着气呼呼的我逛了两条商业街，也没遇到什么新鲜玩意儿。最后终于碰到一家商店处理冰箱贴，一元一个还买十送一。我挑的十几个都很漂亮，有一排4个是穿民族服装的小人，还有一个是带温度计的。除此之外，我还挑了一瓶玫瑰香精。老板夸我很有眼光，挑的都是旺季卖得最好的，只因现在是淡季就按成本价卖了，否则要卖3元钱一个呢。

我自觉捡了个小便宜，总算把刚才的晦气冲了冲，于是又想回沙滩再晒会儿太阳了，顺便上个厕所。可到了卫生间门口一看，有个牌子写着"收费：每人0.5欧元"。好家伙，真够贵的！我俩就忍着没上，想走走看有没有公共卫生间。走到一家酒吧，见对面有一个很小的卫生间，门口也没牌子。进去的人出来时也没见收钱，我们俩就跟着进去了，可是出来后没走几步就被酒吧的人叫住了，让交1欧元。

我指着刚走的那个人说："别人不收费，为什么收我们的？"酒吧的人说:"这卫生间是我们自己的,只有在我们酒吧喝酒的客人才能上,外人来就要付费。"没办法,我只好掏了1欧元给他。想想在法国、西班牙那些欧洲国家,所有酒吧的厕所都是随便上,心里不禁更不舒服起来。厕所都收费这么贵,看来只剩下晒太阳了,阳光总是免费的吧?

我们选了一处相对僻静的角落,坐在柔软的沙滩上看着蓝得可爱的大海。酒吧里传出来阵阵琴声,竟然都是我爱听的老乐曲,简直把我听得如痴如醉,开心极了。连续几天的不快一扫而光,我总算有了一段浪漫时光。浪漫可是我内心深处最渴望拥有的,生活中不可或缺的元素啊。

此时坐在沙滩上,慵懒地晒着太阳发呆,什么也不想,我感到很惬意。如果喜欢,明天我还可以再来。这也正是偌大年纪,我和老伴儿还选择做背包客的原因。旅行不是和时间赛跑,不应该只是匆匆忙忙赶个景点,就一闪而过。生活中有太多值得我们停留的东西,这些东西可以细小到今天我们坐的角落,广阔到无边无垠的天地之间。只要能够拥有一份感知生活的能力,生活就永远不会抛弃我们。

此时,在保加利亚产生的不愉快彻底消失了,感谢音乐,给了我一种心灵上的安宁,让我能够认真地坐下来沉思反省。在这湛蓝湛蓝的大海边,有清新的空气,明媚的阳光,伴随着悦耳的琴声,让我更容易找回自我,找回人生的意义。

中餐馆里的小夫妻

渐行渐远的脚步，带我们走进流光溢彩的世界，日益繁多的美景让我们打开闭塞的视野，心也就不由自主地温和起来。就如保加利亚的贫穷和迪拜的奢华在我的脑海中碰撞，使我的心反而变得愈加宽容起来。圣雄甘地说过，用温柔的方式也可以震撼整个世界。

紧挨着我们住的旅馆，有一家中国人开的小餐馆，生意很不错，菜品干净好吃，老板夫妇也待人诚恳热情。小餐馆的老板就是那天送我们去金色沙滩的周先生，他老婆既是餐馆的老板娘，也是餐馆的主厨，烧得一手好菜。说起主厨来，我也是图个好听，其实整个厨房就老板娘一个人忙活。馆子里也只有一个叫诺纳的中年妇女做服务员，负责照看门外边的那几张桌子。

我和老伴儿去餐馆吃过好几次饭，和他们相处得很融洽，关系很好。聊天的时候我得知老板娘很爱看书，而且以前在国内还是个职场白领，于是便把自己写的书《就怕错过另一种人生，所以去看世界》送了一本给她。

老板娘连连感谢,还说一定会抓紧时间看。我以为她只是看我说得兴起,跟我客气一下,免得我没面子。没想到第二天我们去吃饭,老板娘一个劲地打哈欠。一问才知道,她是看了大半夜的书,而且还特别兴奋地对我说:"你这书写得太好了,今天晚上一定争取看完。没想到你们这对看起来普普通通的老人,这么了不起,可真让人敬佩。以后你们在我这里吃饭,叫菜谱上没有的菜也没关系,只要想吃,我都给你们单独做。"说着她又转身嘱咐诺纳说,"他们以后结账时,零头八脑的都抹掉,只收整的就好了。"当天她就给我们炒了菜,满满一大盘。

被老板娘照顾,我和老伴儿很是过意不去,于是就把自己带的茶叶送了点给她。她接了之后很高兴,说:"好长时间没有喝到家乡的茶了。"看来海外的华人都对祖国很眷恋,每个中国人出去都不会忘记自己永远是炎黄子孙。

通过几次愉快的交谈,我渐渐知道他们在保加利亚的日子过得也很艰辛。政府的官员时不时会来勒索,当然是以检查为名。有一次卫生部门来检查,刚到门口瞅了一眼就说:"生熟没有分开,要罚款。"他们赶紧递上百元大钞,然后就完事了。我听了很生气,说:"你们不能举报吗?或者就挺着不给,看他能怎么着。"老板娘说:"这事我们也干过,结果更糟,最后罚了200列弗,还不如给100合算呢。从那以后就一直这么下来了,隔一段时间该检查了,官员就来转一圈,到时连冰柜门都懒得开。什么生熟分开不分开,他们才不管那些,拿了钱走人就得了,不过倒也相安无事。社会风气如此,我们也只能入乡随俗了。"老板娘说完叹了口气,我也半晌没了话。

后来我又问起诺纳的情况,因为这位老实巴交的服务员实在不太爱说话。她平时干活儿很勤快,卫生做得很干净,就是没事的时候总坐在门边一动不动地发呆,所以我有点纳闷。老板娘说她其实很可怜,是个单亲母亲,独自带着女儿在这个城市打工,每月工资750列弗,有保险,但不管吃住。她租了个一居室,每月房租150列弗,剩下的钱除了吃饭还要供女儿上学。每天早上她都是在家吃了饭再来上班,没有客人的时候,她就回家给女儿做好饭,吃完了休息一下,再来上晚班。工作虽然很辛苦,但她很满意这里的工作和薪水,因为在别的地方打工,她挣不到这么多钱,而且在这里吃饭的外国人还会给她小费。她的女儿今年已经高中毕业了,但不肯出去工作,总是找个零工做几天就去舞厅酒吧玩,把钱花完了就再工作几天。要是找不到活儿、挣不到钱,她就会跟诺纳要。我看到她来时,诺纳一点儿都不高兴,等她要完钱走了,诺纳就愁云密布地呆坐在一旁。看来保加利亚也有啃老族。听老板娘说,不只诺纳的女儿,这样的啃老族在保加利亚还有不少呢。这里的人受教育程度不高,绝大部分孩子上到初中或高中就不上了。有条件的家庭也会送孩子去国外上大学,但毕竟是少数。国内失业率很高,工作不好找,造成了很多孩子毕业后在社会上游荡,混一天算一天。所以老板娘把她的女儿一直留在国内,不让她到保加利亚来,因为到这里来即使学了保加利亚语,也没有什么用得着的地方。

我和老板娘说:"咱们说点高兴的吧,聊聊你从前在国内的生活。"于是我们转移了话题,聊起了国内。我这才知道老板娘原来是个很能干,很热爱生活的人。出国前她在一家大公司当部门经理,负责品牌管理工作。因为老公一直在保加利亚打拼,觉得夫妻总是两地分居不好,她于是在两年前来到这里帮助丈夫。现在想起在国内的生活,她很是怀念,也不知道以后是不是还回得去。因为以前一直做品牌工作,所以她对自己的品牌价值很清楚。她喜欢荷花的清香,本来想把餐厅叫作荷香餐厅,后来因为更改原有执照太麻烦,才一直没有改。

我看得出,她是个很知性雅致的女人,在许多理念观点上和我很相似,所以我们聊得很投机。我们对自己的人生品牌都会坚守它的核心价值。这个价值不是附在名牌皮包和服饰上的,也不会随着青春的老去而枯萎。它和年龄无关,和职业无关,但是会像荷花一样把淤泥变成养分,不断进行自我净化,自我提升。这不仅停留在出淤泥而不染的层面,而是用一种重生的智慧,散发出不同的色彩和不同凡响的脱俗女人味。也许这些理念不会被一些人认可,但值得庆幸的是,我们都会用自己的意愿选择自己的生活方式。不论在生活的哪个层面、哪个阶段,我们的内心都充满着做自己的幸福感。有人会说,这样的人太过于追求完美。追求完美有什么不好呢?至少我能清楚地知道自己想要什么。即使有时尘埃会坠入心底,那也无妨,只要有清泉能洗涤灵魂就好。

中国老太太和德国小伙子的PK

旅行的每一天脚步都在持续地移动，心也会随之飞扬。眼睛里看到的有周围世界的美和爱，当然也有贫穷和落后。那也没有什么关系，以我个人的体会，当某一方面缺乏时，在另一个方面总会得到补偿。所以我把每件事都看作是有价值的经历，更何况还遇到这样的老板娘。要知道在斗转星移的岁月里，熙熙攘攘的世界中，茫茫人海没有多少机会去遇到。这是偶然，可不是必然，可遇而不可求的，才能称之为缘分。

明天要离开这里了，我和老伴儿决定今晚在老板娘家吃顿丰盛的晚餐，犒劳一下奔波的自己，也庆贺一下我们又完成了保加利亚的旅程。

我们点了一盘咕老肉，这可是老板娘的拿手好菜，从第一天吃饭，她就推荐，可是我们觉得价钱有点贵，就没舍得吃。现在要走了，最后一次在这里吃饭，应该尝尝老板娘地道的手艺。我们还点了那个百吃不厌的炒豆芽，不，现在已经改成"爆炒龙须"了。

正在享受美味的告别宴时,餐馆又进来4个年轻人。他们在我们旁边的桌子坐下来,其中一个是中国女孩,还有一个鬈发的小伙子。那个小伙子太帅了,我不由得多看了他几眼。另外两个似乎是一对恋人,看样子很亲热。中国女孩点了被推荐的咕老肉,小伙子点了一份意大利面。那对年轻恋人,女的点了一份烤面包和一个汤,似乎嫌汤有点贵,点的时候嘴里还嘟囔了一句,男的就点了一份最便宜的素烧茄子盖饭。

等着上菜的时候,他们似乎在继续争论刚才说起的一个什么问题。突然小伙子提高了声音,很坚定地说:"What kind of person do you want to be, and what kind of person you will be(你希望成为什么样子的人,你就会成为什么样子的人)。"

"Oh, What a glorious saying this is(这是多么好的一个谚语)!"我不禁脱口而出,应和小伙子的观点。到底是功夫不负有心人,学英语的时候,我特别喜欢这些谚语,和小时候喜欢背成语或绕口令一样,背了不少在肚子里。有了知识储备,今天一下派上了用场,在听到耳熟能详的句子时,我就不由自主地插了嘴,只好向邻桌说"sorry"。

四个人都很客气地说"没关系",尤其是那个中国女孩子,看到我们更显亲热。原来他们都是刚毕业不久的大学生,在网上报名参加了一个国际组织的交换工作,到保加利亚工作6个月。今天趁着休息,他们于是就到瓦尔纳这个旅游胜地来玩玩。

正说着,菜来了。中国女孩子吃着白米饭和咕老肉,吃得很香甜。

小伙子的意大利面上覆盖了一层红红的酱汁，看样子也吃得很满意。只有那边的一对恋人出了问题，先是男的尝了一口茄子，立刻吐了出来，说："这是什么，黑乎乎的？太难吃了。"我猜他可能是不太喜欢吃茄子，或者不喜欢这种中国菜的烧法，但他选择的时候没有想到这些，只顾考虑价格的便宜了。他的女友虽然点了贵的汤菜，可是正对着汤盆里那个圆圆的家伙发愁。我仔细一看，像我平时爱吃的小肚儿，周边还撒着雕刻成花瓣一样的胡萝卜和黄瓜片，漂在浓汤上面。很清香的一道菜啊，她为什么光吃面包不喝汤呢？我忽然想起来，这个菜我在北京吃过。上菜的时候，服务员会过来帮忙把那个圆球切开，然后里面裹着的鸡肉就会滚出来。这道菜叫"肚包鸡"，它的汤好喝极了，是用白胡椒和半只鸡塞进猪肚里慢火煨成的，鲜香色味俱全。在客家菜里，这是一道很著名的汤，老板娘能做成这样实属不易，只是诺纳忘了切，造成了误会。

想到此，我赶忙上去帮着解围，让她用叉子叉着圆球，用刀切了个十字。圆球破开，里面的鸡也随着露出来。大家都欢呼起来，对中国餐饮的奥妙产生了极大的兴趣。以前吃过这道菜后，我特地去查了一下，发现这道菜也是有典故的。见大家这么有兴趣，我趁机卖弄起来："据说乾隆皇帝南巡时，喝到这道汤，感觉奇美无比，只是嫌这道汤的名字太俗气，于是赐了一个御名叫'凤凰投胎'。现在听来，这个名字又雅致又形象，只是不知道为什么最后只有'肚包鸡'这个名字流传下来，而'凤凰投胎'却从来没有在哪个菜谱上出现过。"

见4个年轻人听得津津有味，我就又给他们讲了过桥米线和叫花鸡。他们兴奋得哇哇叫，不住口地说："一定要去中国，要把全中国的美食都吃遍。"我说："这个你们可能做不到。就算你们有这个经济条件，也不一定有这个肚子。我们中国的美食，要是全算上，你们吃好几年也不一定能吃完。我们每个城市的美食都有不同的特色。美食丰饶的天府之国四川有四大名小吃：赖汤圆、钟水饺、麻婆豆腐、夫妻肺片。美丽的西子湖畔有杭州四大名菜：西湖醋鱼、宋嫂鱼羹、龙井虾仁、叫花鸡。这些各省市的名吃，有好多我都没吃过。我还是土生土长的北京人呢。"

看他们4个口水都快流下来了，我更来了劲，索性把我爱吃的名菜小吃，都讲了一遍。什么山西的猫耳朵、陕西的肉夹馍、保定的驴肉火烧、四川的红油抄手、天津的狗不理包子和炸糕。还有北京的小吃，就更多了，什么艾窝窝、驴打滚、炸灌肠、褡裢火烧、豆汁、焦圈、蜜麻花……我从小到大吃了上百种，可是还没吃遍。

我话还没说完，中国女孩就笑得喘不过气来了，说："你说得太快了，简直像绕口令。有好几种吃的我也不知道用英语怎么说，都没翻译出来就过去了。"我说："没关系，反正大部分英语他们3个都听懂了。就算翻译错了，他们只要知道都是中国的好吃的就成了。"中国女孩也说："我看差不多等到工作结束，他们就都跑到中国去吃美食了。你这样的宣传，甭说他们，连我都没听过。"

我听了当然很高兴。尽管在国外，每次遇到合适的场合，我都会不停地介绍中国的方方面面。不过像这次，在饭馆里跟人这么大量地介绍美食还是第一次。我们在国外旅行的时候,绝大部分时间都是自己买菜做饭,很少有机会在餐馆里吃。更别说这次还是和老外聊美食,而且还聊得这么开心,就连平日难见笑容的诺纳都在一旁抿着嘴笑。老板娘见状沏了一壶茶出来,说:"干脆你们把两张桌子拼在一起得了,说话也方便。"于是我们几个人就拼了桌,天南地北地聊起来。

那个帅气的小伙子原来是德国人,在瑞士长大,因为喜爱音乐去奥地利读的大学。这下我可找到知音了,因为我也酷爱音乐,我的人生三大喜好就是:书、音乐、旅行。另外一对情侣,女孩是新西兰人,男孩是澳大利亚人。这两个国家我都去过,所以聊起来也同样有共同语言。

我们聊着聊着就分成了两堆,中国女孩、老板娘和我老伴儿用中文聊,我、德国小伙子和那对情侣,4个人用英语聊。我和那个帅小伙子聊音乐,真是爽快极了,一会儿莫扎特,一会儿舒曼。特别是在谈到门德尔松的一首交响乐时,我脱口就说出了门德尔松对德国人喜爱音乐的评价:"慕尼黑人对音乐有着异乎寻常的敏感,并且通过诸多的方式磨练着他们倾向天籁的触角。"小伙子听了,开心地鼓起掌来。这个格林童话的故乡,拥有着音乐的浪漫,帅小伙应该也和我一样,深深眷恋着自己的祖国。

之后我们对黑格尔著作的讨论,又使我们的对话融进了人文哲学的味道。总之,我们是越聊越亲切。我告诉他,我写了一本书,名字就叫 *To see the world, to have a different life*(《就怕错过另一种人生，所以去看世界》）。他很惊讶地问我有没有英译本，我很遗憾地告诉他，暂时还没有。他不迭声地说："学中文，我一定要学中文。我有语言天赋，学英文时就很快，学中文也一定能学好。"我笑着说："就冲那么多美食，你也得学啊。"他听说我学英文是从零基础开始的，为的就是实现自己年轻时环游世界的梦想，不禁伸出大拇指连连赞叹道："真了不起，真了不起。"

我告诉他："我特别喜欢英文中的谚语，所以背了不少。"他说："怪不得你英文说得飞快，其中还夹杂着好几句成语，原来是下功夫了。我也喜欢这些，但可能知道的不算太多。"我说："那也没关系，咱们干脆玩个游戏，玩我们中国的接龙。你一句我一句，轮流把自己肚子里的谚语抖出来比试一下。到最后，谁没词了，谁就算输了。"

大家听了都说好玩，小伙子也点头同意了。他们自然不知道这是我的小花招，我提出比试谚语，也是醉翁之意不在酒。毕竟我是英文新手，所学有限，若是能跟这个英语高手过过招，不但英语水平能提高，肯定还能学到好多知识，何乐而不为？

我先说了一句"Never offer to teach fish to swim（切勿班门弄斧）"以示谦虚，他立刻回了一句"Be six of one and half a dozen of the other（半斤八两）"。不知是赶巧了，还是他刻意地表示"我们的英文水平相差无几，不用客气"，因为刚才说的游戏规则并没有要求意思相接，也不用完全按照中国接龙的规则，必须用上一句的最后一个字开头。我当然是考虑到我的英文水平达不到这么高，所以变通了一下。

我接着说了一个简单的"Knowledge is power（知识就是力量）",他回了一句"Live and learn（活到老学到老）";我又说"Where there is a will, there is a way（有志者,事竟成）",他接"Little strokes fell great oaks（水滴石穿）";我说"Beauty lies in lover's eyes（情人眼里出西施）",他说"The proof of the pudding is in the eating（空谈不如实践）"。看来他是在尽量随着我的意思说,足见其功底深厚。我又说"Early birds catches the worm（早起的鸟有虫吃）",他说"No pains, no gains（不劳无获）"。

我接着又说了好几句,什么患难见真交、良药苦口、东边不亮西边亮……谁想帅小伙答得那叫漂亮,句句合辙、丝丝入扣,我觉得再比下去不定到什么时候了。于是,我又出了一个主意说:"这样吧,我来出个谜语你猜。如果猜对了,你再出个谜语让我猜。如果谁猜不对,谁就输了。"小伙子很痛快地答应了。我的谜语是:"What is coming, but never arrive（什么要来却总也不能来）。"这次有点难到他了,他连猜了好几个都不对,最后要我说出谜底。当我说"是明天"时,大家都笑了。我对小伙子说"你输了",可是人家小伙说"No. No win, no lose（不,没有赢,没有输）"。中庸之道!我这个来自孔孟之乡的中国人都达不到这么高的哲学境界,一个德国小伙子就这么睿智平和地用它把游戏结束了,真让人敬佩。

从这个意义上来说,人家才是最后的赢家。于是,我诚心诚意地对他说:"虽然咱们打成了平局,但在我心里你的确是真正的胜利者。我要向你学习。"这时那个中国女孩说:"我还要向你学习呢。我本专业就是英语,可是在修辞和语速上,我都觉得比你差了一截。你怎么能学得这么好?给我介绍介绍你的经验吧。"

我说:"首先你要认识到学英语的重要性,世界上有数千种语言,英语是使用最广泛的。在英国、美国、加拿大,以及加勒比海附近的国家和南非有近3亿人讲英语。世界上60%的无线广播使用英语,70%的文件用英语书写。在各种国际会议上,使用的大多是英语。它也是联合国的工作语言之一。而我要去实现自己周游世界的梦想,学会英语是必不可少的,所以我有学习英语的动力。

"再就是兴趣。有人说学英语是件头疼的事,但是对我来说,它是一件快乐的事。我喜欢英语那像歌声一样,富有表现力的美妙发音。我自己能够用英语和外国人交流时,我的自豪感会油然而生。在我克服了许多学习英语的困难,取得更大进步时,我的内心会产生无比的快乐。这种快乐不是任何物质类的东西能给予的,这是一种来自心灵的愉悦。有了喜爱、自豪、快乐这三种感觉,学习起英语来就会有干劲。背成语谚语时,我经常连饭都忘了吃。把谚语背下来,可比吃一顿丰盛的大餐还令我高兴。再有一条就是学了最好马上能用,用出去就是你自己的,怎么都不会忘记。许多人学英语时,背下的单词光存在脑子里,过一段时间就忘了。所以一定要趁热打铁。"

中国女孩很认真地听完我的话说:"真是受益匪浅。我学了好几年的英语，从来没有想过要去热爱它。我只是为了学而学，当然谈不上兴趣爱好了。回去我一定要读一些经典文章，多记一些成语谚语。以后有机会，到北京去找你切磋，就像今天晚上你和德国小伙子PK一样。"我说："好啊，欢迎你们大家都去。去吃我们北京的美食，去看我们北京的美景。"

时间已经很晚了，我们的欢聚也结束了。我向大家提议："在最后一刻，为我们的相识，为这个美妙的夜晚，在这个繁星点点的夜空下，我们每个人都许个愿望，或者送给对方一个祝福。"大家热烈地鼓起掌来，认为我的提议太好了。那对恋人的祝福自然是窃窃私语。中国女孩的愿望单纯而美好：明天要找个好工作，最好有个男孩子爱上她。我的祝福是：在最后，真诚地希望最美的事情永远围绕着他们，认识他们很快乐。

送上祝福以后，我又在心里默默许了个我认为这辈子都不可能实现的愿望。那个德国帅小伙跟我说了他在奥地利读书的事，关于音乐我们聊了那么多，把我向往多年的梦想又重新勾了起来。每年元旦的时候，我最不能耽误的重要事情就是在电视机旁看赵忠祥主持的新年音乐会的直播。当《蓝色多瑙河》的旋律在金色大厅响起时，我的心就会陶醉在幻想中。我多想插上一双翅膀飞向维也纳的金色大厅，多希望能够坐在那里亲耳聆听那扣人心弦的乐曲，多希望在卡拉扬、小泽征尔、祖宾·梅塔、里卡多、夏伊横空飞舞的指挥棒下聆听天籁。那是宇宙间最美的旋律，今生能听一场，足矣。可惜啊，新年音乐会的票和手工打制的劳斯莱斯轿车一样金贵，不是用钱就能买到的，那是根据人的社会地位来决定的东西。换句话说，只有王公贵胄、社会名流才能踏进那辉煌的殿堂，而我们这些平民百姓应该是永远望尘莫及了。

我正暗暗叹息着，就听到德国小伙子说出了他的愿望："希望明年订购到新年音乐会的票，和爸爸妈妈一起去金色大厅。"我差点以为自己听错了，赶紧追问他说的什么，他又把刚才的话重复了一遍。我还是不确信，又小心翼翼地问道："你的父母是国务院总理还是大银行家？为什么你们能够订到新年音乐会的票？"小伙子说："看来你还不知道，最近金色大厅对外开放了。普通人也可以买票去听音乐会，但是价钱较贵，还要提前一年预订。不过即使这样预订的人也很多，我今年就没订到。"天哪！这个好消息对我来说简直是平地一声雷，把我都炸晕了。我乐得晕头转向，他们几个人看着我欢天喜地、手舞足蹈的样子，莫名其妙。我只好把自己藏在心里多年的愿望告诉了他们，大家都替我高兴。本来觉得没有可能的事情，突然间有了转机，美梦成真该是件多大的人生乐事啊。我千恩万谢地谢了帅小伙，谢谢他在这个美好的夜晚送来一个这么美妙的信息，我会永远记住它。在这个没有玫瑰的国度，鲜花在我的心田里绽放了。

第二天清晨，我和老伴儿4点30分下楼，准备步行到火车站，搭乘6点的火车，离开这座美丽的黑海城市。谁知刚出旅馆，就看见周老板正坐在昨天晚上我们坐过的那张桌子旁抽烟，烟灰缸里已经有不少的烟蒂了。他见我们下来，忙说昨天下班回来，老板娘就嘱咐过，让他今早送我们去车站。

我说:"那怎么行,我们走到车站顶多用半个小时。火车6点才发,时间还很富裕,千万不要送了。"可周老板说他凌晨2点下班,到现在都没睡,一直抽烟等了两个多小时,如果再不让他送,他就白等了。我们想想也觉得不该拒绝这样一番好意,便坐他的车到了车站。他帮我们把行李送到月台上,还不肯走,说要看着我们上了火车才放心。

火车进了站,周老板帮我们把行李安顿好就下了车。我们一再地感谢,可他却说了一句:"都是中国人,这点小事都不帮忙,还算是同胞吗?"我半晌无语,望着他离去的背影,眼睛湿润了。我们都是中国人,这句话就足够了。

Part 4

买卖成不成,仁义都在

讨价还价,其实是件非常微不足道的小事,它发生在每一个地区、每一条街道、每一栋房子、每一间小铺子、每一个充满故事的地方,里面处处有人生,所以我喜欢讨价还价。它代表着些许幽默和小乐趣,有些小市民情调,又真实地体现了世界各地的风俗。当你试着砍价买回小礼物时,内心会有点孩童般天真的窃喜,而且你今后能更加清晰地回忆起与之相关的那些美丽的地方和可贵的人。

巴黎小试牛刀："5 欧——for two"

> 我周游世界计划开始的第一站是法国巴黎。这个有着浓郁法兰西文化的浪漫之都,我早就心仪了好多年。

因为飞机是晚上才到的,我们订的旅馆是巴黎国际学生公寓,从机场底层乘地铁,在丹佛尔车站下车,我们又拖着行李走了好久才到了公寓。这里只供应早餐,幸好有从北京带来的电锅、大米和榨菜,晚上我们熬了一锅白米粥当晚饭。

到达巴黎后的第二天早晨,我就迫不及待拉着老伴儿的手奔到了卢浮宫。去看那真实存在却这么多年都只能在画册上看介绍的维纳斯和胜利女神雕像,当然还有那一直在召唤我的蒙娜丽莎神秘而永恒的微笑。

进去之前,看见广场上有不少小商贩在兜售旅游商品,有的推着自行车,有的在地上铺一块大方布。那方布四角缀着绳子,本来不知道是什么用途。忽然警察来了,只见小贩把四角绳子一拽,商品都稳稳地收进了包袱里,然后把包袱往背上一背,撒腿就跑。他们大多都是黑人,腿很长,跑起来步子又大又快,一下子就散得没了踪影,害得警察东奔西跑一个都没抓着。看来这猫抓老鼠的游戏是天天上演,他们都已经轻车熟路了。有一个胳膊上搭着很多纱巾的小贩跑进了旁边的小树林,在一棵树后绕了一下,把丝巾都塞进了一个旅行袋里,然后若无其事地吹着口哨出来了。警察从他身边过去,上下打量他好几回,就算是心中疑惑,也奈何不得,毕竟抓贼要抓赃嘛。

我们还没有参观世界顶级的博物馆,先看了一段小插曲,恍惚感觉有些像在北京。小商小贩摆地摊卖东西,城管来了,一瞬间全跑得没了踪影。看来尽管国度不同,有些事情差别还是不大的。人的生存方式说是多种多样,出来久了,发现还是蛮雷同的。

我们在卢浮宫里流连了一整天,才意犹未尽地出来。一看广场上,摆摊的更多了。刚才那个"演戏"的黑人小伙子也没走,脚下放着那个装满了纱巾的旅行袋,手里举着印有卢浮宫和埃菲尔铁塔等名胜图案的纱巾,正大声招揽着顾客:"10欧一条,10欧一条。"还真有好几个人买。

我很喜欢那两条蓝色和黄色的纱巾,在夕阳的映照下显得很漂亮,只是太贵了。我尝试着问这个黑人小伙子:"可以便宜点吗?我多买几条回去送朋友。"他笑容可掬地点头同意了。因为是第一次在国外砍价,不懂行情,我就按国内的老规矩砍一半,说:"5Euro——"话音未落,他居然连价都没争就把手伸进了旅行袋。一瞬间,我有点上当受骗的感觉,下意识地把话音拖长了:"——for two。"

当他听我说的是"5欧元买2条"时,刚从袋里抓出几条围巾的手立刻停住了,眼睛睁得圆圆的,笑容也跑到爪哇国去了,哇哇大叫道:"5欧元2条?你给我,我全要了。"我心说:"这小伙子也太暴躁了。买卖嘛,客人给了价,要是觉得低,卖家会说你再添点,这叫坐地还价。即便是不成交,自始至终也是一个面孔,买卖不成,仁义在嘛,哪至于卖东西跟打架似的。纱巾再喜欢,我也不想买。这是刚到法国的第一个景点,我还愁后面没得买吗?"于是我拉着老伴儿掉头要走。

没想到他的气还没消,一个箭步冲到我面前说:"你明白吗?你有5欧元2条的,全拿来给我。"说着还拍拍胸脯,"给我,我全要。"看他凶巴巴的样子,我这个一向吃软不吃硬的主儿也有点冒火了。我把眼睛瞪圆了,大声吼道:"我比你明白。要有5欧元2条的,我直接买了,凭什么给你?"这一下子把他问得半天只喘气不说话了。看把他气成这个样子,我又可怜又好笑,于是缓和了一下说:"6欧元两条吧,我多加1欧元,再多买4条,一共要6条,怎么样?"

看来我的话让他动心了,毕竟薄利多销这个道理无人不懂。他挺不情愿地从旅行袋里拿出来一堆纱巾,我一种颜色要了一条,刚好6条。我递给他20欧元,让他找回2欧元,可是他磨磨蹭蹭不愿找。于是我又趁机激了他一下说:"你再给我一条纱巾,那2欧元钱就不用找了。"他下意识地捂住袋子,赶紧把2欧元钱递给了我,嘴里还说:"你再多买多少,我也不卖了。"我也调侃说:"我也买够了,你想卖我还不要呢。"

这场像小孩打架似的讨价还价结束了。老伴儿问我怎么买这么多，我给他算了一下，我、女儿、儿媳妇每人一条，剩下三条还不够闺蜜们分，一点儿都不多。何况，反正是要带礼物，这样的纱巾轻便易携，图案又具有代表性，价钱也合适，最适宜做礼物了。老伴儿一向佩服我选礼物的眼光，也就没意见了，只是问："他怎么这么凶，还跳起来了？没见过这样卖东西的。"我小声地说："那是被我气的。"

这就是我第一次出国第一次砍价的经历。本来这个故事到此就告一段落了，可是后面又发生了两个小故事，还是想和大家分享一下。第一个是我们后来在商店里，看到了同样的纱巾，明码标价是 3 欧元一条。看来"买的永远没有卖的精"是条颠扑不破的真理。卖纱巾的小伙子不用付店面租金和税金，同样的成本绝对赚得的利润比商店高。再加上他每次都是卖 10 欧元一条，绝对是高额利润。只是偶尔遇到一次我这样砍价的顾客，他就暴跳如雷了，真是人心不足蛇吞象。

我也从中吸取了教训，准备在以后的旅途中大展身手，投入到讨价还价的战斗中。实际上在以后的很多经历中，我再也没有碰到过这样的事情。"for two"砍价法虽然没有派上用场，可是却遇到了形形色色的买卖情景。这些情景有的令人感动，有的令人倍觉温馨，也有的令人啼笑皆非，更有令人脑洞大开的。

还有第二个小故事。它既温馨又有趣，而且是关于我女儿的事儿。她工作之余，兼任首都女子合唱团的团长，去年应世界合唱节的邀请，到巴黎参加演出。因为在家里听我讲过这个"for two"的故事，所以到巴黎后她特地去那个广场看了看。结果情景如我描述的一模一样，警察和小商贩又一次上演了猫抓老鼠的游戏。她也看到一个卖纱巾的小伙子，只是无法确定他是否就是那个和她妈妈跳脚的小伙子。

她回来向我讲述时，我好感动。女儿曾经发愿，要把妈妈曾经走过的梦想之旅，也一地不落地重新走一遍。那么，这一次的卢浮宫广场之行，就算是个开始吧。也许当她完成自己的愿望时，我早已不在人世，但又何妨？我相信只要梦想还在女儿身上传承，妈妈就不曾真的远去。

戛纳遭遇俄罗斯大妈

本来在旅行计划中去戛纳的目的有三：第一，参观一下全世界都瞩目的电影节，顺便看一眼那些光彩耀眼的顶级明星们；第二，去马赛的伊芙堡看看基督山伯爵当年住过的监狱，而从戛纳坐火车可以直达马赛；第三，去戛纳附近的赌城摩纳哥玩玩。但是这个完美的旅行计划，却由于法国铁路的大罢工流产了，我们被困在了戛纳。

戛纳是一个尊重电影的世界，在这里真正的主角不是耀眼的明星，而是电影本身。入场观众的着装有严格的规定，在参加影片的首映式时，必须着正装入场，即使穿着最名贵的牛仔裤都不行。每部电影开场前和结束后都会迎来充满敬意的经久不息的掌声，甚至到了片尾滚动字幕出现的时候，都没有一个人离开。全体观众安静地向屏幕上的每个名字行注目礼，以表达自己对幕后工作者的敬意。正是这种对电影的尊重，才成就了历届戛纳电影节的辉煌，使戛纳成为一个传奇的电影之城。

这样的城市，商店中陈列的商品大都是名牌珍品和紧跟明星穿搭时尚的流行服装，这些不是我的喜好，自然也就无须我去砍价了。每到一个城市，我一定要买的是这个城市的明信片和冰箱贴，或者是一些小巧的纪念品。反正火车不开，我们也走不了，只能耐着性子慢慢逛逛，累了就去沙滩坐着晒太阳，饿了就到流动货车买份快餐填饱肚子，而且吃饱了就想打盹。

正在迷糊中，我忽然听到几句熟悉的俄语，我也就会几句，但听明白她们的大意是去一个什么商场买东西。我一下来了精神，把老伴儿叫醒，跟在刚才说话的那一群俄罗斯大妈后边，打算也去买东西。直觉告诉我，这些大妈们一定都是买便宜东西的好手，同时也一定是砍价高手。

其实在她们之前，我和老伴儿已经去附近的商店逛了一圈。这些商店一个个环境整洁优雅、服务体贴周到，看着根本不是能砍价的地方，所以我们也就没买什么，最后只不过是在明星云集的地方开了一下眼界而已。可是在通车之前，我至少要把明信片和冰箱贴买到，所以目前看来也只有跟着俄罗斯大妈混了。

我把自己的想法告诉老伴儿，他笑着说："也就你鬼点子多，但是跟着一群外国大妈逛街，能有什么好结果？"我也不管这些了，反正她们进我们也跟着进，就算不买东西，也能跟她们学两招砍价技巧。后来我发现她们的砍价攻略很简单，就是群起而攻之，或者称之为"围攻"。

她们挑好东西后，呼啦一下把售货员围在中间，把手里的东西伸过去，个个叽里呱啦地说个不停。售货员也听不懂她们在说什么，被吵得晕头转向，只好拿计算器和她们比画，可是她们的手指头比画得比计算器还快。

我看到她们每人手里拿着一个五彩花朵的小盘子，标价是5欧元，她们手指一伸就露出3个指头来，明明白白告诉售货员就给3欧元。售货员看了摇头，伸出4个指头。她们摇头，继续伸3个指头，不停地伸，最后就成交了。其他物品也照样，比画来比画去，成交倒是不少，可是时间花得太长了。售货员从微笑逐渐变成无奈地苦笑，可是这群大妈的兴致依然不减，而且这位上来说一溜，那个上来比画一通。不要说被围在中间的服务员了，就连在外围观战的我看得都头大了一圈。于是我和老伴儿先离开了这里。

说实话，纪念品通常都大同小异，区别不很大，毕竟相应地点的自然景色和名胜古迹就那几样，做出来的纪念品不过就是在形状和颜色略有差异而已。有些店家看你买得不多，自然不肯打折，看来还是人多势众的好。

到别的商店去逛了一圈后，我又回到了刚才的商店。大妈们已经把东西选好了，正等着结账。被围攻的售货员小伙子正咕噜咕噜地大口喝着水，估计是这一轮下来早说得口干舌燥了。我冲他笑了笑，以同情的口气问他："现在怎么样，比刚才好多了吧？"也许是刚才听多了不熟悉的语言，现在总算听到一声地道"乡音"了，他马上回了一句"谢谢",然后还感叹了一句"我的上帝啊",就忙着去结账了。

我按大妈们买的东西也挑了几件,排在她们后边顺利地结了账,没费口舌,也没有砍价,但和俄罗斯大妈们享受了同样的待遇。那种从5欧元被砍到3欧元的小盘子,我买了好几个,回北京后送给朋友们,大家都说很喜欢。我说你们不用谢我,要谢就谢那些俄罗斯大妈吧。用中国的一句老话说,我只不过是"借坡下驴",再不然就是三十六计"借力打力"而已。

在尼采写作的村庄邂逅真情

所有旅途中,我们买得最贵但也最有价值的一件纪念品,是一幅手绣的世界名画。它是一个妻子用一针一线绣出的对丈夫的浓浓的爱意,它触及了那份人类共通的心底深处的最美妙的情谊。原本这个世界上最美好的东西是既看不到也摸不着的,只能用心去体会,但这次的故事却让我触摸到了那份情谊,更使我对爱有了新的理解。

埃兹是位于绝壁上的一座美丽的阳光小城,在法国境内,离尼斯很近,坐火车仅一站地,大约5分钟,坐汽车约28分钟。我去过尼斯两次,但差一点儿就和这个闻名遐迩的小镇擦肩而过。那是我们刚坐上从尼斯去摩纳哥的火车,还没坐稳就到了第一站。很多人都是刚上来就下去了,我不知道这里有什么名胜,吸引着这么多人。

我问同车的旅客,他们都惊讶地说:"你居然不知道这个地方!"有人问我读过尼采的书吗,"当然啊!"我脱口而出。毕竟是一位伟大的思想家,对他我还是颇有了解的。我知道他出生在一个牧师的家庭,对神学和古典文献学都有很深的研究。我还知道他在深山里苦思冥想10年，写下了传世名著《查拉图斯特拉如是说》。我读过这本书，知道书中讲的是主人公带着自己的全部礼物来到人世间，他和各式各样的人对话，并宣讲对未来世界的启示。我突然醒悟，原来我只看了书，并没有关注到这部巨著的出生地。

就如同海明威写《老人与海》，哈瓦那因此扬名于世一样，埃兹这座在海拔472米的山崖上筑成的城堡小镇，也因尼采曾在这里漫步、思索而闻名于世。埃兹的拉丁语拼为"AVISIONE"，意思是"广阔美景"。的确，从这里远眺看到的美景，比法国任何一个地方都觉美妙。在沿着尼采漫步思考的小路前行时，我们对此有着很深的体会。两旁有高大的树木为你遮阴挡阳，远方是陡峭的绝壁和蔚蓝的大海，村庄里的小教堂不时传出悠扬的圣歌，使旅人烦躁的心一下子安静下来。看着这峭壁上的古老村庄与广阔的地中海交相辉映，你会有一种恍若隔世的感觉，仿佛回到了一万年前的远古时代。难怪当年瑞典威廉王子随父母航海时，偶然发现了这里的秀丽风景，就再也无法忘怀。从1932年起，威廉王子便到此居住，一直住了30多年。他当年居住的"CHATEAU EZA（埃兹城堡）"，现在被改成了一座四星级酒店，并且是全世界最浪漫的酒店之一。

我在这样一个既美丽又浪漫的小村庄，还邂逅了一个浪漫美丽的故事。这个故事发生在一个曲径通幽的小巷子尽头，那里有一所布置得很典雅的画廊，我没有注意到它的名字，只是被一首旋律舒缓而优美的歌曲吸引了过去。

这首歌曲叫《月亮河》，是《蒂凡尼家的早餐》的插曲，曾荣获1961年第34届奥斯卡最佳电影歌曲奖。当时我还是中学生，这首歌曲在我们那座北京重点女子中学中流传开来，颇受欢迎。一晃50多年过去了，猛然在这里听到，倍感亲切，也勾起了我许多少女时的情怀。

在安静的店里，我们默默观赏着墙上的画，虽然大多是临摹作品，但看得出作者功底不凡。波提切利、达·芬奇、拉斐尔，每一个名字都让人对艺术充满无限崇仰，感慨15世纪文艺复兴时期那自由的思想、热烈的感情和对艺术的执着追求。那个时期，欧洲孕育出了多少杰出的艺术家呀。画廊里还有很多小型的临摹画作，莫奈的、毕加索的……都有。虽然无法和我参观过的保罗·盖帝私人艺术馆相比，但是品种繁多，内容丰富，让我仰慕之余，对这家画廊的老板也产生了浓厚的兴趣。

我转身寻找老板的身影，他就坐在画廊尽头的柜台边，专心致志地画着画。他的身心全部沉浸在临摹的那幅画上，那是一幅我非常熟悉的名画，作者就是后印象派三大巨匠之一的梵·高。蓝天白云下的阿尔，热烈的阳光洒在遍野金黄的向日葵上。在生命的最后时期，大师凡·高用他神奇的画笔，将这些普通的植物变成了奔放的生命。在浓烈的色调和浓厚的油彩背后，是他对生命的热爱与希望。难怪店里这般安静，顾客进来了，老板都不知道，原来他正专注于这样一幅辉煌作品里的世界。我本不想打断他，但是当我的目光落在他身后的一对沙发靠垫上时，就再也无法移开眼睛了。这是一对用粗亚麻布缝制的，有刺绣图案的靠垫。图案是一位贵妇坐在一张名贵的桃花木椅上，画面看着似曾相识，应该也是来自卢浮宫里哪幅名画的节选。虽然她的面部表情无法通过丝线传神，但是她那身雍容华贵的礼服却绣得无比精致，那裙上的折皱非常自然流畅。如果你走近些盯着它看，都能感觉到那丝绸衣裙的灵动。它在摇曳中透露出的潇洒和随意流淌的韵律，让人无法抗拒它的诱惑，忍不住想伸手去触摸一下。

老板大约看出了我的心思，把靠垫递给了我。我捧在手里如获至宝，又仔细地欣赏起另一幅图案。图上是一群穿着波斯王朝服饰的人正在河边载歌载舞，后边是高耸的宫殿。我不知道这是不是《一千零一夜》中的一个场景，于是问了老板。他果然答道是，然后又面带喜色地问："你也是画家？"我惭愧地答道："不是，仅仅是喜爱。"当然，我的这种喜爱不是一般普通的喜爱，而是一种深入骨髓的爱。永远徜徉在永恒的艺术中，是我一生的梦想，从小到大我都将它放在第一位。所以这次周游世界的每一站，我都尽可能地做了参观美术馆、博物馆的安排。

看完靠垫，我和老伴儿又探讨起墙上挂的另一幅画来。这幅画是毕加索16岁时创作的成名作《科学与慈爱》，作品流露出对人生的悲悯，不禁让人感叹一个未谙世事的少年，竟能对生命有着如此深刻的理解。毕加索博物馆，全世界只有两座，一座在巴黎，一座在巴塞罗那。这幅《科学与慈爱》的真品就珍藏在巴塞罗那，使西班牙人民有了一睹其风采的机会。还有毕加索后期立体派杰作《格尔尼卡》，收藏在纽约现代美术馆里，我去美国的时候，特意留出了半天时间去参观。我问老板为什么不临摹这幅画，他说他不喜欢这种用黑白色和几何线条勾画出来的悲惨命运和绝望神情，况且画幅太大，占地方，和这里的风格也不太搭。我明白了，这是一位挚爱生命并因此而真诚歌颂所有美好生命的画家。

说到这，我问手中这对靠垫多少钱。他抱歉地说，50 欧元，一分也不能少，这是他夫人花了好几周的时间亲自用手绣的。如果是买其他的画作，特别是他临摹的那些画，可以打折，而且会给我们一个最优惠的价格。这 50 欧元的价格让我倒吸了一口冷气，显然是太贵了，我实在无法接受，可又无法割舍心中的那份喜爱，陷入两难境地。老板看出了我的犹豫，拿起电话给他的夫人打过去。

他的神情是那样的庄严，说话的语气也充满了尊敬，不停地说着"我知道，我懂，我明白"。我在旁边听着，觉得这个请示电话肯定是白打了，没有什么效果。果不其然，老板放下电话后不好意思地对我说："我的夫人不同意降价，她说这对靠垫花了她不少精力和时间，是她倾注心血的一件作品，她自己都没欣赏够。原本摆在店里还想定 60 欧元或 80 欧元的价格，最后定了 50 欧元，实在不算贵了，所以绝对不能讲价。"说实在的，对于这种完全手工绣制的纪念品，这个价格也算适中，何况它毕竟是一件有技术含量的艺术品。砍价我是不做妄想的，关键是我能不能接受这个价格。我真的为此纠结了，一会儿按捺不住喜爱的冲动想买，一会儿又心疼钱不想买了。斗争来斗争去，下不了决心，也做不了决定，还不舍得离开。

好在我的美术知识和欣赏能力完全可以应付一场与画家的谈话，他也感到遇到了知音，自然而然地和我聊起来。他介绍自己叫布里赛，他妻子叫玛黛林，他们的相爱是一场机缘巧合。玛黛林是当地一个美丽的农家少女,而布里赛则是一个背着画夹四处流浪的艺人,当他来到这个美丽的村庄时,立刻迷恋上这里,再也不肯离去。当他遇到了玛黛林以后,更加相信自己的命运就应该扎根在这里。和玛黛林结合以后,一切幸福美好的生活都开始了。一晃 30 年过去了,他们现在已经 50 多岁了,可是爱情依旧。妻子的话,丈夫从来没有违背过,他们甚至没有吵过架、红过脸。时至今日,他们依然总是有说不完的话。我相信爱情 90% 是让彼此生活得轻松愉快,直到生命的尽头。

画家意犹未尽地结束了他的话,我听得出也完全懂得一个丈夫对妻子的深深爱意。听他说,妻子为了将他的画绣在靠垫上,做了很多试验,各种各样的布料都试过,全都失败了。最后只有这种亚麻布的效果特别好,完全体现出了油画般的效果。

我又何尝不是看中了这一点呢,但我还是决定不买了。老伴儿看我依依不舍地走出店门,一个劲地劝我还是把它买下来好,多花点钱不算什么,不然后悔可就不好了。还是老伴儿懂我的心,如果没有买这件心仪的纪念品就离开,我一定会后悔的。我踌躇再三,还是听了老伴儿的劝告,又重新返回了画廊。

老板见我们去而复返,也知道我是真的喜爱这件东西,就主动提出说:"我先付给你们 2 欧元,你们还是交 50 欧元,这样实际上等于你们是花 48 欧元买下这对靠垫的。这 2 欧元是我个人的,这样我太太从账单上就看不出来了。"费了这么大周章,还要别人出钱打折,我是绝不同意的。我理解他的苦心,更不想让他为难,最后我花了 50 欧元买下这对靠垫,他另外送了一张埃兹小镇的风光明信片给我们留作纪念。

买好东西,我高高兴兴地走出画廊,一路都抱着不肯撒手。老伴儿笑说:"你真像个小孩子,平时金银财宝不入眼,得一本好书恨不得不吃饭都得把它读完。若是买了件好玩意儿,可比买件好衣服要高兴得多。"我说这一辈子都是这么过来的,难道老了还要改变吗?人到老年更是要还心里的债,这个债就是年轻的时候的好奇心和未曾实现的心愿。当把这些都搞定了,你就拥有了一个深深的见识与内心的安宁。

也许这次买东西算不得什么讨价还价,但我依然认为收获颇丰。画廊老板和他夫人的爱情更是让我动容,丈夫挥洒画笔,妻子将他笔下的画绣出来,就像我和老伴儿一起携手走遍万水千山一样,我们都只为遇到最初的自己和对方的美好。这样的爱是彼此理解、接受。其实爱不是寻找一个完美的人,而是要学会用发现美的眼睛去欣赏一个并不完美的人。

不管怎么说,我在这个埃兹小镇得到了一份丰厚的礼物,不仅仅是玛黛林手绣的靠垫,更有他们的爱情故事。虽然他们没有给我优惠的折扣,但我知道是布里塞夫妇使这里的一花一草,在我眼中变得更加美好。我虽然不是个画家,但攫取美的瞬间是我的心愿;我不算是作家,但记录每一次感动也成了我的习惯。何况生活原本就是一幅风格迥异的画卷,是因为我们的脚步太匆忙了,忘了去欣赏它,即使去看了也不过是随意浏览而过,看见的大都是五彩斑斓的冰冷的色调,却忘记了画原是有"话"的。

地中海的手工毛衣

地中海带给希腊漫长的海岸线，四季骄阳带给它和煦的阳光，更重要的是，在这里旅行的人能领略西方文明发源和发生时的惊心动魄。如果没有对西方艺术文化的理解，你看到的只是寸土片瓦、断壁残垣，而恰恰就是这些能让人触摸到西方文明发生的本源。某种程度上讲，懂得和理解希腊，就懂得了欧洲。我热爱这一切，因此有了这次雅典之行。

帕特雷是离雅典很近的一个小城，我们坐船横渡地中海去雅典，这里是必经之地，也是个购物的好地方，因此我为它留出来一天的时间。在这个美丽的城市流连忘返时，我碰到了许多亲切热情的希腊人。他们都很有涵养，对中国人也很友好，特别是几个店铺的女老板，虽然我们没有买东西，可是依然殷勤地接待我们，让我们坐在凳子上休息，还端来了热水。

我在一家比较高档的商店里，看上了一件连衣裙和一件长袖衫，它们都是典型的波西米亚风格。这是我儿媳妇的最爱，我本想买下来送给她，可是价钱太贵了，也没砍下价，便只好作罢。

我们又钻进一个小巷子里寻找起来,这里都是比较小的店铺,还有的是在自家门口支个摊位卖一些手工制品。我看见一家门口有个老人在照顾摊位,上面摆着几件波西米亚风格的衣服,还有儿童毛衣背心,花纹都很新颖别致,是我未曾见过的。我不由得驻足欣赏起来,这时又出来一个姑娘,为摊位旁一直在低头织毛衣的女子送来了毛线。老人向我介绍说,这两个都是她的女儿,和她一样都是教师。她们平时上班,现在学校放暑假,就在门口摆摊贴补些家用。她家的东西是自产自销,价格也不贵。

我问老人多买两件可以优惠吗,老人说超过3件就可以打八折。我刚好想给儿媳、女儿和小外孙们一人买一件,于是买卖很快就顺利成交了。只是想买给外孙女的小毛衣还有一圈花边没有织完,她让我们等一会儿儿,说是半个多小时就可以了。这当然不是问题,反正我们也是闲逛。于是老人搬来了凳子,让我们坐下,就天南地北地聊起来。老人谈吐很有修养,知识特别渊博,我们聊得愈发投机。她很惊讶我们的旅行方式,又很赞同我的观点,也理解我这种串胡同侃大山似的了解社会风土人情的做法。

老人说,她现在老了,就喜欢安安静静地生活,否则也会像我们一样去闯荡一番世界。其实我也是好静的人,内心最向往的也是一份丰实的安静。

看老人的大女儿在飞快地织着毛衣,我很羡慕地说:"你有两个女儿多幸福啊。"老人听我称赞她的女儿,高兴之下打开了话匣子,对我说起了她大女儿目前的生活。她说人生的两大心愿，一是做自己喜欢做的事，二是和自己喜欢的人在一起。她的大女儿现在都做到了，夫妻恩爱、家庭和睦，工作之余，还用最喜欢的编织给家里人带来收益，真是幸福得没边了。只可惜她的二女儿还没有找到如意郎君。二女儿听母亲说起自己，不好意思地走进门去了，还借口说："他们不是还想买鞋吗？我去找找看。"

她出来的时候真的拿来一双鞋，我一眼就看上了。从没见过这么漂亮的凉鞋，鞋面由十几根窄细的黑皮条串成，中间是一排由亮晶晶的花瓣组成的图案，式样有点像波斯王朝的宫廷舞鞋。我试穿了一下还挺合脚的，马上决定买下来。

老人说，这是她家以前进的货，现在只剩下一双黑色和一双白色的了。后来她决定自产自销，就再也没进过货，所以这双鞋就按成本价卖给我。我还想给女儿也买一双，于是她的二女儿又跑回去把那双白色的拿出来。我感觉两双鞋都是按进价卖给我，老人也太亏了，所以算钱的时候，我就多付了5元。老人死活不收，我们互相推来推去，砍价倒成了谦让了。

这时老人的大女儿把毛衣织好了，她把毛衣领子织成了小姑娘们都喜欢的那种荷叶边，为毛衣增色不少。她又把我买给小孙子的那件毛背心加了一个小口袋，说是小孩子放个手帕什么的方便。面对这么善良温暖的一家人，我真不知道说什么。

布加勒斯特做"托"记

> 我的母亲从小教育我,付出不求回报,人才能安心。我一生谨遵这个教诲,只是没想到在国外砍价时也能体会到它的意义。我突然发现,只有心安了,心才会平,才会轻,相应地,生命也就成了一朵自在的云。我会永远记住母亲的话,记住这次购买时获得的那份心安理得与充实。

我和老伴儿在布加勒斯特国家图书馆里安安静静地待了半天。罗马尼亚人很爱读书,整体的国民素质也很高,我们的心情很愉快。

从图书馆出来,我们决定去集贸市场好好逛逛,顺便买些纪念品。走到十字路口等红灯的时候,我趁机和站在旁边的一个推自行车的小伙子聊起来。他是个中国武术爱好者,所以见我们是中国人,也很感兴趣。过了马路他也不骑车了,一路推着自行车把我们送到了市场附近。我从谈话中了解到,他酷爱中国功夫,为了节省钱每天骑自行车上班。他的梦想就是赚够了钱,到中国的少林寺去学习武功。他现在正跟着一位曾到过少林寺的罗马尼亚老师学习,但他认为要学到真正的中国功夫，还是要到中国去。

我们也是第一次跟罗马尼亚青年这样交流，彼此都很愉快。由于有他带路，我们省了不少时间，所以在各个店铺浏览时，时间显得很宽裕。最后我在一家店铺看上了一种铝制的风景托盘，又轻巧又美观，可以自己用，也可以买回去送给亲朋好友。它的标价是 4 美元 1 个，优惠价是 10 美元 3 个。我们觉得价格很合算，就仔细挑起来。

这时候进来一群东欧国家的人，叽叽喳喳，不知说的是乌克兰话还是俄罗斯语，反正老板听不明白，我也听不懂。但是从他们的眼神和谈话中，我大概能猜出他们是在询问什么商品具有纪念意义且物有所值。我学习英语的初期阶段，借用了很多肢体语言，所以对此太熟悉了。加上刚才我和老伴儿对商店的商品已经从头到尾看了一遍，对一些感兴趣的商品也记住了，价格自然也清楚不过，于是我就自动担当了他们的导购和翻译，帮他们和老板进行沟通。

由于我的眼光还不错，对性价比也比较敏感，所以我推荐的大部分商品很快受到了他们的青睐。见他们购物筐里放的东西都快冒尖了，老板的眼睛笑得弯成了一条线。在旅游淡季能进来这么一大群人已属不易，更难得的是都留住了，还卖了不少东西，老板能不喜笑颜开吗？他频频向我点头微笑致意，可我并没意识到，因为当时我已经忙得团团转，弄得满头大汗。好不容易为他们服务完，等他们都抱着东西到柜台前排队结账去了，我才去看老伴儿。老伴儿抱着一叠的风景托盘，都是他已经挑好的，让我看。本来我给那一大群人推荐过这盘子的，可不知道为什么他们当时没看上。现在一看我买这么多,他们又呼啦一下散开队伍去拿盘子了,不一会儿一箱盘子也卖光了。真是有心栽花花不开,无心插柳柳成荫,真没想到我无意中竟当了回"托",还取得了这么大的战绩。老板忙得头都抬不起来了,他一边收钱,一边不停地对我说:"实在对不起,你先等一会儿,我最后再给你结账。"

我本想先结了账走人,可是忙活了一通也累得够呛。既然老板也忙得顾不上我,我索性先坐下来休息一下。老板花了将近一个小时的时间,才把这宗大买卖结束。他拿了两瓶饮料递给我和老伴儿,一个劲地道歉说,让我们久等了。可以看得出他心里充满了喜悦,他也坦诚地说:"好长时间没有这样卖过东西了。淡季的生意大多是维持状态,每天也只是寥寥数人的小生意。今天多亏了你们帮着拿东西又招揽客人,我都不知道怎么感谢你们了。这样吧,你们无论买什么东西,我都给你们打折,价钱绝对让你们满意。"老伴儿本来已经拿了6个盘子,20美元,可老板非让他再多拿几个过来,老伴儿就又拿了4个。老板说:"这盘子我卖你们10美元4个,8个算你20美元,另外再送你们2个,算是对你们的感谢。明信片、冰箱贴和其他玩意儿,一共是24.8美元,再加上盘子20美元,共44.8美元。我只收40美元,零头不算了。"我一听挺不好意思的。这种情况不过是偶然赶上了,临时帮个小忙而已,实在也不算什么事,我并没有想要老板的谢意。

老伴儿说:"你是个热心肠的人,走到哪儿帮到哪儿。对你来说这是再自然不过的事,可对这个商店的老板来说,的确是解决了困难。你这是劳动所得,有什么不好意思呢?再说,你那么会砍价,没准儿他不给你便宜你也能砍成这样的价格呢。"

不管怎么说，这次毫无思想准备的砍价来得太突然，不过总比用"for two"的方式把人气跑要好得多。我这也算是用辛勤付出换来了点果实，虽然意外，但是心里蛮踏实的。

如今这些风景托盘就放在我家客厅的茶几上，朋友们来了，我就用它们装些瓜果、零食招待大家。这些托盘很受欢迎，它们的身世和这个有意思的故事也同样极受欢迎。

托普卡匹王宫免票记

我不是诗人，写不出更好的诗句去赞美这一切。不过我知道日本作家村上春树说过一段话，他说：要记得那些大雨中为你撑伞的人，黑暗中默默陪伴你的人，陪你彻夜聊天的人，坐车去看望你的人，陪你哭过的人，总是以你为中心的人。是这样的人，组成了你生命中一点一滴的温暖，是这些温暖使你远离阴霾，使你成为善良的人。

伊斯坦布尔是土耳其文化经济金融中心，所以它有另外一个名字"Vasileousa Polis（众城之王）"，单从名字就可以看出这个城市的规模与重要性。但是它吸引我的原因是它的地理位置，这个全世界唯一跨越两大洲还兼收并蓄欧亚非三大洲文化思想的城市，确实有着莫大的吸引力，她成功地勾起了我的好奇心。

住在伊斯坦布尔的第二天，我们计划去参观"The Topkapi Palace（托普卡匹王宫）"。这是土耳其最大的博物馆，曾经作为皇宫达400年之久，一共住过25位苏丹，包括4个大庭院和后宫在内，整个建筑面积共有 70 万平方米，四周 5 千米长的围墙上，有 7 个大门，可想而知它有多么的壮观宏伟。其中仅一个瓷器收藏馆就收了 2 万多件中国宋代、元代和明清时期的珍贵瓷器，甚至超过了中国故宫博物院的藏量。这样的博物馆在王宫内还有几十个，展品也是丰富多彩，不仅有世界奇珍异宝，还有历代苏丹及王妃们的服饰和居住用品。这么庞大的规模想要全部参观完，一整天的时间都不够，何况在宫殿的院子里，还能观赏到博斯普鲁斯海峡的风景。

参观时间紧迫，我们肯定要五更起了，但没想到起了个大早却赶了个晚集。因为同旅馆的一个中国家庭也要和我们一起去，说好了他们来我们房间叫我们，结果第二天早上等到 9 点多他们也没来。因为粗心，我忘了问他们是哪个房间的，加上说好了的事儿我是绝对要做到，所以我们没走。于是又到前台查询，又到楼上找人，来回折腾了一个小时后，我才知道原来人家一家三口早就走了。待到我们出门已经快 11 点，到了王宫也 12 点多了。售票处排成了长蛇阵，每个窗口前都是一队长龙，而且行进速度很慢，算下来要 2 点多才能进去。王宫 5 点 30 分关门，只有 3 个小时的时间参观是远远不够的。

我和老伴儿焦急万分也没有办法，只好排在队伍后面，慢慢蹭。刚不到半个小时，我的双腿就已经灌了铅似的迈不开步，无奈我只能把"武器"拿了出来。这是一根折叠式拐杖，它曾被认成枪，而且还由此演绎了一段啼笑皆非的故事。

当时打开这根拐杖之后，我就拄着它四处溜达起来，想看看哪队人少好排队。正在东张西望时,碰到了一个戴袖章的工作人员,我问他大约多长时间才能买到票。没想到他上下打量了我一下说:"你符合免票规定,不用排队买票。"说着就掏出票夹来准备撕票给我,顺便还问了一句,"你还有家人陪同吗?根据规定,像你这种情况可以有一名家属免票跟你一起进去。"

乍一听,我还以为自己耳朵出了毛病,半天没反应过来。这时他又问了一遍:"你家里人呢?"我这才招手把老伴儿从队伍里叫出来。谁知老伴儿刚走近,他就撕了两张票给我们,还很和气地说:"快进去吧,还来得及。"说完一转身就走远了。我觉得跟做梦似的,都没来得及问清楚是怎么回事,老伴儿更是丈二和尚摸不着头脑。可是我们手里明明白白有了两张票,票价是60里拉呢,真是天上掉馅饼啊。可怎么这么巧,就掉到了我们嘴里?

老伴儿说:"管它三七二十一,他又没跟咱们要钱,肯定不是骗子。咱们赶紧先进去试试,万一不行还得回来重新排队买票呢。"说完就大步流星地往入口处去了,那里已有十几个人在排队。这时我的脚也不麻了,腿也不疼了,真是人逢喜事精神爽。为了走得更利索,我把拐杖也收了起来。

结果轮到我俩进去时,工作人员拦住问:"你们为什么有这个票?"我说:"是外面巡查的工作人员主动给我的,不是我们要的。"他又说:"我是问你们免票的理由是什么?"我说:"我老伴儿是因为我免票陪着进来的。""那你呢?"这下我哑口无言了,这个问题我自己也不知道啊。难道是我中了什么奖？要不就是今天王宫方面有规定，挑几个心眼好的当施舍对象？不过刚才那个工作人员明明说是根据规定，像我这种情况可以享受免票的。但究竟是哪种情况啊？在售票口我早看了好几遍了，也没有看到老年人受照顾的启事。要是有什么优惠条款，我也早就利用了，何苦还要排队去。像我这种白发苍苍的老年人售票口有不少呢，有很多外国旅行者都是上了年纪的，所以我绝不是因为年纪大被免的票。可是说不出个子丑寅卯来，人家就不让进，我自己也心里不踏实，看来这天上掉的馅饼还真不好吃。没办法，我只能回去再找那个人问问，只不过自己的情况自己还要去问别人，实在尴尬。

我一转身，腋下夹着的拐杖碰到入口的栏杆发出一声脆响，随即掉在了地上。我弯腰捡起来，顺势拄在了手上。没办法，这会儿腿又疼了，真是心里不痛快，疾病来得快。我刚要走，又被检票员叫了回来，他说知道原因了，我们可以进去了。这回我真变成丈二金刚了，甭说摸不着头了，北都找不着了，整个晕菜。

好不容易进了王宫，我们赶紧往要参观的几个主要宫殿走，一路真是金碧辉煌、应接不暇，一时半会儿我也就没有工夫去想刚才那件莫名其妙的事了。后来路上碰到一个中国旅行团，他们正在休息。可能是有人抱怨太累，导游看见我走过，立即把我当例子，对那些团员说："你们看人家，这么大岁数了，还拄着拐杖，都不嫌累。"

听了这话，我忽然脑洞大开，好像明白了门票的事。进门的时候我没拄拐杖，结果被工作人员拦住了；等拐杖掉在地上，我又顺手拄起来，工作人员就又让进了。显而易见，这一次因为拐杖，我被当成残疾人对待了。与上次在巴黎机场被当成犯罪分子比，这次我多少算进步了。同一根拐杖在两个国度受到了不同的待遇，但都反映了国外执行制度的严格与人性化。当我把这次拐杖的秘密告诉老伴儿，他也是唏嘘不已。

我们参观完王宫，出来走错了路，怎么都找不到回旅馆的公交车站。因为这里是老城区，房子都有些破旧，环境也不太好，土耳其人会讲英文的也不多，问了好些人都不知道。我们看看天快黑了，就想反正今天参观王宫免票，省了120里拉，干脆就奢侈一把打车回去。

可是转了半天，连出租车的影子都没见着。正着急呢，小巷子里出来4个年轻小伙子，边说边笑很热闹。我走过去向他们问路，他们见是老人，就很热心地指路给我。因为不放心，干脆又把我们送到了汽车站，最后把我们送上了车。他们还用土耳其语和司机交代了几句，又用他们的卡帮我们划了票。我们都没来得及说声谢谢，汽车就开了。我向同车的一个来自中国台湾的女生打听了一下，才知道票价是2里拉。她问："他们不是你的朋友吗？"我说："不是，萍水相逢。"那4个土耳其小伙子，阳光帅气，既然会讲英语，一定是受过高等教育。他们的素质也让我感受到了土耳其的热忱、真诚、好客。

本来这件小事是和王宫免票的事没有什么关联的，但既然发生在同一个下午，出于感动，我就把它们都记录了下来。回到北京后，我给大家讲这两张票的故事，一张60里拉，一张2里拉，价格悬殊，意义却相同，都是善待需要被帮助的人。

安塔利亚的聘礼

安塔利亚是土耳其南端最大的港口城市,也是最美丽的城市。它位于地中海沿岸,被群山环绕,城市街道两旁都是高大的棕榈树,绿荫浓密、宽敞整洁。在那个有历史意义的漂亮码头,美食街比比皆是。美味可口的菜肴处处可见,散发着迷人的香气。每个来到这里的旅客,无不感到身心愉悦。

我们住的 Dogo. Doan 旅馆,后门有一条安静的小巷子,沿着小巷子的下坡路可以一直走到海边。旅馆前面,转过一条街就是热闹的旅游品市场和一整条街的美食大排档。这旅馆真是一个闹中取静的好地方。

一天,我和老伴儿从大排档吃完饭回来,路过一家旅游品商店,看到门口站着一个眼睛长得很漂亮的帅气小伙子。他正在忙着招呼客人,看见我们走过来,微笑着向我们问好。我一下子被小伙子那双明亮清澈的眼睛吸引住了,那是一双多么纯净的眼睛啊,让人透过它能看到主人那无限的生命光彩。只有生活充满了味道,生命才会泛出光彩。这个土耳其小伙子这样愉快地笑,一定也有着幸福快乐的日子。

我只是这般猜测，可是后来发生的故事也印证了这一点。机缘巧合，我还差一点儿成就一段中土联姻的佳话。

那天我们并没有买小伙子的东西，只是随口说了一句："明天再来，到时候可要给我们优惠啊。"小伙子笑着说："一定。"想不到的是，第二天我们在胡同口的大排档吃饭时，一辆汽车停在了旁边，车主把车窗摇下来，冲我们打招呼，就是昨天那个小伙子。他说："我要和爸爸妈妈去旅游，如果你们去买东西，打折的事我已经交代好了，你们放心吧。"这么热心又守信用的一个小伙子，我们能不去他的店吗？

于是我们吃完饭，就到了他的店里。店里的东西很齐全，我们挑了冰箱贴、明信片和几个有浓厚土耳其风味的装饰品。接待我们的是一个30岁出头的男人，他的英文很好。他说我们一进来，他就知道是昨天侄子交代过要优惠的人，所以结账时都打了八折。原来那个帅哥是他哥哥家的孩子卡森，今年才18岁。

第三天，我们又到他店里去逛了逛，看上一条阿拉伯风格的丝巾。丝巾四周缀满了亮晶晶的小珠子，我很想买，可是价格有点贵，就和老板砍起价来，但最后谈来谈去都没有成交。老板说，这种丝巾进价贵，又很受欢迎。昨天一个台湾旅行团和几个德国客人就快把丝巾买光了，现在就剩这几条，所以不能打折。听他这样说，我就想走了，以后也不准备再到他店里来了。可是他又叹了一口气说："昨天那么多客人买东西，没有一个要打折的。为什么你们中国人总是爱砍价？别的国家的人就不砍价。"

这句话还真的把我问住了,我愣了一会儿才反驳说:"对不起,请你更正这个错误,台湾也是中国的领土。台湾人不爱砍价,那是因为他们这个地区的风俗就那样。我去台湾的时候,所有的商铺都写着不二价,那是因为商家卖东西都货真价实,没有多大的利润空间,所以无需砍价,而你们的就不一定。至于有些人为什么喜欢砍价,那也是一种风俗。我认为这是买东西的一种乐趣,也未必就一定要做比较。何况若是砍价砍崩了,你们没了利润也一定不会卖。讨价还价不过是挣得多挣得少的问题,你们做买卖绝不会赔本赚吆喝。"他听我振振有词地说了一通,也没了词,双方不欢而散。

回到旅馆,我还是有点不高兴,想想他说的话,让人听了心里很不是滋味,于是决定再去他店里一次,非得把这面子扳回来不可。老伴儿说:"算了吧,咱们东西也买完了,干吗去呢?"我说:"这可不是为咱们自己,这是给中国人正名,让他知道中国人买东西不一定非砍价不可。今天购物高兴了,也许一分不减,照单全收。明天购物不高兴了,兴许抡起板斧,大砍一通。这是我们中国人的豪爽,他想凭此来嘲笑我们,没门儿!"

所以过了两天,我又特意去了他的店。虽然实在没什么可买的,可我还是买了好几把小银勺、几个小彩蝶和两个小相框。而且结账时我全按标价付的钱,半点儿都没有提砍价的事。我还把从北京带去的两个小工艺品送给了他,为了争气,我就说是托他送给他侄子的,以此显摆我们北京人的大方。可能也是我太小心眼儿了,人家老板根本没看出来,还挺高兴地说:"我侄子昨日回来了,我和他说了,你们都夸他漂亮懂事,还到店里买东西。他很高兴,说明天专程到店里或者旅馆去看你们。"

因为住得离店不远,所以到了第二天晚上,我们决定到店里坐坐,再见见那个小伙子。我们去的时候小伙子已经沏好了茶水,还摆上了冰镇可乐。他说不知道我们老年人喜欢喝什么,所以准备了冷热两种。我和老伴儿都很感动,这么富有的家庭的孩子还能处处为别人着想,真是难得。这个晚上过得很愉快,他们叔侄加上我们两个老人在一起聊得很开心。老伴儿连比画带猜,居然也能插上话。

原来他们是一个大家庭,父母共生了 11 个儿女。老板穆罕默德按男孩排是老八,上面还有 7 个哥哥;按女孩排,他有一个姐姐和两个妹妹。他们家除了这家店,另外还有几个贸易公司同时在运转,都是由兄弟姐妹们共同打理。大家相处和睦,全家 30 多口人都在家一起吃饭。做饭的大锅放在院子里,母亲带着儿媳妇们做饭,吃饭时要一拨一拨吃,因为大家工作很忙,回来的时间不一样。这个商店由二哥和八弟负责,因为二哥来不了,就派侄子过来。他们每个人每月交给父母伙食费 150 里拉,可是母亲就只收老八 50 里拉,因为兄弟姐妹中只有他一个人没有成家。他已经 31 岁了,母亲说让他把那 100 里拉攒起来,以后结婚用。看来天下父母心都是一样的。

说实在的,像这样的大家庭,在中国已经罕见了。想想院子里开饭的热闹情景,真是叫人羡慕不已。穆罕默德说:"我家整天都弥漫着肉香。忙碌一天回家,还没进门,就能嗅到饭菜的香味。那时人会立刻精神起来,脚步也加快了,也不觉得疲倦了。"这就是家的味道,有谁不向往。

真是不打不成交,讨价还价时认识了穆罕默德,虽然有些不愉快,但这时我们这样聊家常,非常和谐融洽。我将自己的感受和对卡森的喜爱都如实地向他们表达出来,并随口说了一句:"我要是再有女儿,一定要嫁给卡森这么好的小伙子。"谁知就这句话,闹出了一场喜剧般的误会。

他们听了这句话,第二天特意到旅馆,去请我和老伴儿晚上再到店里坐。盛情难却,我们只好又去了。好在我们计划在安塔利亚住半个月,时间很充足。

落座以后,穆罕默德就向我们介绍起了一位约 50 岁的男子,那是他的二哥,就是卡森的爸爸,今天特意从公司早下班赶过来见我们。

我心里有些纳闷,这样对待一对砍价砍出交情来的顾客,是不是太隆重了?可是土耳其人一向热情好客,我也就没多想。后来把话说开了,我才知道是闹了一场误会。可能是昨天我说的那句"要是有女儿就嫁给……"他们没听懂,还以为是我有女儿,并想把她嫁给卡森。

不过卡森真的是喜欢中国女孩子,他以前的同学中有一个中国侨民的女儿和他是很好的朋友。兄弟俩用土耳其语说了几句话,又转身用英语对我说:"你的亲朋好友中有合适我们卡森的,请一定帮我们介绍一下。她可以来土耳其，我们的大家庭会对她很好。如果她不愿来土耳其，卡森也可以去中国。"

这砍价还砍出了一段跨国姻缘，中国人讲究买卖不成仁义在，我只好答应下来这差事，打算回国试试看。他们又郑重地从柜台里拿出来一对幸运的"蓝眼睛"送给我们，说是聘礼。还让我们多带上几张明信片，上面有电话有地址，叮嘱我们不要忘了他们一家人。

今天我写这个故事的时候，这对"蓝眼睛"还摆在我的案头，明信片也郑重地收藏着。我的任务还没有完成，不知道能否找到一个好女孩，嫁给卡森这么好的小伙子。我要祈祷月老，让他这根长长的红线跨越万水千山连接上中国的姻缘。

在这里也向穆罕默德一家默默致以歉意，并衷心祝愿卡森早日找到心上人。

阿拉丁神灯显灵

> 我们内心一定要建立一种信仰,就是有所敬畏。一个有信仰的人,内心一定是安宁的,因为他活在希望之中。

我们出行中东时,在以色列赶上了战争。在特拉维夫坚持了两天后,第三天撤到了耶路撒冷。这里的环境要和平安静许多。刚刚经历了炮火连天,我突然对每天的太阳和这种祥和的气氛格外珍惜。在参观完哭墙后,我和老伴儿决定到旅游街去逛逛商店,准备多买几件纪念品回去。毕竟这是个值得纪念的国度。

我们进了一家很大的旅游品商店,所有工作人员都在忙着招呼客人。靠里边有一个商店的收银台,旁边是经理室。几张长沙发和靠椅摆在一旁,供客人们逛累了时休息。这里还准备了可以随意喝的果汁和咖啡,可以说购物环境非常好。在热情的服务下,我和老伴儿开始精心挑选起商品来。我选了一个木雕,老伴儿选了一个哭墙的模型和一只小铃铛。我正在挑选送给朋友的礼物时,忽然发现一只精致的小座钟,珐琅面上是几个耶路撒冷最著名的名胜古迹,标价是10美元。我很想买,就高高兴兴地拿起来去找老伴儿商量。我过去的时候,他正举着一个铜制的、式样有一些古怪的油灯仔细端详着，说很喜欢这个与众不同的新鲜玩意儿，只是太贵了，12 美元，让我去帮他砍砍价。要是也能做到"for two"，就是 6 美元，可以考虑买下来。

我说，还是买这个珐琅座钟吧，样子又古朴又典雅，买回去既可以当纪念品，又可以放在书房里做摆设，可谓一举两得。可是老伴儿就是想买那个颜色有些发旧的油灯。我俩正争执着，工作人员过来了。问明情况以后他说："你们若是两件都要买，小座钟可以打七折，也就是 7 美元。小油灯不可以打折，因为我们现在是淡季促销，买两件的话，第二件七折。"我马上反应说："那我先买小座钟，第二件买油灯。"因为我心算已经算明白，贵一些的油灯当第二件打折可以省 3.6 美元。可是我的如意算盘白打了，人家说："油灯原来是 24 美元，促销中减半才到现在的 12 美元，所以一分钱也不能优惠了。而且它是手工制作的纯铜摆件，现在的价格也是赔本甩卖。"唯独这一件不能享受任何折扣，而老伴儿却偏偏对它情有独钟，一直拿着不肯撒手。

工作人员见有机可乘，愈发卖力宣传起来，把这盏油灯的制作工艺夸得那叫一个天花乱坠。可我毫不动心，只是不停地端详着，感觉这灯似曾相识。突然工作人员提到了阿拉丁神灯，我立刻恍然大悟，原来这就是《一千零一夜》故事中的那盏神灯啊，怪不得感觉这么熟悉。小时候读《一千零一夜》，我见过阿拉丁神灯的插图多次，这下我对这盏灯也有了兴趣，对着它左看右看起来。工作人员是个很细心的女孩子，她发现我的态度有变化，立刻更热情地向我介绍说："这是神话中最有名的那盏灯，它可以满足人们的各种愿望。"对这个耳熟能详的故事，我几乎可以倒背如流，只好礼貌地打断她的介绍。可是她依然诚恳地说："你若不信，可以现在就许个愿望，它一定能让你心想事成。"说着就把灯递给了我，让我闭上眼睛，用手抚摩，然后一个劲地催促我快点许愿。我想她所指的愿望应该是一些美好的祝福吧，但她做梦也想不出，淘气的我许了个很实惠的愿望：半价买下这灯。女孩子听了我这愿望当场就愣在那里了，半天说不出话来。我其实没想刁难她，这的确是个需要解决的实际问题。如果神灯不能成交，我们也就只能与它失之交臂了。我实在不愿意花12美元买这么个小东西，这样一来，老伴儿的愿望可就落空了。如果我的愿望能实现，那可是两全其美的事。

不过女服务员真是有苦难言了，她自己一个劲地催我许愿，还答应我许什么愿望都可以实现，这下可嘬瘪子了。我见她愣了半天，然后拿起油灯一溜烟跑向了经理室。估计是做不了主，还下不了台，只好去向领导请示了。老伴儿见女孩子拿着油灯走了，直着急，因为刚才女孩子说了这灯就只剩一盏了。这种商品是手工制造的，一旦卖完了要等好长时间才能来货。老伴儿听不懂我俩刚才说了什么，还以为我又以"for two"的方式把那女孩气跑了。

我安慰老伴儿说："这次不是，是她心甘情愿的，你就等好消息吧。"其实我心里也没底，不知道这种调侃的砍价方式，对方能否接受。我只希望能打个折，把两元零头抹了，和小座钟一样都是10元，我也就接受了。没想到女孩子从经理室出来，显得有些急，对我说："请你先到柜台交这盏灯的钱。"我说："我还买别的东西，一块儿交吧。再说我是信用卡付款，何必麻烦两次呢？"可她半点儿都不通融，坚持要先付灯的钱，而且再三强调经理说：要是不先付就不能半价了。我虽然不明白为什么要先交钱才能半价，但不管怎么说，半价是我的终极目标，只要能实现，其他的我也就无所谓了。有意思的是，这个谜底直到我回北京后，在一次家庭聚会时才揭开。那天我给家里人讲了这个有趣的许愿故事，也说了我的疑惑。我的女婿是个优秀的律师，头脑一向反应敏捷，他稍一思索就说："她是怕再耽误一会儿，你干脆许个愿要求她一折或者免费把灯送给你，那她岂不是更亏了？"原来如此，大家都笑起来。

事情过去以后，我还是认真地思考了一番。其实店家当时也可以不这样处理，本来就是调侃的事儿，他们完全可以不认账，顾客也不可能有意见。可是店方这样实实在在地兑现承诺，至少这样诚信的商业作风，于我们而言已久违了。它说明的问题，并非简单几句话就能阐述清楚。

佩特拉古城的回响

> 我相信生命只是在流转,美丽的生命从来都不会消失,只是以其他的方式出现。它会永远在奔腾不息的岁月长河中,与深爱着它的人相逢。

佩特拉古城是约旦王国第一个被列入世界遗产名录的文化遗址,位于首都安曼南 250 千米处。它隐藏在一条连接死海和阿卡巴海峡的狭窄山谷里,是座年代久远而古老的公墓。

令人惊奇的是,它的墓穴都设在峭壁上的岩石山洞里。岩石的颜色不只红色,还有淡蓝、橘红、黄、紫、绿。爱琴海圣托里尼岛上的红色岩石和沙滩,已经令我大开眼界了,这五颜六色的岩石我还真是生平第一次见。它的地理环境也极其神秘,唯一的入口是一条狭窄的山峡,入口最宽处约 7 米,仅能过一辆马车,全长 1.5 千米。

进入山谷后,甬道迂回曲折、险峻幽深。顺峭壁仰望苍穹,蓝天一线,壮观美丽,这是第一处景色:一线天。走到著名的景点卡兹尼之后,我发现这里的景色有些熟悉,似乎在哪见过,但我是第一次来约旦,所以这熟悉的感觉让我有点莫名其妙。正当我纳闷时,忽然听见一个旅行团的导游介绍说:"这个卡兹尼又叫宝库,是传说中历代佩特拉国王藏宝的地方。"我恍然大悟,这不就是电影《夺宝奇兵》和《变形金刚》的外景地吗?我喜欢看的《阿里巴巴与四十大盗》也是在这儿取景的,难怪会觉得这么熟悉。

望着这幽深神秘的景色,我不由得想起尼采的一个观点:永恒轮回是一种神秘的想法。尼采曾用它让不少哲学家陷入窘境。人永远无法真正了解自己想要什么,因为人只能活一次,他既不能拿今生跟前世相比,也不能在来生加以修正。没有任何方法可以检验哪种抉择是好的,因为不存在比较。一切都是马上经历,仅此一次,不能准备,就像是一个演员没有彩排就上了舞台。如果生命的初次排练就已经是生命的本身,那么生命到底会有什么价值?"Einmal ist keinmal"是一个德国谚语,是说一次不算数,一次就是从来没有,只能活一次就和根本没有活过一样。

在这个深幽肃穆的地方,我就这样反反复复沉浸在对生命的反思中。

我还想起我的一位女朋友曾经对我说:"我这一辈子风平浪静、丰衣足食,不像你活得那么艰辛,可是我总感觉缺了什么。你说能够去满足的心愿,没有完成,感觉惋惜,就叫遗憾。可是我连遗憾都没有,好像一辈子白活了,似白开水,乏味得很。你虽然遇过很多困难,可是我觉得你活得有滋有味,这是怎么回事呢?"现在我觉得,不管是波澜起伏还是平淡无奇，最重要的是味道。就像这幽静的山谷，它没有什么繁华，摒弃喧嚣，才有了这静穆的美。

当夕阳西下，橘黄色的落日余晖给一切都抹上一层怀旧的温情时，我又不由自主地想念起我的母亲。就这样，在这个幽深的峡谷里，我沉浸在断断续续的回忆与思索中。我喜欢这个可以使人沉思、遐想的地方，所以我必须买些明信片回去。当我想念它的时候，可以再拿出来看看。

出峡谷的时候，一群孩子围上了我们，手里拿的正是我想买的明信片。可拿过来一看，我顿时皱起了眉头。从来没见过制作这么粗糙的明信片，纸张老旧、画面模糊，简直就是粗制滥造的破画片。十几双小手伸过来，嘴里叫着："1美元，1美元，多便宜啊。"我心想："白给我都不要，带着它回家，我还嫌占地方呢。"我连连摆手说："不要，不要。"

有几个小孩见我很坚决，就离开我去追别人了。可是还有几个小孩锲而不舍地围着我，其中一个孩子最高最大，约十四五岁，态度最坚决，对我说："你买我的吧。"那本明信片已经被他脏脏的小手揉搓得不像样子了，我根本没有买的欲望，于是挥挥手，有些不耐烦地说："你们别围着我了，没有用。我是不会买的。"那几个孩子终于走了。

我冲出包围圈刚舒了一口气，那个高个子孩子又回来了。他走到我面前，低声对我说："妈妈，妈妈，你就买我一套吧。我今天来得晚了些,到现在还没有卖出一套呢。"在异国他乡,突然被叫了一句"妈妈",我忽然心里涌动出阵阵感动。其实我被人这样称呼不是第一次了。

一次是在雅加达,我们参加宜必思酒店的活动,一组歌手在台上演奏印尼歌曲《哎哟,妈妈》。这是一首我青年时非常喜欢的歌曲,而且我会用印尼语唱,所以就走上台和他们一起唱起来。活动结束后,这组歌手在庭院的葡萄架下一直寻找我们,看见我过来,就立刻热情的欢呼起来:"中国妈妈!"他们邀请我再唱几首印尼歌曲,可惜我会的有限,但是他们的热情不减,还是不约而同地叫着"中国妈妈"。至今我也不知道这是他们的风俗,还是因为我唱歌使他们高兴激动得这样喊我。但"妈妈"无疑是这个世界上最亲切最伟大的字眼,永远会在每个人的心灵深处占据最重要的位置,没有什么可替代。正如高尔基说的世界上的一切光荣和骄傲,都来自母亲。

另外一次是在巴厘岛上,因为换钱时被骗,我报了警。老板被带走后罚了100万卢比,铺子也被关了。处理此事的尼克警官和我们成了朋友,他夸我勇敢,和坏人面对面斗争时也不害怕,还问我是不是会功夫。我调侃地点头承认,他高兴地竖起大拇指叫我"功夫妈妈"。

而第三次叫我妈妈的是这样一个孩童,他因为这声呼唤被旁边的孩子听见而受到了围攻。几个孩子七嘴八舌地说:"你根本就没有妈妈,你的妈妈早死了,你在胡说。"我看他身上的衣服脏兮兮的,也相信了这一点。哪个有妈的孩子会穿成这样,要是妈妈在,早就被扒下去洗了。可是他顽强地辩驳说:"谁说我妈妈死了?她去了远方,现在回来了，这不就是我的妈妈吗？"他拉住我的胳膊摇晃着："你说，妈妈。你是我的妈妈，你回来看我了，对吧？"

谁都有软肋，我的软肋就是我的母亲，只要一提到这个字眼，我就会立刻变得柔软。尽管这个孩子的眼睛里并没有卡森那样纯洁的目光，也许是生活的贫穷与困苦早已磨掉了少年的纯真无瑕，但不管怎么说，那满是渴求的目光还是真诚的。这让我无法拒绝，只好违心地点了点头，并买了他的山寨版明信片。

其他孩子见没了买卖就一哄而散了。他走了几步又回来对我说："谢谢你做了一回我的妈妈。我刚6岁的时候，妈妈就走了，她已经离开家8年了，我都害怕忘了她的样子。我真希望你就是我妈妈，因为我每天都盼着她能回来看看我。"

我有些语塞，不知道说什么话来安慰这个失去母亲的孩子，我毫不犹豫地掏出那张带女王头像的第纳尔（dinar）给他，拍拍他的头说："记住了，一定要去读书上学。等你毕业了，妈妈一定会回来看你。"

老伴儿一路都在埋怨我把钱给了一个"小骗子"，说我又犯了一回傻。今天在门口买票的时候我问清楚了，雇用导游讲解费5第纳尔，坐马车游览15第纳尔，一共20第纳尔（1第纳尔约等于9.68元人民币）。当然这些都是我问到的，你若是去也可以讲一下价。进出峡谷3千米的沙子路的确难走，我们中途休息了好几回，为了省钱没舍得坐马车。最后因为这个孩子呼唤了我一声"妈妈"，钱也没省下来。

要是这钱给了真正需要帮助的人也没关系,但这个孩子满嘴瞎话,我也不知道他说的究竟是不是真的。我跟老伴儿一点儿也解释不清楚那种做母亲的心情,我情愿相信这孩子说的是真的。

旅行就是这样,我们会在某个地方,以出乎意料的方式遇到某个令你出乎意料的人。你们彼此并不了解,却因为一句话或一件微不足道的小事而相互打动,然后从此天各一方,或许再不相见。但我还是愿意祝福这人,就像这个孩子,我真心愿他和他的妈妈早日相见,也愿这个世界上温柔的灵魂都能相遇,不再受伤害。

走出狭长的山谷,天空一下子广阔,阳光照着每一个人。那一刻时空凝滞,有一种温暖从心底荡漾,弥漫了我的全身。仿佛峡谷的一线天化成了一座架在天堂与人间的桥梁,让凡人真实地体会到通往天堂的路就在眼前。

我依稀听到了来自妈妈的话语情音,我知道将来的某一天,我一定会和在天堂的她相见。我要轻声告诉她,我这殷殷的思念与那串串刻骨铭心的回忆。我要与她分享我旅途中的每一段见闻,每一份沸腾的热情,每一段旅途中的每一个日子。心静下来,我仿佛就在妈妈的身旁,悄悄地把这一本故事讲给她听,让她跟我一起感动。

我期待着与妈妈的重逢,所以我珍惜眼前这无数美好的瞬间。

沙迦遇乡音：不贵不贵，便宜便宜

> 直到现在，老伴儿调侃时还会学那个沙迦老人的京味吆喝声：不贵不贵，便宜便宜。为平常的日子平添了一份喜悦。我也喜欢把这些砍价得来的趣味和经验告诉亲朋好友，让他们可以从中获取新鲜感。

在阿联酋7个酋长国中，我选了3个去游览。阿布扎比是必然要去的，首都嘛。迪拜以奢华闻名于世，拥有全世界唯一的七星级酒店——帆船酒店，当然要看。我已经看过两个六星级的酒店了，非常想知道这七星的酒店比六星的强多少、强在哪里。不过这些地方的旅游纪念品是绝不能买的，实在太贵。按照我以往的经验，该参观的地方参观，该买东西的地方买东西，所以以"蓝色市场"闻名的沙迦就成了我的第三个选择。

当我们坐长途大巴来到文化广场时，很远就看到一个庞大的火车头形状的建筑物，这就是以物美价廉而闻名的购物圣地"蓝色市场"。因其建筑外形酷似火车头，所以人们又称这个市场为"火车头市场"。

它的设计者也不简单,是在英国留过学的沙迦博士酋长。

走进那庞大而绵长的"火车厢",两边商铺林立,商品琳琅满目。精致的黄金饰品、阿拉伯丝巾和挂毯,所有精美绝伦的手工制品,仅看标价就比迪拜便宜许多。而且一看你要离开,老板就会主动降价。看来在这个市场里,讨价还价的空间很大。可惜这些东西不是我想要的,我只想买点冰箱贴、明信片和当地的特色小玩意儿。这是我们购物的老三样,既经济又便于携带,还不失纪念意义。

按照这个购物标准,我们走了十几家商铺,都没有看到合适的东西。因为是斋月,市场很冷清,很多商铺都关了门。我们又走到市场的中间,上楼梯到了二层。这里更没有几个顾客了,各店铺的留守人员都扎在一起聊天。我和老伴儿转了半圈就又下来继续往"火车厢"的尾部走,希望能看到我们喜欢的那种小而全的铺子。

正走着,老伴儿说:"你听,你快听,是中国话。"自打出国以后,老伴儿除了能和我说话以外,其他的时间都是在听天书,这可把他憋坏了。这是他自己说的。可我和他正好相反,在国外我每天要做的一件事就是和老外交流,练习英语,听各国人不同的英语发音,便于磨练耳朵。这时候,老伴儿就可怜了,只能待在旁边当闷葫芦。出国这么多天了,我们只听到过一次中国人说话,还是因为当时是斋月,我们吃青豆那人要举报我们。当时吓得够呛,老伴儿也没有享受到说中国话的舒畅。在这种情形下,他的耳朵对中文的反应越来越灵敏。后来不管遇到什么样的人,只要是说中国话的,他就似见到了久违的亲人一样,打开话匣子跟人不停聊。

我笑话他说:"别人旅行是内心变得越来越敏感,因为在城市生活节奏快,人们无暇他顾,对周围一切都视若无睹,出来以后哪怕是看见一片云彩都欣喜不已、感慨颇深。唯独没见过你这种只对中国话感兴趣的。"老伴儿也调侃说:"物以稀为贵嘛。在外边满耳朵都是外国话,好几个月听不到中国音,我都不知道回去还会不会说中国话了。"我说:"你放心,这是你的母语,一辈子也不会忘记。我用母语学习法学的英语,就从来都不会忘。"

我们一路拌着嘴往前走,突然又听到一串中国话:不贵不贵,便宜便宜。而且是字正腔圆的北京话,像是侯宝林相声里那卖布头的吆喝声。这肯定是中国人了。如果是华人老板,我们怎么也得捧捧场,买点东西。我和老伴儿加快脚步,寻着声音找了过去。这是一家很大的店铺,商品很多很杂,什么都卖,门口都堆着好多。进去的人可以从门口拿一个竹编的小篮子,把挑好的货物放在里边。我很喜欢这种大卖场似的店,可以随意挑选,自由自在,不受限制,什么时候挑完了自己拿到柜台去结账。

店里只有两个人在接待,一个是胖胖的中年人,另一个是年纪很大的瘦老头。那老头看上去满脸皱纹,可是慈眉善目,脸上充满了笑容。这里并没有中国人呀,我和老伴儿特意在店里转了一圈也没找到。东西倒是很全,我们想要的全有,而且标价也很便宜。就拿冰箱贴来说,同样的一块在迪拜卖5美元,但在这里标价是3美元,要是买两块的话,一块 2.5 美元,足足便宜一半。说起来还真是跟刚才听到的吆喝一样:不贵不贵。

我和老伴儿正全神贯注地选择商品,忽然又听到了那吸引我们过来的吆喝声:不贵不贵,便宜便宜。我和老伴儿几乎同时抬头寻找起来,这才发现原来是那个瘦老头站在门口吆喝呢。老伴儿立刻放下手里正在挑的东西,一个健步蹿了过去,和他热情地打起了招呼。我真替老伴儿高兴,都是 70 多岁的老人,肯定有很多共同语言,总算可以过一把说中文的瘾了,省得他老说憋得难受。

于是我安心地继续低头挑起东西来,知道这说话的时间短不了,否则怎么能算过瘾呢。可是没过一会儿老伴儿回来找我说:"你去看看怎么回事。我夸他中文说得真好,可他却说不贵不贵。我问他多大年纪了,他却说便宜便宜。我和他说了半天话,他来来回回总是回答这两句,有点驴唇不对马嘴。你快去看看。"

我也觉得纳闷,这老头中国话说得这么好,怎么和老伴儿沟通不了?真是件怪事。我来到老人面前,礼貌地问了一声好,我问他:"你会说中文吧?"结果正如老伴儿所说,他并不回答我的话,只是向我重复:"不贵不贵,便宜便宜。"我只好用英语问他:"你会说中文吗?"他居然用比刚才更充满激情的音调,还加上一个夸张的动作,指着自己的商品高声喊道:"不贵——不贵,便宜——便宜唉——"以此来表明他的确是会说中文的。

这下我终于明白了，原来他所会的中文只限于这一句，其他都不会。不过平心而论，他的东西的确便宜，这句话是又实在又标准，真难为他一个外国老人能学得这般惟妙惟肖。老伴儿看他这样子，只好失望地走开继续去挑东西了。我不甘心，刨根问底地追问他是跟谁学的这句话。原来一个北京的旅行团曾来过这里，他趁机让导游教了他几句做买卖用的中国话。原本导游教了他好几句，他都没记住，唯独这句简单的记瓷实了。而且这句"不贵不贵，便宜便宜"特别好用，尤其中国团一来，他一吆喝保准人们会转进来，就跟我们今天寻声找过来一样。不过碰到日本或其他亚洲国家的人，就不一定行了。我教给他一招，让他说一句中文再加一句英文，两种语言交替着来，这样中国人能听明白，外国人也不落下，岂不更好。老人一听挺高兴，马上就改了，站在门口一遍遍交替喊着中英文，那声音洪亮得真不像斋月里白天没吃饭的样子。

我们挑了不少东西，价格都是 1~3 美元，老人帮我们结的账。因为是划卡，我当时也没细看，只顾和老人说话了。临走时他还用"不贵不贵，便宜便宜"的吆喝声送我们。这真是一句实惠又好用的广告词啊，言简意赅、直击主题，再被这个聪明的外国老人这么一发挥，简直成招牌了。我真心祝愿老人的生意兴隆发达，保持住这"不贵不贵，便宜便宜"的经营作风。

本以为告别了这个幽默风趣的老人就不会再见了，可是出了市场以后，我问老伴儿刚才花了多少钱，他说因为东西便宜，他当时也没在意。等他掏出手机一看，这么多东西才花了 14 美元。我觉得不可能，让他把账单掏出来看了一下，还是 14 美元，并没有错。可我无论如何也不相信，这 10 多件东西加起来才 14 美元，我大概按标价估算了一下，怎么也得 40 美元。我和老伴儿分析来分析去，认为是老人计算时看错了数字，毕竟 44 和 14 只差那么一点儿而已，老花眼看错了也是常事。

此时我们已经走出市场很远，但还是决定掉头回去问问。平日在这一类事情上，老伴儿和我的原则是完全相同的，他只是心疼我的腿走多了路晚上又会疼得厉害。可是有些事是无法选择逃避的，如果真是弄错了，就亏了老人。

我们这一路走得不轻松，回到店里说明来意，老人坚决否认说："不会，不会，我从来没有算错账过。因为我每次都是算一次，复核一次，不可能错的。"

我又跟他讲了我算的结果，他听了哈哈大笑起来，说："你们算得对，按原价这些东西是 40 多美元。可是我是按成本价给你们算的，多少钱进的多少钱卖给你们的。现在是淡季，只有甩卖，把资金回笼不亏本就成了。以前旺季时，我的买卖一直都很火，已经把该挣的钱都挣回来了，因为我的东西：不贵不贵，便宜便宜。"我们感谢老人给的低价折扣，并保证回北京后，一定把老人的小铺子介绍给亲朋好友，让大家都来这里买"不贵不贵，便宜便宜"的东西。

去年和今年，我在电视台讲旅行故事时，都提到了这个"不贵不贵，便宜便宜"的老人。当时主持人说，我们和老人是好人遇到了好人。这句话虽然没错，但我还是不敢苟同，因为在国外买东西时我碰到过形形色色的店家，他们都有一个共同之处，那就是诚信为本。这是他们的商业原则，如果以此标准来衡量一个人是不是好人，那么这好人的标准就太低了。这是他们整体社会的道德底线，虽然也会有鸡鸣狗盗之事发生，但不影响整个社会风气和人民的整体素质。作为个人，我如何处理这些小小的事情，母亲从小就教育了。为这区区30美元，谁会去背一笔良心的债。

Part 5

出去了，早晚会回来

有句谚语说得好：你不能决定你从哪里来，但你能够决定你要到哪里去。对于年轻人来说，还有一句话说得好：你拥有年轻啊，亲爱的，这使得一切截然不同。还有一句话是我自己给旅行者的一个忠告：如果一个人不具备看到自己内心的能力，走得再远也是徒劳。我一向认为，只有热爱现有生活的人，才能真正体会在路上的乐趣。

不让吃别卖给我呀

当你用心去体会这个世界时,你会发现,每一处都有好风光,而每处风光也都有一个好故事。在不同的国度,不同的地方,往往会出现意料不到的事,有些事的发生是出于我们对信息掌握得不够,或者是学识不够,所以我们才要走更多的路,才要读更多的书。

迪拜,阿联酋 7 个酋长国之一,豪华与顶级的代名词。在迪拜有一句最流行的话:没有人会记得第二名,人们永远只会记住第一是谁。

因此,迪拜拥有众多的世界之最,世界最牛酒店、世界第一高楼、世界最大人工岛……在参观这些世界之最时,我最喜欢的是人工棕榈岛,因为它让我看到了的中国神话故事"精卫填海"的真实再现。

这个岛伸进海里 5 千米,由新月形的岛屿组成了海防大堤,在 16 片棕榈叶形的岛屿上,建了 20 栋豪华公寓,而且楼价是目前世界上最贵的。有趣的是,它的价格以叶子在树木上的排列顺序为准,数最高的价最高。

当你走进时,你无法想象这里是人造岛屿。形形色色的建筑,整洁宽敞的沙滩,湛蓝的海水和一年四季温暖的阳光,让你心旷神怡。这里还是全世界最安全和犯罪率最低的区域之一,你不用担心钱包被偷。

政府要求每500米有一处清真寺,所以这里有500多座清真寺,最大的是位于朱美拉岛上的朱美拉清真寺。同时,迪拜又是一个宽容的宗教国,伊斯兰教、基督教、印度教并存。它的法律也很健全,分为初审法院、中级法院和高级法院。伊斯兰教教法分为劳工法、地产法,用来解决劳务纠纷、房地产纠纷等,而且还要求非伊斯兰教徒也要遵守教规。

我在法院门口看到一些打完官司的人出来,从他们的脸上很难分辨出谁是赢家,谁是输家。他们大都很平和,既看不到趾高气扬也看不到垂头丧气,出了法庭都直奔清真寺。我看到他们在那里做祷告,心情非常平静,脸上是纯净的虔诚,那虔诚让我这置身局外的过客都感受到了难得的安宁。

我去参观现任酋长的爷爷住的大宅时,和大巴车的售票员聊天,知道他们大部分都是菲律宾女孩,每个月的工资是3000迪拉姆,1美元大约相当于3.67迪拉姆。一个月住宿费600迪拉姆,吃饭花300迪拉姆,其余花销约100迪拉姆,剩下的全部寄回家。所以在菲律宾这个国家，家里生的女孩是最受欢迎的，她们成了养家的主要支柱。而且这些女孩们吃穿都很节俭，她们在租的房子里面做饭，我看她们带的饭也很简单，大部分是米饭，上面盖一条鱼或几只虾，几乎没有什么青菜。

她们告诉我，这里的青菜太贵了，全都是进口的，一棵大白菜就需要 5 美元，一根大葱要人民币 2 元，但海产品特别便宜，螃蟹、石斑鱼、龙虾，这些在国内很昂贵的品种在迪拜都便宜很多。所以她们带的饭里有鱼虾却没有青菜，即使有带菜的，也不过是几片洋葱或几块土豆，因为这两样在迪拜最便宜。这些辛苦养家的菲律宾姑娘们真是又可爱，又让人心疼。在眼前这个奢华无比的国度里，在被称之为购物者天堂的地方，这里聚集了世界各地的美食，却也有着与购物美食无法相连的人，更何况她们还是些女孩子。

在迪拜几乎能找到全世界的美食，除了传统的阿拉伯风味，还有其他不常见的风味，如伊朗、摩洛哥、印度、巴基斯坦、法国、意大利、英国等亚洲及欧洲各国的特色餐饮，真是应有尽有。美国的麦当劳、肯德基，中国的火锅、涮羊肉、烤鸭，泰国的咖喱炒饭，日本的鳗鱼饭，韩国的石锅拌饭，一句话，只要你想吃，说得出名字就能找到吃的地方，真应了那句广告词：只有你想不到的，没有我做不到的。无论是充满历史气息的黄金街，还是世界顶级的购物中心，都有美食城。市中心和城市的各个角落都有饭店和餐厅，向所有的游客提供种类繁多的美食，让人们在购物的同时，又享受了多元多样的饮食文化。只可惜这一切在每年的 6 月 29 日至 7 月 28 日都停止，期间只有每天晚上月亮出来的时候才会恢复供应,这就是阿拉伯国家著名的斋月。我们因为缺乏经验刚好赶上了,而且是在高达42℃的炎热天气下,不吃不喝地过了12个小时。这挨饿的滋味可真不好受。

说来话长,我们是7月初从北京出发,第一站到非洲的埃塞俄比亚,第二站到了以色列,正好赶上一场战争,然后在约旦和巴林王国经历了一个多星期才到了迪拜。之所以在酷暑季节选择这样一条路线,主要是旅游旺季机票住宿都很贵,旅游淡季就很便宜。我原本就喜欢清净,不愿意去人扎堆的地方,更不会去购物,作为纯粹的自助游,所以对淡旺季也不十分在意。但我却犯了一个大错误,就是没把斋月考虑进去。虽然知道有这么一个节,但我以为这是让教众遵守的,和旅客没有关系。就这一点疏忽,可让老伴儿和我尝了苦头,我们饿得头昏眼花不说,还差点被人举报给警察。

因为头天晚上是在飞机上吃的,到了旅馆,我们早早就睡了,想着第二天早上去超市买点当地的餐饮吃早点。早就听说迪拜这个不夜城的美食闻名遐迩,何不尝尝呢?于是那天早上7点,我们只背了沏好的茶水就出门了。到了街上一看,冷冷清清,商店没有开门,路上的行人也很少,只好逛着看街景,同时找找超市和餐厅。

可是走了几条街,情景都差不多,全都关着门,连个卖食品的小铺子也找不到。总之一句话,和吃沾边的全部消失,当然也包括饮料、水果。我们越走越渴,越走越累越饿,而且水果也没有一个,想买根冰棍吃都是奢望,只能喝自己带的茶水。而且那天天气炎热,我原想外出游玩带茶水是最好的,比白水解渴,可是饿着肚子喝茶水就成了涮肠子,喝得肚子叽叽咕咕的,叫得更厉害。忍饥挨饿的我们慢吞吞地走在街上,此时早已没了看风景的心情,一门心思找吃的。奇怪的是,过了中午饭时间,餐厅和食品站还都挂着窗帘,没有一点儿开门的迹象。好不容易走进一家超市,食品货架上全盖了白布,只有日用品和其他杂品没盖,凡是能入口的食品一概不卖。我问售货员时,他惊讶地说:"你不知道吗,要到天黑以后才会卖食品。"我又傻傻地问了句:"是你们超市这样,还是全城都这样?"

那个售货员似乎有些不高兴,但阿拉伯人不是一贯殷勤好客吗,待人的传统作风让他又耐着性子对我说:"这一个月都这样,全城的餐饮食品,白天都不会营业。"这下我明白了,原来斋月这样严格,尽管没有游客必须遵守的法律,但是白天公共场所一概不得吃东西的规定也约束了我们,即使想买点东西回旅馆去也是做不到的。我们一直带在身边的电饭锅在斋月里没了用处,这可真的成了巧妇难为无米之炊了。

于是我和老伴儿商量了一下,现在已经是下午两点了,要是挨到晚上才能吃东西,还有五六个小时。若是走回旅馆去干饿着,恐怕到晚上,我们也就饿瘫了。我和老伴儿年纪大了,一天三顿饭哪顿也少不了,何况"人是铁饭是钢,一顿不吃饿得慌",这老话说得是一点儿都不错。我们已经两顿没吃了,浑身没劲、脚底发软,快站不住了,所以决定不来回折腾了,干脆往旅馆美食街那边去,走一步算一步。估计等我们走到了那儿,也就到开门的时间了。到时候看哪家餐厅第一个开门,我们就奔向哪儿,然后美美地吃一顿晚饭,把今天没吃的中午饭和早饭都补回来。

我们好不容易挪到了餐厅,在码头旁边歇了好大一会儿才缓过劲来。等到附近几个卖饰品的商店开了,我看看有没有合意的明信片,这是我到每个国家和地区必须买的东西,因为它们又好带又有纪念意义。我们到马路对面的商店转了一圈,又往回走,来到离码头最近的这家商店,若不是它门口挂了一串长长的小摆件,吸引了我的目光,我都不想进去了。此时我们已经筋疲力尽了,肚子都没力气咕噜了。

我跟老伴儿说:"你在门口等着吧,我进去把这个摆件买了,咱们就回码头的椅子上坐着。咱们哪儿也不去了,实在走不动了。"我正交钱,忽然看见商店里还有一排用白布盖着的食品,从缝隙里看到是炒青豆。我并没有抱什么希望,只是随口问了一下:"老板,这个可以卖给我一点儿吗?"结果老板很痛快地就答应了,这真让我喜出望外。

我把老伴儿叫进来,问他买多少,是半斤还是一斤。他也是饿慌了,就说:"多买一点儿,来它两斤。"老板把两斤豆子放在两个纸袋里递给我们,什么也没说。

事后我们分析,他一定以为我们两个老人不可能买这种又干又硬的豆子吃,肯定是买给别人吃的,要是那样,我们当然是带回家去吃。他哪知道我们是饥不择食。我们抱着豆子刚出来,就在一个花坛后面打开袋子抓了一大把放嘴里了。顿时一股刺鼻的芥末味再加一些哈喇味冲击而出，显然这个豆放的时间太长了。碰到我们两个饿鬼，一下子买了两斤，老板当然高兴了。就是这么难吃的豆，也没容我们再吃第二口。一位中年妇女，而且还是中国人迎面走过来说，看我们是两个老人，所以好意来提醒，要是别的人她就直接打电话报警了。等警察来了就会把我们带去拘留，不但要罚款，还要追究卖给我们东西的老板。我们一听还要牵扯别人，这娄子可捅大了，连忙把豆子收进书包，再也不敢拿出来吃了。

我问她怎么会这么严，她说这是公共场所，所以特别严。她女儿在迪拜工作，她来这儿好几年才慢慢习惯的。走时她又千叮咛万嘱咐说绝对不可以再拿出来吃了，否则会惹大麻烦。我们自然是万分感激这位难得的中国同胞。

有了嘴里塞的这一大把豆，仗着这点热量，我们决定走回旅馆去吃豆，坚持到晚上再出来找饭吃。我们一路往回走，炒青豆的热量没支撑多久，饥饿就又来袭了。老伴儿已经步履蹒跚，眼看快走不动了，我忽然闻到了一股肉香。抬眼望去，对面一个小伙子正提着一个纸盒走过来，香味是从他那里传过来的。再一看那盒子熟悉的包装，我的眼睛都发亮了，老伴儿也看见了，我们几乎同时叫出来："啊，肯德基！"我怎么把这玩意儿忘了呢，它可是24小时营业。一问小伙子路不远，于是我和老伴儿都来了精神，三步并作两步，紧赶奔去推开了肯德基的店门。往常在北京，对它视若无睹，今天见了真是分外亲切。

我们走进店里，不约而同地点了两份套餐。老伴儿要的牛肉汉堡，我要的鸡肉汉堡，我们要的薯条和炸鸡腿也都是大份的，看来是饿怕了。等着的时候，我让老伴儿先去找座位，挑一个靠窗户的地方，准备边欣赏街景，边吃美味大餐。装盒时，我对服务员说一份在这吃，一份打包，可他没听懂似的把4份全都打包了。我端着托盘，还没走到座位上，就看见服务员已经把老伴儿往门口让，我也不明白为什么。服务员又过来让我也走，我说："我们刚买了还没吃，怎么能走呢？"

可是服务员就是不让坐，还说："就是有规定，不让在店里吃。一定要吃，也到门外边去吃。"眼看着到嘴的东西吃不成，我们顿时不满了："规定还不让卖呢，你们不也卖了？你们不让吃，为什么要卖我们？"人家说："卖你也是让你回家后，或晚上再吃，不是让你现在吃，尤其不能在店里吃。这是严格禁止的。"听到这话我真是哭笑不得。这下计划全泡汤了，买了4份肯德基，却连一口也吃不上，这怪事我这辈子头一次遇上。要是一定不走，坐在这里吃吧，店里两个服务员就围在身边，我们连打开盒子的机会都没有。看那架势，我们要是非打开在这里吃的话，估计这两个人会把我们给架出去。算了吧，就为了吃口鸡，也别在这儿丢人现眼了，我们只好垂头丧气地提着盒子离开了。

离旅馆还很远，我们一路走得辛苦。盒子里的香气一阵比一阵浓烈，香喷喷的肯德基在手里拿着，可是不能吃，甚至偷吃一口也不行。刚发生的青豆事件还历历在目，真是路漫漫吃鸡修远兮。这时我脑子里涌上来的全是平日爱吃的东西，什么鲜虾春卷、鲜肉锅贴、蜜饯、叉烧、脆皮鸡、干炒牛河、煲仔饭，都想起来了。看老伴儿那样子，估计八九不离十，也是在想他爱吃的东西。想归想，还是和鸡没缘分，吃不成只能闻着。

老伴儿自嘲，这个肯德基也没什么好吃的，倒成了伊索寓言里的狐狸，吃不到葡萄就说葡萄酸了。好在这时肯德基凉了，香味也渐渐小了，诱惑力也轻了。可是老伴儿却不太对劲了，越走越慢，问他是不是不舒服，他开始还不肯说，后来坐下来，不肯走了，说头晕眼花，实在走不动了。他已经70多岁了，又有高血压，再加上整整饿了一天确实够呛。

现在刚下午5点，还有两个多小时才能吃东西，要是老伴儿坚持不到那个时候怎么办呢？这要把老伴儿饿病了，再犯了高血压，晕倒在街上，可麻烦了。我四处观察，也找不到一个能偷吃几口的地方，于是决定进商场找个角落藏起来吃。虽然明知是犯错，可总是事出有因，情有可原吧，愿老天爷保佑我们的偷吃计划成功。

我们进了一个大商场，里面冷清极了，几乎没有顾客，除了卖服装摆设的柜台，餐厅和食品店都关了。我们在一层转了一圈，根本无可乘之机，若是在空旷的大厅吃东西，简直就是在众目睽睽之下犯法，更是罪加一等。

于是我们乘电梯上了二层三层，其实大致差不多，只是三层连工作人员都没有，静悄悄的。我们也豁出去了，找了个角落一屁股坐在地上就开始吃起来。第一口咬下去的滋味好长时间我都没忘，那香甜可口，把我心里美的，别提了。以前从来不愿意去吃的洋快餐，此时此刻真是胜似任何美味，我坐在冰凉的地上比坐在高级餐厅里还美。正在这时，忽然传来了脚步声，我们的心一下子提到了嗓子眼。屏气凝神地听了一会儿，脚步声又渐行渐远了，我们才安心地大吃起来。

我催促老伴儿快吃，说不定什么时候就会有险情。老伴儿一边啃着鸡腿一边答应着，我估计他现在除了吃鸡，大概什么都顾不上。俗话说，黄鼠狼专咬病鸭子，怕什么来什么，我的汉堡刚吃了半个又来人了。这回脚步声越来越近，接着到了我们这个角落了。是福不是祸，是祸躲不过，我只好站起来准备跟警察大人说，如果一定要带走，最好先让我把老伴儿送回旅馆去，再把我带走。老伴儿年纪大，他受不了这么折腾。等我站起来一看制服，发现是保安，也许还好说话，于是我把我们的事情从头到尾说了一遍，特别强调了老伴儿有病的事实，希望他能照顾一下，法外施恩。这个保安大哥可真是个好人，他看了老伴儿一会儿说："这样吧，你们别在这儿吃，让人看见了，可不是闹着玩的，他们一定会把你们带走的。我给你们找个地方，你们快点吃，吃完了就赶紧离开。"我们千恩万谢地跟着他进了一道防火门，原来是个防火通道，他说："这里不会有人来，但你们一定要快。"说完就走了。

我和老伴儿狼吞虎咽地把鸡放进嘴里，刚吃几口，他又回过头来说："快点吧，你们还没吃完？被发现了，我是要担责任的。"我们赶紧抹干净嘴出来，好在已经吃了个半饱，心里不知有多高兴，多感激这位保安大哥。这次我们总算有劲走回旅馆了，等到了房间把门关好，看着剩下的肯德基,倒不想马上吃掉了。我决定再和老伴儿一起做回好人,这次一定等到晚上 7 点以后再吃,弥补刚才那不得已而为之的错误。

说了也奇怪,从这件事发生以后,我们有好长一段时间不愿再吃肯德基了,也不知道是一次吃得太多顶着了,还是不愿意想起这段往事,毕竟它不是一个多么美好的故事。不过我发现,当一个人老了,身体越来越差了,这时候的故事却越来越长了。

别瞪，我们是中国老头老太太

站在世界第一高塔——迪拜的哈里发塔上向下俯瞰时，我看到了世界上最奢华的景象，可当我看到亚的斯亚贝巴辽阔的原野、清澈的蓝天时，我却更显得欢呼雀跃。旅行原来是让人回归自然。

我刚上中学时，地理课老师讲世界各国首都，其中说到埃塞俄比亚的首都亚的斯亚贝巴时，老师告诉我们，它的中文意思是一朵小红花。从此，这朵小红花就一直开在我的心中，50多年以后，当我踏上这片非洲的土地，亲眼见到这朵开放的小红花时，心情万分激动。

刚到旅店，放下行李，我和老伴儿就迫不及待地上街了。刚开始，我们还饶有兴趣地走走看看，但走着走着，感觉不对劲起来。我们总是被不同的人群包围，有老、有少，还有抱着吃奶孩子的妇人。他们把我们围在中间，不让走，都伸着手要钱，还有的叫"Japanese"。我心里很纳闷，你们朝我要钱，为什么叫日本人呢？

好不容易挣脱了包围圈，已经是一身臭汗了，我们转到一条街上，看到几处已经快建设好的楼房，被简易的脚手架围住。工人们正在那上面爬上爬下，很灵活，一点儿安全措施都没有。我们刚照了几张照片，却被他们大喊大叫地拦住了。还有人挡着自己的脸不让照，而且街上的许多人都用不友好的眼神看着我们。用老伴儿的话说，去了这么多地方、这么多国家，还没有经历过这么令人不安的场面。

于是，我们只好进了街边的商店。商店里有一件很普通的连衣裙，没有标价。我们问售货员多少钱，他上下打量我半天才爱搭不理地回答300元。我们问是当地钱还是美元，他竟蛮横地说300美元。我们有些惊呆了，这样的衣服在美国不会超过10美元，在这里翻了30倍，而且卖东西这么厉害，真是头一回见。不知道他是不是根本不想卖，只是想把我们吓走。或者是看人下菜碟，见我们的穿着太朴素，实在不起眼，糊弄我们呢？

我们在街上问路都很困难，老伴儿坚决不肯走了，说："这儿的人都像跟谁有仇恨似的，拿眼睛瞪着你。这样的感觉实在太难受了，不如赶紧回酒店吧。"

回到酒店后，我一想，就这么被吓回来也太窝囊了。于是走上前台去问有没有车包一天，把他们首都的景点都玩一遍大概多少钱。前台说："刚才你们出去的时候，我就想劝你们。住店的客人，绝大多数都是包车出去，没有人敢自己去街上的。一辆车一天大概是200美元。"我和老伴儿一听几乎晕倒，我的妈呀，200美元！算了吧，还是回房间面壁、睡觉去吧。

转念一想，也许还有别的办法，总不能因为一件事在一棵树上吊死。于是我们出了旅店，在街边溜达一圈，发现有几辆车正在趴活儿。上前一问，有要 120 美元的，也有要 100 美元的，还有要 80 美元的，的确比饭店的车便宜。

最后经过讨价还价，我们上了一个小伙子的车，从早上 10 点一直到下午 4 点，6 个小时共 40 美元。上车以后他介绍说，第一个必去的地方就是国家博物馆，那是一座很古老的建筑，院子里风景也很好，有大片的草坪和汩汩的泉水，像是田园风光。不过那里到处可见持枪的士兵，一个个戒备森严，检查要比机场的安检还要仔细。

我们问司机一个博物馆怎么会这么严格呢，他说："因为这里有我们的国宝——一个 350 万岁的老奶奶，她的名字叫露西。"

我们在大厅看到了这位老奶奶的巨幅图像，图像上是一块残缺的化石，图像下边写着一行大字：露西说，欢迎你回家。这句话，让我感觉到亲切。

在来亚的斯亚贝巴的国家博物馆之前，我对露西一无所知。看到介绍才知道，1974 年在阿法盆地有一个令世人瞩目的重大发现，那就是考古学家们找到了最古老的人类化石——南方古猿露西。露西这个名字和其发现者本人没有什么联系，它只是来源于美国披头士乐队的一首流行歌曲——《头上戴着宝石的露西》。发现这个古猿人化石骨架的当天晚上，大家不顾疲惫，兴奋地庆祝了一夜，期间一直在播放这支曲子。一时心血来潮，大家就把发现的古猿人化石亲切地称为了露西。

它之所以弥足珍贵，在于它的两个不可比性。首先是完整性，在人们发现的所有距今 10 万年以前的人类化石中，它是最完整的。其次是年代久远性，科学家们推测露西生活的年代，距今大约有 350 万年，她几乎无可争议地成了人类最早的祖先。从这个意义上讲，今天，世界上所有的人都和露西有亲缘关系。

每到一个国家，我都喜欢参观那里的博物馆、美术馆和图书馆，这样可以更多了解这个国家的人文历史、文化艺术，也增加了自己的知识。今天也是受益匪浅，至少我知道了比北京周口店猿人更古老的老祖先。我们都承认人类一定有祖先，否则我们从哪里来？

出了博物馆，司机说下一个最值得去的地方就是国家动物园，他一路夸赞，但我们都不想去。我想这里的动物园再好也比不过北京动物园吧，我们国家的动物园要什么没有？更何况还有许多国家都没有的国宝大熊猫。再说，我有两个孙子和一个外孙女，小孩最爱去的地方就是动物园，所以这个地方我实在是去腻了。

可是看着司机小伙子流露出的期许，我又不好意思拒绝。他一路不停地介绍："这是我们国家最大的动物园，有狮子、老虎、非洲羚羊、角马……可好看了。我们这儿的人休假时都带着孩子来这里玩。"

为了表示诚意,他甚至在进门时还为我们买了门票。

园子里的人还真不少,可是动物实在少得可怜。有一头狮子瘦得感觉都快死了,只顾躺在地上睡觉,任凭人怎么呼喊,头也不抬一下。还有一只老虎倒是在不停地走动,可是肚子却瘪得快贴到地面了,眼里放出饥饿的凶光,似乎随时会冲出来吃人,看了让人瘆得慌。我连忙拉着老伴儿走了,生怕它跑出来先拣我这个胖子吃,毕竟这里的人个个都那么瘦。据说埃塞俄比亚的国家主食叫英吉拉,连飞往非洲的航班上都有,那是一种粗粮煎饼似的饼,蘸着酱吃,原料是一种草结出来的果实磨的面粉。这种野草似的作物学名叫苔麸,小名叫蚊子草,产量很低,却养活了整个埃塞俄比亚。

只要一遇上天灾,苔麸歉收,就会闹饥荒。很多小孩子这时都不上学,他们说上学用脑子会饿得更快,在家里躺着会省粮食。国民都这样,那动物园里的动物自然好不到哪去。偌大的一个动物园,竟然连只猴子都没有,还赶不上个小马戏团,我和老伴儿逛了一半就没有兴趣往下走了。

出了园门,见司机正坐在那辆破车里打盹,一看连半个钟头都不到我们就出来了,知道我们不喜欢,于是说带我们去一个肯定会喜欢的地方。原来是中国正在援建的铁路,铁路工地外边用木板挡了起来。显然司机和里面的人很熟悉,介绍说我们是从中国北京来的,那人就让我们进去了。大部分干活儿的都是埃塞俄比亚人,中国的工作人员都是搞工程技术。司机说,这个工程解决了当地人的就业需求,当地群众很感谢中国。

怪不得刚才汽车被围时,他伸出窗户喊了声"China",人们便立刻散开了。早知道这样,上午我和老伴儿被围住的时候也喊"China"不就成了。

总之,这个司机倒是处处维护着我们,服务态度也非常好。他说,不是每天都有客人啊,半个月了,我们是他唯一的客人,但是也足够他一个月的生活费了。因为在这里,国家公务员一个月的工资也只有20美元,而拉我们的这趟活儿,他挣了40美元,相当于一个公务员两个月的工资,他当然很知足。后来他又拉我们去了几个小地方,没什么好看的,可是这才刚下午2点,于是我们又去了超市。以前见惯了大超市,现在到这里一看完全没什么值得逛的,我们只好决定回旅馆。3点多一点儿我们就到了,结账时,司机生怕我扣他的钱,毕竟还差一个小时,少给10美元也是应该的。可是想到他的服务态度,我们还是给了40美元。我只是向他提了个小小的要求,让他给我一个一元或几毛的钢镚,作为来埃塞俄比亚的纪念。

亚的斯亚贝巴的一天就这样结束了,细想起来,印象并不是很深刻。其实旅行中经常会发生这样的事,一个地方并不如你想象的那般美好,这也没什么关系啊。对于一个旅行者来说,没有来日方长,也没有后会有期。一切都不会再重复,但是我会在以后的岁月里认真回味这段旅行,如同品味埃塞俄比亚的咖啡豆一样。

就算被炮弹打了,也不能回家

> 旅行总的来说就是心在动,无论是美景、美食,还是这次倒霉的战争。

2014年7月7日,我们从埃塞俄比亚飞到以色列首都特拉维夫,住进预订好的旅店。门口的服务员穿着漂亮的衣服,很热情地迎上来帮我们提行李。前台的接待员也很客气,笑容满面地让我们稍稍等一下,然后为我们查找预订单。

住下以后,因为已是下午5点多,我们就决定休息一下,先到餐厅随便吃点,第二天早上再去超市买菜做饭。餐厅很宽敞,服务员都穿着红色衣服,有点儿像中式旗袍,是统一的工作服,他们的态度也很热情。我们吃过饭问清楚去超市的路,就早早休息了。

谁想到只是睡了一夜,第二天起床后就来了一个翻天覆地的大变化。昨天,守在门外的迎宾员全换上了迷彩服,女的穿皮靴,皮带上挎着手枪，男的居然全端着冲锋枪。餐厅服务员鲜艳的服装全都被军装代替了，武装带上全挎着枪，个个神情严肃，没有半点笑容。

我们丈二金刚摸不着头脑，这到底发生了什么事？问他们吧，得到的也是简单的回答：要打仗了，我们是全民皆兵，我们在保卫祖国等等。竟然问不明白，我们就自己到外边去转转，也没看到有什么异常的情况发生，只是挎枪穿军装的人明显比昨天多了好多。于是我们就决定还是按原计划去超市买菜，反正不管怎么样，饭还是要吃的。

我和老伴儿按昨天他们告诉的路线走着，忽然听见路边电线杆上的扩音器发出嗡嗡的怪声，我心想："这喇叭坏了，真难听。"这时很多人往大桥底下跑，边跑还边招呼人，也有人叫我们赶快跑。

我对老伴儿说："咱们不去，咱们是最不爱凑热闹的。桥底下有多好的玩意儿咱们也不去看。"

正说着，我就看见公路上的几辆小汽车戛然停住，车上的人打开车门就往桥下跑，连车都丢在马路上，没人管没人要的。这下我明白了，人们往桥下跑不是一般的看热闹。

于是我拉着老伴儿也往桥下跑去，他说："你刚才还说咱们不凑热闹，现在你又往那儿跑，怎么回事？"我也顾不上跟他解释，先钻到桥下再说。进了桥洞，人还真不少。我挤在一个老大妈身边，问她发生了什么事情。

她有些惊讶地问道:"你不知道吗,bomb?"

于是,我把脑子里所有能想到的英文单词都筛了一遍,实在想不明白"bomb"是什么意思。学英文时,我把认为使用频率不高的词都愉快地抹掉了,估计这"bomb"也在其中。我只好又问老大妈这"bomb"是什么意思,这下她就有意见了,连连发问:"你不知道'bomb'是什么吗?真的不知道是什么吗?"我只好老老实实地回答:"我真的不知道。"这回她有些发火了,用眼睛使劲瞪着我这个连"bomb"都不知道的怪人说:"好,我来告诉你'bomb'是什么。"只见她双手张开说"砰——"然后又做了一个卧倒的动作说:"你就死了。"这下我总算明白是什么东西炸了,把我炸死了。可是这炸的东西到底是炸弹还是炮弹,我还是没搞清楚,但是也不敢再问了,恐怕她再说就会把我老伴儿和其他人都炸死,那索性还是我一个人炸死算了。我只好又换了一个话题问她为什么会这样,这回终于彻底把她老人家惹火了,她连珠炮似的发了一通话:"巴以边境冲突升级了,巴勒斯坦的炮弹已经打到特拉维夫来。"

周围的人看我和老伴儿傻乎乎的样子,都热心地告诉我们,在听到警报声时要立刻找结实的建筑躲起来,实在来不及,也可以原地卧倒。原来刚才我以为扩音器坏了的声音就是拉警报的声音,真是活到老学到老,长这么大,还是第一次听到警报声。好不容易盼到警报解除,大家赶紧钻出桥洞各奔东西。我和老伴儿也决定不去超市了,说不定空袭警报一拉响,超市就关门了。

刚回到旅店，我让老伴儿拿上相机去把那座桥拍下来。这可是我们永生的纪念，毕竟这辈子头一次碰上的事情总不是太多，更何况还是战争。后来才知道，这才刚开头，好在我和老伴儿都是把生死看得很淡的人。我们一点儿都不害怕，晚上在客厅里还饱饱地吃了一顿自助餐，倒像是要上战场光荣杀敌一样激昂慷慨、无所畏惧，连我们自己都感到有些惊奇。

可是接下来发生在深夜的事情却着实让我吓了一跳。我们住在旅馆的7层，本来还有几个房间有人，可是白天的空袭过后，很多人都退房走了，所以整个7层只有我们两个人。我们睡到凌晨3点左右，又被白天那种警报声吵醒。这次我有经验了，知道是空袭警报，可是这回躲到哪去呢？

正在犹豫中，听到外面有急促的脚步声，接着有人砰砰地敲我的门。深更半夜的谁敢开门，来人敲了一会儿就走了，听脚步声是下楼梯了，并没有坐电梯。我小心翼翼地推开门一看，楼道里黑乎乎的，只有一盏小灯，发出幽幽的蓝光，就似鬼火在那里闪，真是有点瘆人。

我刚刚把门关好，又听见有人上楼了，接着砰砰地敲门，这次敲得更急了。我觉得这人去而复返一定是有万分紧急的事，无奈只好挂上安全锁，把门打开，一看原来是前台的服务员。这个小伙子我认识，他说："我刚才敲门在下面等你们半天，见你们还没有下来，就跑上来叫你们。现在发生冲突了，炮弹随时会落在屋里。你们在顶层太危险了，赶紧跟我去一层，要走楼梯，不要坐电梯。"说完他先走了。

我和老伴儿连忙把睡衣换下来,准备下楼。刚走出房门,我们头顶上方突然砰地响起了警报声。我们当时并不知道防空警报就安在我们的房门上方,一下子把我们吓蒙了,腿肚子都抽筋了。从不相信有鬼的我们,居然认为有什么外国的恶鬼盘绕着我们的头顶。我和老伴儿下了楼,前台的小伙子把我们领到一层楼梯的拐角处。这是一个人字形的角,他让我们蹲在那里,双手抱着头。我问他为什么躲在这里,他说,这是整个楼房最安全的地方,因为这个角落有支撑、最结实。万一楼被炸塌,在一层也好营救,比你们在7层要好得多。我想想他说的道理确实对,也就和老伴儿老老实实地蹲在那里,直到整个警报解除。

第二天看了当天的报纸,才知道我们昨天夜里经历了一场生死灾难,只是侥幸躲过了这一劫。当地报纸的头版头条发了几张照片,其中一处爆炸真的就在我们饭店的后边,也就是说炸弹再往前落一点儿,我们的房子也就不存在了。看着照片,拿着报纸的手不由自主地哆嗦起来,想想真是后怕。我们老两口倒还好,毕竟一把年纪了,我最担心的是我那孝顺的儿女们,他们该如何面对这样的结局。

一夜的炮击后,以色列人民愤怒了。政府发出命令,全民皆兵,全国备战。第二天我们看到所有的岗位都换成了白发苍苍的老人,差不多都七八十岁了。我问一个抬箱子的老人,他说73岁了,今晨刚被召回岗位干活儿,把年轻人替下来上前线准备打仗。"他们欺人太甚,都攻到我们首都来了,大街上到处都是弹坑,不反击怎么行?"

按照原计划我们准备第三天去耶路撒冷的，也不知道现在这样还去不去得成。到前台一问，居然到耶路撒冷的车还发，我们赶紧收拾行李，准备向耶路撒冷进发。只是不知道那边的情形如何，我的心像吊桶，七上八下的。

上午，大巴车安全抵达耶路撒冷，这里倒没有战争和硝烟，似乎也没有被炮轰过。市面上很安静，市场开着门，东西还在卖，只有几个饭店关了门，不知道是由于爆发战争的原因还是游客稀少的缘故。我们碰到了一行4个中国人，特别高兴，忙问他们的情况。他们自己介绍说是从云南楚雄出差来这里考察农作物的滴灌技术的，在加沙参观时赶上了空袭，一天需要趴到地上4次，所以今天无论如何要提前回国。

他们劝我们说，如果我们俩再不走，可能是唯一留在这里的中国人。这次战争爆发突然，很多中国游客都没有进来，所以这里几乎没有中国人。我并不想走，如果回去，行程就要全部取消，机票退了太可惜了。他们异口同声地说，命要紧，还管那些干什么。可是我和老伴儿合计了一下，这次到以色列是从非洲飞来的第一站，下边还有约旦王国、巴林王国、阿联酋、土耳其、保加利亚、罗马尼亚、法国、俄国等一系列计划和飞机票，若中途撤了，就全泡汤了，这损失太大了，我们不得不赌一把。

按照安排我们要在以色列待4天，现在已经过完两天半，如果再坚持一天半，还能活着的话，我们就胜利了，就能按计划继续去完成我们的梦想。如果不幸遇难了,那也只能认倒霉,怨不得别人。只是我感觉有点对不住我老伴儿,他是为了陪我才出来的,平白搭上性命有点冤,可他不这么认为。他说:"别老往坏处想,万一我们平安离开了,不是很好?"还真是借他吉言,一天半以后,我们平安到达了约旦王国的首都安曼开始了下边的旅行。

经历这场生死考验,我们反而能更坦然地去面对很多事情了。我们更加清楚生命的宝贵与脆弱,我们只能活一次,除了好好活着,别无选择。

以色列归来之后,很多人都劝我以后别再冒这样的险了,可是我知道人其实是无法欺骗自己的,人生中的百般滋味,也只有自己才能体会得到。如果当时真的铩羽而归,我想我会懊悔一辈子。而坚持了,不管最后的结果怎样,至少我做了自己想做的。

H先生,谢谢你的丝帕

> 一个人的心头是否有温度,就看他心中能够容下多少与自己无关的人和事。

皮皮岛的得名,是因为岛的名字里的两个单词的第一个字母都是"P",所以就被大家叫作皮皮岛。从我们住的地方,要搭乘长途车走一段长而颠簸的山路到达码头,然后乘船才能到达皮皮岛。

这个岛之所以这么有名气,除了风光秀丽以外,还有一个最吸引游人的特点,那就是岛上有一个非常大的自由市场。这个市场占满了几条街,几乎泰国所有的特产在这里都能买到,而且是物美价廉。

那天早上,我和老伴儿起了个大早,匆忙吃过早饭,就赶往长途车站,准备早去早回。我们到得不晚,但车上已经有不少人了。我们刚坐下,又上来两位男士,一个年轻的小伙子和一个中年人,他们坐在了我们后排。从他们的聊天中得知,那个年轻人是新加坡人,已经来过皮皮岛好几次，那个中年人来自美国，是第一次来。

汽车开动了，这一路上真够难走的，颠颠簸簸不说，还轰隆声大作，似乎是从一个低洼处爬上来，一会儿又嗡地从高坡上冲下去。我的胃翻江倒海似的难受起来，忍了又忍，还是吐了出来。我和老伴儿身上的卫生纸全用完了，包不住喷出来的呕吐物。正在危急的尴尬时刻，后面的小伙子递过来一包纸巾，那个中年男士也递过来一瓶矿泉水。我们顾不上说谢谢，慌忙接过来就用。喝了几口清凉的矿泉水，感觉心里好受了一点儿。

汽车又爬上一个高坡，然后又是一阵俯冲，我彻底晕菜了，这下更狼狈。小伙子的一包纸用完了，我吐得身上、地上一塌糊涂。我难受得鼻涕眼泪一起流下来，老伴儿急得不知如何是好。

我听见那个中年人说："哎呀糟糕，我没带纸，只好用这个了。"停顿了一会儿，他才拍拍我的肩头，递过一块丝巾让我用。一股淡雅的香气扑鼻而来，一向爱干净的我，此时正被呕吐的臭味包围着，突然闻到香气，精神为之一振，随之停止了呕吐。我难受得低垂着头，把脸整个埋在这方大手帕里，有点贪婪地嗅着从未闻到过的这种香气。

这种气味，于此时的我真是弥足珍贵，以至于在回到北京后，一向不愿意用香水的我竟然连着去了几家香水柜台想要找到这种味道。这种在我最难过的时候，用鼻子和心灵嗅到的像是天外仙山飘来的香气，我一辈子都无法忘记。可惜的是至今我仍然没有找到。看来这种香味只能在我心中长存,伴随着那方丝帕在梦中向我飘来……当然这些都是后话了。

当时我用这方救命的丝帕擦干净脸,和老伴儿一起不住地向两个人道谢。人家只是反复地问:"你怎么样?好点了吗?"似乎这只是一件实在微不足道的小事。

下了车以后,我一边忙着让老伴儿到车站去找墩布,把车厢的地拖一下,一边尽量把丝帕弄干净,然后很难为情地询问那位美国中年男士怎么办。他拍了一下垃圾桶,做了一个很潇洒的动作表示"扔"。我心里很明白,弄得这么脏的东西,谁也不会再用了,无论多么贵重,只能扔了。

当我顺着他的手势将丝帕扔进垃圾桶时,那方丝帕像一朵云飘扬开来,在右上角有一朵用蓝丝线绣的百合花,弯曲的枝叶上方还拖着一个用同样的蓝丝线绣的大写字母"H"。这样的标志通常都是一个古老家族的家徽缩写或是心爱的人赠送的纪念签名。

一刹那,我突然明白刚才在车上为什么这位先生说"只有这个"了。是的,他当时的语气是那么遗憾,而且还停顿了一会儿才递给我。我心痛地想他当时的心情是怎样的呢,他完全不用牺牲这么贵而且有纪念意义的东西来帮助我,虽然也是情急之下的无奈之举。总之我实在为这件事过意不去。

怀着忐忑不安的心情，我和老伴儿上了船。我们选了一处靠近船头的安静角落坐下来歇息，毕竟刚呕吐过，我的身体还有些虚弱。突然，我发现那两个送我纸巾和丝帕的人正从甲板上匆匆穿过，他们东张西望的，似乎在找人，然后又钻进了船舱休息室内，那里面在放映电影。

我对老伴儿说："刚才那两位帮助我们的先生不知道在找谁，现在去看电影了。"我的话音刚落，那两位又出来了，看来不是进去看电影，而是去电影厅里找人没找着又找出来了，而且手里还拿着一盒纸巾。

于是我有些傻乎乎地对老伴儿说："你看，咱们把人家的纸都用光了，弄得人家还要去小卖部买纸。太不好意思了，咱们赶紧跟人家去打个招呼吧。"

我们刚扬起手，他们就发现了，快步向我们走过来，显得很高兴地说："原来你们在这儿。我们到处找都没找到你们……"我简直有点呆住了，闹了半天，他们出来进去就是为了找我们。原来他们是怕我再晕船，想到我晕车可能也晕船，所以想把纸巾准备充足了拿给我们。他们两个人异口同声地问："现在好点了吗？"

我竟然半晌答不出来，好一会儿才说出"Be better（比刚才好了）"这句最简单的英文。他们听了很高兴，不约而同地舒了一口气："这我们就放心了。"

看他们转身要走，老伴儿连忙叫住说："你们仨合个影吧。"他们很高兴，也同意了，于是我就有了一张珍贵的照片。为这件事我一直到现在都很感激我的老伴儿，因为我当时完全陷在深深的自责中，一直在想："人家来找你，想问你好了没有，你竟然没有半点良心地认为人家来船上是在找人。你自己没有想到可能会晕船，人家却替你想到了。幸亏是站在船头，微风吹着很舒服，要是闷在船里，我肯定还会难受，又会吐得天翻地覆。"想到此，我惭愧地低下头，真恨不得夹板上有一条缝钻进去，啥也不管。真不知道说什么好，幸亏那位来自新加坡的先生会说中文，他和老伴儿说了几句就告辞了。

我当时所做的最大的努力就是使劲忍着，不让自己的眼泪在人前流下来。他们走了以后，好长时间我才缓过劲来，突然想起忘了问那位美国先生的名字。可是船已到岸，人都散开了，再找他们真是太难了。

于是我努力地回忆着当时丝帕一角的字母"H"，我把自己知道的"H"字母打头的名字都想了一遍，海瑞、哈森……连女性名字都想过，海蒂、海伦……甚至哈雷彗星都想到了，可是怎么都没有想起新加坡先生叫他的是哪个名字。最后实在没办法了，我只好把他叫作H先生了。

那方丝帕很贵重，那朵百合也是那么优雅，无论是家族的标志还是爱人的礼物于他来说都是很珍贵的，我就算赔多少钱给他，也弥补不了这种损失。我的心很惆怅，默不作声地望着天际飘荡的那朵白云。我知道，再想有这样的遇见，除非有奇迹出现。如果浮云有生命，生命如浮云，我们是否都应该随风飘扬？我知道从今以后，我只能加倍去感激生命中遇到的人与受到的帮助，但我依旧要在此谢谢他们，祝福他们。那朵百合是我见过的最美的花朵。

送你5毛硬币，咱俩交个朋友

> 毕竟旅行并不完全是看风景，它所带给我们的更多的是深刻的思想启迪和永不磨灭的历史印记。从这些之中，我们更能体会到生命的厚重。

布林迪西这个城市非常美丽，高高的窗户上布满了鲜花，街道也很干净整齐。街道两旁的椅子上坐了不少老人，看见我俩拖着箱子在马路上走，都热情地打招呼。这是意大利的一个门户城市，与希腊的门户城市帕特雷隔海相望。换句话说，这是意大利通往希腊从海上走最近最方便的路线，所以在做路线计划时，我们特意做了这种选择。事实证明，这的确是一条省时省力的经济路线。

在布林迪西逗留的一天里，发生了很多令我难忘的事。

我们头天晚上从罗马坐夜火车清晨6点到布林迪西，虽然没买卧铺票（太贵了），但是火车上的沙发椅子是可以打开延长的，再加上对面的那张椅子，人几乎可以睡下了，而且整个车厢里也没几个人。这一夜过得很安静，下了火车我们先去盥洗间洗漱完毕，清清爽爽地走出了车站。

按照老规矩，我们要把节省下来的一夜住宿费花掉一点儿作为奖励。于是我们选了一家大一点儿的餐厅，吃了一顿丰盛的早餐。吃早餐的时候，我打听好了买船票的地点和售票时间。因为卖票的地方8点才开门，所以吃完早餐还有近一个小时的时间，我们就去附近边溜达边看风景，顺便拍拍照。

布林迪西是一个典型的海岸城市，海边很多渔船和桅杆，太阳从地平线上升起，景象很是壮观。如果不是乘夜火车过来，很难欣赏到这瑰丽的晨光美景。至于整个城市的风貌，我们有足足一天的时间可以流连。去希腊的船是下午6点开，这样从早6点到晚6点，我们在这个城市的停留时间是12个小时，已经很充裕了。在夜火车上过的一夜，加上坐夜船到希腊的一夜，共计省了两个晚上的住宿时间，可以多玩两个城市——布林迪西和地中海对面希腊的门户城市帕特雷。

从帕特雷到希腊的首都雅典，每隔半小时就发一趟大巴车，若是坐最后一班车走，在帕特雷就可以多玩一整天。对于布林迪西和帕特雷这样的城市，有一天时间足够了，不值得再花住宿费。可以到雅典后再好好休息两天，把雅典城的名胜逛完后，去一下离雅典不远的德尔菲，这是古希腊的圣地，是传说中太阳神阿波罗的驻地。现在这座古城声名远播，却是因刻在太阳神圣殿外的一句传世名言：人啊，认识你自己。

这句话，距今有 3000 多年了，乍听起来很直白、很浅显，然而却有着深刻的含义。人世间有多少烦恼、多少忧愁乃至多少挫折、失败都与不能正确认识自己有关啊。

从雅典乘小飞机仅需 40 分钟，或乘轮船直达爱琴海上的明珠——圣托里尼岛。岛上蓝白相接、水天一色，在这样的美景中悠闲度过一个假期，那将是终生难忘的。这条路线，我也和老伴儿实际走过了，觉得实在是一条既劳逸结合又经济实惠的路线，所以在这里向大家推荐。另外还有一条路线也很好，本来打算走的，却因当时的时间安排和活动安排，还有治安情况没有走成，但它仍不失为一条好路线。

这条路线后半部分和前一条路线完全相同，就是在抵达布林迪西之前增添一处庞贝古城，这样只是上车的时间需要提前，最好白天抵达那不勒斯。歌德曾经说过，在这个世界发生的诸多灾难中，还从未有过任何灾难像庞贝一样，能带给后人如此巨大的愉悦。但因为那里的治安不太好，当时我们就放弃了这条路线，实在可惜了。

走进卖船票的屋子，我看到的是一间很整齐干净的办公室，有一个中年的意大利人在忙碌着打扫卫生。这里和平常见到的大不相同，意大利人的散漫和慵懒是出了名的。他们说每天只要有阳光和美食就足够了，其他都无所谓。可是眼前这一位却把房间打扫得窗明几净，让人顿生好感，不由得想多和他聊聊。

聊天中我得知他是个钱币收藏爱好者，已经收藏了很多国家的钱币，却没有收藏到中国钱币。因为到这个城市来的中国人实在太少了，偶尔有几个也是用卡买票，所以他一直没有见过中国钱币。我想起自己的行李箱里有一枚5毛钱的钢镚，是临近出发时我带在身上的，也是最后一个了。

因为这些硬币金光灿灿的很漂亮，我就随手把它们放进钱包了。

第一次把它们当礼物送出去时，是在西西里岛。当时住在一座古堡里，古堡的主人有一个女儿叫爱丽丝，和我的英文名字相同。我把一个吉祥如意图案的荷包送给她时，觉得应该在荷包里放点什么，于是就放了两枚五毛钢镚，摇起来有些响声。她很喜欢，就收下了。她的爸爸则理解成这是我们中国人的习俗，在吉祥如意的荷包里放钱，代表一种喜庆和祝福。不管怎么说，我觉得这两枚5毛钢镚起到的作用超越了它们本身的价值。

第三枚是坐地铁时送出去的，一个乞丐上车来要钱，我没有给他欧元，就把这枚5毛钱硬币放进了他的帽子。他把它拿起来左右端详了半天，最后放进了自己的口袋里。不知道他把这枚从未见到过的硬币当成了什么，但至少他接受了，也解除了我当时的尴尬。

第四枚，我把它连同一个1美元的钢镚，一起放进了一个在旧金山渔人码头拉小提琴的中国人的琴盒里。他的琴声流畅动听，听得出他是受过专业训练的，拉的是马思聪的《思乡曲》。那纯净的音色就像从天边白云间流淌而下，那样优雅、旷远和深情。我驻足凝神听了半天,知道他和我一样都没有忘记初心。我们只不过是梦开始的地方不同,但是我们都在路上了。我相信,这一枚5毛钱钢镚,会让他感受到来自祖国的温情。

就这样,4枚硬币发挥了不同的作用。

这有些像我小时候读过的童话故事《七色花》,小姑娘用手里的最后一片花瓣,治好了小男孩的瘸腿,然后他们一起快乐地玩耍起来。我也把最后剩的一枚硬币送给了面前的意大利售票员,帮他圆了一个收藏中国钱币的梦。当他拿到这枚硬币时,竟有些不敢相信,所以不停地说:"这是真的吗?中国钱币这么漂亮,真的是给我的吗?"当得到我肯定的答复之后,他竟激动得手舞足蹈,把硬币一会儿放在嘴边亲吻,一会儿又放在胸前喃喃自语,不知是不是在感谢上帝给了他这么好的运气。我也没想到自己的到来,一枚小小的硬币,竟然圆了他的美梦。他自己说,感觉就像在做梦。我和老伴儿看他这么开心,我们也很开心,我们又做了一次赠人玫瑰手有余香的事。

我们打算走的时候,谁知道他还没激动够,又走出柜台热烈地拥抱了我们,最后还向我们鞠了一个躬,弄得我们都有点不好意思了。只不过是一枚微不足道的5毛钱硬币,实在受不起这么大的礼。可是他不这么认为,他说以他的条件他是不可能到中国旅游的,如果不是遇到我们,他可能这一辈子都不能得到中国钱币,而且是新的。这会让他遗憾终生,他和他的全家都感激我们,是我们把他心心念念的向往变成了现实。

这个早晨，我们愉快地走在阳光里。无意中帮人实现了一个梦想，我们实在开心。人生的本质是一场经历，途经一处花开就会有一处花香。每个生命都有自己的梦想，而这个梦想只要一如既往坚持下去，终有一天会实现的。

顺利地买了船票，又做了一件小小的好事，我心里喜洋洋的。在去超市的路上，我看见椅子上坐着很多人，都热情地朝我们打招呼。有一对带着小孩的夫妇，一直把我们送到超市门口。

我们是下午5点30分登船，此时才上午10点。进超市买了中午饭，我们打算在路边找一个安静的地方休息。因为渴了，我们一边走一边打开一大瓶矿泉水咕噜噜地喝了下去，感觉很爽。只是这水的味道有点特别，不同于往常的矿泉水。

刚喝完水没一会儿，我就觉得不对劲了，肚子里咕咕作响，鼻子里冒气，而且嘴里冒泡。我刚想告诉老伴儿，我大概吃坏肚子得了病。他看见我冒出一串的气泡，哭笑不得，结果笑着笑着，他也开始打嗝冒泡。我想这下坏了，我们肯定是吃坏肚子了，也许是早上的早餐有问题。可是在国外这么长时间了，从来没有遇到这种事情啊，各个国家的食品都很好，清洁卫生，这都是基本的要求，食品怎么会有问题？

在这个时间我们停止了喝水，结果嗝也不打了，泡也不冒了。后来我们又开始喝水，结果又开始打嗝冒泡。于是我试了一下，让老伴儿一个人喝水，我不喝，果然他开始打嗝冒泡，而我没有。很明显是矿泉水的问题，我们决定折回超市找他们理论一下，但无意中看见上面的英文居然是苏打。啊，原来我们买的是苏打水，怪不得会从嘴鼻里冒出泡泡来，幸亏还没去超市，否则真跌份。把苏打水当成了矿泉水，我们做了一回名副其实的土老帽。还别说，自打喝错水以后，我们又特意买了好几次苏打水喝，因为已经习惯了那种味道，而且在炎热的夏天喝完，又打嗝又冒泡感觉很好，真是吃一堑，不长一智也。

我们来到海边，找了个僻静的角落安顿下来，把行李围成一圈，铺上一块塑料布，把面包、黄瓜、西红柿还有水果都摆好。我们准备欣赏一下海边美景，等到11点多开始吃午饭。因为隔一条马路就是一排商店和酒吧，他们通常都要11点钟以后才开门。等他们开了门，我们可以去酒吧上洗手间，洗干净手就可以开吃了。吃完了再休息一下打个盹，我们就开始游览这个城市，足足一下午的时间完全够用。

计划得很周详，却被一个意外破坏了。有些惊险，却颇具戏剧性，同样是化险为夷的结局。

我们按照计划安排一步步走，等到酒吧开门了，我让老伴儿先上洗手间，回来后，坐在行李圈里看好行李，我再去。我去之前还叮嘱了老伴儿一番，因为他是一个耳朵很软的人，别人几句好话就能把他给说蒙了。好在他不懂英文，外国的骗子骗不了他，谁知道我也疏忽了，骗子的肢体语言差点把老伴儿骗了。

我刚一出酒吧门，就看见一个推自行车的小伙子，手里拿着一副眼镜，用一只手掌前后翻了一下，那意思很明显——这眼镜要 10 元，老伴儿在摇头。他又伸了巴掌出来，老伴儿还是摇头。这时他又伸了 3 根手指，这下老伴儿不摇头了。我一看形势不对，三步并作两步赶了上去。老伴儿看见我回来，赶紧高兴地说："你看这墨镜多好，他才卖 3 元钱，我们买吧。你把我的小黑挎包放哪了？我正想找出钱来买呢，你就回来了。"

我心想，幸亏刚才加了个小心，把随身携带的装钱和护照的小黑包收进一个手提包里，也没告诉他。事后想到也就是这么一个小的防范措施，居然还起了作用。那个小伙子看老伴儿身上空无一物，就猜出钱包肯定在我身上，见我回来了，立刻向我出击，夸他的眼镜如何如何好，如何如何便宜，真是物美价廉，物有所值。我随口回了一句："太贵了。"想不到他马上说 1 元就可以卖，这下我可就起疑心了。很漂亮的一副墨镜，只要 1 元钱，连本钱都不够，难不成他这墨镜是偷来的？还是原本就不是为卖墨镜，而是醉翁之意不在酒？

想到此，我立刻提高了警惕，感觉这小伙子可不简单。我也不能再说贵了，已经降到 1 元钱了，总不能白给我吧。就算他真的白给，我也不会要，贪便宜没好事。

我用了一个坏招对付他，我说："我们身上一点儿钱都没有了，要是有钱干吗不去酒吧吃点好的，而坐在这里啃面包？"看他一脸不屑的样子，似乎有些不相信，于是我来了个反客为主，又接着说，"你是卖墨镜的，肯定比我们有钱，要不你赞助我们点吧。"这可把他气坏了，啪的一声把自行车后座上的墨镜木箱子盖上，推起车来就走了。那个表情表明他被气得够呛，真是偷鸡不成差点儿倒蚀一把米。

老伴儿在旁边看得稀里糊涂，不知道我说了什么，把他说得气哼哼地走了。我正兴高采烈地跟老伴儿讲，我怎么样把这不怀好意的小伙子算计了，忽然看见一棵大树后，又闪出一个骑自行车的年轻人，急匆匆地追上刚才那个小伙子一起走了。这下我可高兴不起来了，不禁有些害怕，原来这坏人都是成双成对地作案了，连环套骗人，真可恶。为了安慰老伴儿，也为了让他这个书呆子长经验，我把刚才的事情用我们老祖宗的三十六计给他讲了一遍，就是"明修栈道，暗度陈仓"，外带"移花接木"，我是"以其人之道，还治其人之身"，另加"哀兵必胜"。总之，这场智斗小偷的闹剧，老伴儿也受了教育，他说看来以后凡事都要多加小心，不能总是轻易相信别人。我们把小偷击退了，可是心情也被破坏了，于是改变计划不在这里吃午餐了。我们到热闹的主干道上，找了一个公园吃了一顿踏实的午餐。

在中心公园吃完了午餐，我们就沿着林荫大道晃悠悠地逛着。

这座海港城市真美丽，家家的阳台上都是繁花似锦、青藤摇曳，处处洒满了阳光，一派祥和幸福的景况。刚才发生的小偷事件，应该只是这美好世界的一点儿瑕疵，它说明不了什么，也影响不了什么，生活还是一条快乐的河，永远不停息地奔淌着，流过每家每户，流过每个人的心间。我们边欣赏美景边聊着这一天经历的好几件事，真是丰富多彩。这回应该没什么事了，下午5点30分，我们就可以坐船去希腊了。

走累了，我们就坐在路边的长凳上休息。一个背着又长又沉的大背包的小伙子双手抱着头，也在另一边坐着。这里的游客极少，偶尔看见一个我当然想打招呼聊天。他抬头看见我们是两个老人，也很友好地点了点头。

那双大大的眼睛里有一种很忧郁的眼神，这种眼神是无光泽的，带着一种迷茫。我曾经很熟悉这种眼神，在加拿大旅馆遇到的北约克大学教授就是这样的，那是我的痛。于是我心底升起一股强烈的愿望，想和这个小伙子聊聊。他开始不太愿意说话，当我把在海边发生的故事讲给他听后，他也被逗笑了，气氛一下子活跃起来。

小伙子说，他好长时间没笑过了，也好长时间不和人说话了。他觉得对什么都提不起兴趣来了，所以干脆辞职到世界各地走走，希望心情好一些。可是走过了那么多地方他也没有改善，所以有些沮丧地待在这里。刚好我们招呼他，他也很开心，说和一对老人聊天，这让他想起了自己的父母，而且对我们这对老人自助游的路线很感兴趣。因为他也自助游，可是和我们规划得这么科学经济实用相比，他太过于漫无目的，需要向我们学习。

我也觉得，他虽然心情忧郁，但是从他出来看世界的动机来看他的态度还是积极的，比加拿大的北约克大学教授要强很多。那件事在我心里一直没有淡去，一想到我就不好受，不知道该去做点什么弥补，所以我不由自主地和眼前这个小伙子多聊了一会儿。没想到话题聊得越多，小伙子不时流露出来的悲观厌世情绪也就越多，这使我担心起来。

他竟然说了一句:"等我把这个世界都走完,我会找一个我最喜欢的地方长眠在那里,不再回来了。"这不就是想自杀吗?这实在是吓了我一跳。

以前听人说过,靠近北极圈的几个国家,因为黑夜时间长,得抑郁症的人很多,且自杀率很高,而这个小伙子恰恰是挪威人。我不敢往下想了,我只想尽最大努力把小伙子开导好,于是我又和他聊起了我最喜欢的摩西奶奶,这个全世界都尊敬和爱戴的老人。小伙子当然也知道她,而且看过她不少的画。

我问他记得摩西奶奶100岁时给日本人春水上行回复的明信片吗,每一张上她老人家都画了一幅画,还写了一句话——做你喜欢做的事,上帝会高兴地帮你打开成功的门,哪怕你现在已经80岁了。收到明信片的小伙子当时已经30岁了,正在一家医院工作,他受到鼓舞,即刻投入自己热爱的写作事业,后来成了一个很有名的日本作家,就是渡边淳一。他在讲话中,多次提到了摩西奶奶那张明信片对自己人生的莫大影响。

我又告诉小伙子:"我要多么刻苦地学习英文,才能达到今天这个地步,这样流利顺畅地和你交流。这都是因为心中有梦,才有这么大的动力。"小伙子很认真地听着,并伸出了大拇指。

我又接着鼓励他说:"你看,爱斯基摩人也是在北极圈生活。那里天寒地冻、生活环境恶劣,可是他们总是那么快乐。如果你问他们为什么快乐,他们会回答'不知道,我不在乎'。如果一定要问,他们就会说因为爱斯基摩人相信:晚上睡觉时,他们就死了,第二天起床时,他们又获得了新生,所以没有一个爱斯基摩人能活过一天。从日出到日落,时间一天一天飞逝,我们哪有多余的时间去伤心难过,不被无谓的烦恼和忧愁占据宝贵的光阴,连上天都会眷顾每个人。心中总是有希望的人,即使他一无所有,他也是充足的。而一个人即使拥有一切,却没有希望,也依旧徒劳。实际上,每一个日子都很平淡,只有心头带着希望和梦想活过的日子,那才是自己真正活过的日子。"

小伙子应该是听懂了我对他的劝慰,他的眼神明亮了起来。他背着大背包,步履坚定地走了几步,又回过头来对我们招手。他的脸上已经布满了笑意,这份笑容让我永远记在心里,这是我今天最开心的一件事。

后　记

"万婴之母"林巧稚，一生接生了5万多个孩子，每个孩子的出生证上都有她秀丽的英文签名"Lin Qiao Zhi's baby"，而她自己却没有一个孩子。她是我国妇产科重要开拓者之一，北京协和医院第一位中国籍的妇产科主任。首届中科院唯一的女学部委员（院士）。她出生在厦门鼓浪屿，那里有她的故居和陵园。

我曾在她去世后专程上岛去看望了她的故居，拜谒了她的陵园。陵园里安置了一处石雕，样子是一本打开的书，因为她生前腋下永远夹着一本书。

无论冬夏，她总是一身旗袍，是一位看起来身材瘦小却精神矍铄的老太太。人们说她身上有一种神奇的力量，不管产妇怎样焦躁、痛苦，只要她过去拉着她的手说几句话，产妇就都能平静下来。她再为产妇们擦擦汗、摸摸头、披披被子，产妇们就能顺利地生产。

1947年一个寒冷的冬天，在北平中央医院（现在的北京人民医院），一位41岁的高龄产妇，又患有心脏病，又患有子宫肌瘤，在林大夫全程关怀和接生下,生下了一个重 11 磅的巨婴女孩,那就是我。

林大夫生前住在北京协和医院旁的煤渣胡同,那是一处雅致的四合院,我的母亲曾经带我去过好几次。她书房里写字台上的玻璃板下压着我的相片,是我胖嘟嘟的百日照。

1973 年秋天,我怀第二个孩子已经 8 个月了,可是胎位不正。去协和医院检查时,正碰上林大夫。她当时已不出诊了,由宋鸿钊教授陪着,依然是一身旗袍外罩毛衣,只是更清瘦了,衣服的质地也不如以前好了。

我讲了身体状况以后,她马上让宋教授找了一间空闲的诊室,认真地检查过后对我说:"不要害怕,没关系。我帮你推拿一下,胎位很快就能正过来,生产一定会顺利的。"一个月后,我平安地诞下了一个八斤重的女婴,她圆圆胖胖的小脸,像个红扑扑的大苹果。接生的大夫们都很喜欢她,说先天足实的孩子就是好。还真是这样,现在我女儿已经 40 多岁了,身体一直很好,很少生病。

1983 年 4 月 22 日清晨,林大夫在昏迷中发出呓语:"产钳,快拿产钳过来……"一会儿,她脸上露出了微笑,"又是一个胖娃娃,一晚上接生了三个,真好……"这是她生前留下的最后的话。

林大夫的医德惠及了我家两代人,如果没有她,或许就不会有我,甚至我的女儿。我的母亲在世时,经常用林大夫的为人来教育我。我从 4 岁开始读书，一直到现在老眼昏花，依然每天手捧书卷。若是哪天不读书，感觉就像缺了什么。我遵循母亲的教诲，把林大夫当成楷模，时时处处按她的德行来要求自己。这一生走过来，我虽然不可能做到像林大夫那样以德行事，但也觉得不算虚度。

如今，我将迎来自己 70 岁的生日。此时此地，回头望望，我想起的是初到人世的欢喜。在经历了人生岁月的磨砺后，我多想跟我的母亲和林大夫讲讲这些年踏出国门时的经历，讲讲我的幸福与感激。

我想念她们，想念那个给了我生命的人和把我带到世上的人：妈妈，林巧稚大夫。

谨以此书，致以问候，祝天堂永安，无凡尘相扰。

二〇一七年十二月

图书在版编目（CIP）数据

像少年一样呼啦飞 / 李心培著 . — 石家庄 : 花山文艺出版社，2018.1
　ISBN 978-7-5511-3784-3

Ⅰ . ①像… Ⅱ . ①李… Ⅲ . ①游记 – 作品集 – 中国 – 当代
Ⅳ . ① I267.4

中国版本图书馆 CIP 数据核字 (2018) 第 006853 号

书　　名：像少年一样呼啦飞
著　　者：李心培

责任编辑：梁　瑛
责任校对：温学蕾
美术编辑：胡彤亮
出版发行：花山文艺出版社（邮政编码：050061）
　　　　　（河北省石家庄市友谊北大街 330 号）
销售热线：0311-88643221/29/31/32/26
传　　真：0311-88643225
印　　刷：艺堂印刷（天津）有限公司
经　　销：新华书店
开　　本：880mm×1230mm　1/32
印　　张：9
字　　数：210 千字
版　　次：2018 年 1 月第 1 版
　　　　　2018 年 1 月第 1 次印刷
书　　号：ISBN 978-7-5511-3784-3
定　　价：42.00 元

（版权所有　翻印必究·印装有误　负责调换）